# L'OMBRE
# DE L'ELFE

# LES ROYAUMES OUBLIÉS
## AU FLEUVE NOIR

# L'OMBRE
# DE L'ELFE

## par
## ELAINE CUNNINGHAM

### Couverture de
### FRED FIELDS

FLEUVE NOIR

Titre original :
*Elfshadow*
Traduit de l'américain par
Michèle Pèce

Collection dirigée par
Patrice Duvic et Jacques Goimard

Représentation en Europe :
Wizards of the Coast, Belgique, P.B. 34,
2300 Turnhout, Belgique. Tél : 32-14-44-30-44.
Bureau français :
Wizards of the Coast, France, BP 103,
94222 Charenton Cedex, France. Tél : 33-(0)1-43-96-35-65.
Internet : www.tsrinc.com.
America Online : Mot de passe : TSR
Email US : ConSvc@aol.com.

©1991, 1999 TSR Inc. Tous droits réservés. Première publication aux U.S.A. TSR Stock N. 8486.
TSR, Inc est une filiale de Wizards of the Coast, Inc.
ISBN : 2-265-06591-9
ISSN : 1257-9920

# PRÉLUDE

L'elfe déboucha dans une petite clairière ensoleillée bordée de chênes. S'agenouillant, il scruta le sol et découvrit des traces de pas à peine visibles sur l'herbe.

Ses proies étaient passées par là.

Suivant les marques qui disparaissaient entre deux arbres géants, l'elfe écarta les lianes et pénétra dans le bois. Une fois sa vision adaptée à la chiche lumière ambiante, il aperçut un passage étroit qui serpentait entre les arbustes.

Ignorant qu'elles étaient suivies, ses proies avaient dû emprunter le chemin le plus facile. L'elfe s'y engagea, le cœur battant à la pensée de la victoire si longtemps attendue et maintenant à portée de sa main.

Les elfes dorés n'étant pas un peuple impulsif, la mission de ce matin avait nécessité des années de planification, des décennies de débats et près de deux siècles d'attente avant de trouver le moment opportun.

Mais le temps de frapper était venu et l'elfe porterait le premier coup.

Le chemin se terminait sur un muret en pierre ; l'elfe s'arrêta pour observer le magnifique parc qui s'étendait devant lui.

Son sens inné de la beauté prit un instant le pas sur l'urgence de sa mission. Il serait facile, songea-t-il, d'être séduit par une telle splendeur.

Au fond du jardin se dressait un château, merveille de cristal ensorcelé et de marbre. Les yeux jaunes de l'elfe brillèrent de haine et de triomphe quand il réalisa

9

que sa piste l'avait conduit au centre même du pouvoir des elfes gris. L'antique race des elfes dorés subissait depuis trop longtemps le joug de ses inférieurs.

La situation ne pouvait être meilleure ; aucun garde ne patrouillait dans le parc. S'il voulait abattre ses proies avant qu'elles ne soient trop près du château, il lui faudrait frapper et disparaître, afin de pouvoir revenir un autre jour pour semer la mort.

Pour atteindre le palais, il fallait traverser un labyrinthe de buissons.

*Parfait !* se dit l'elfe, avec un sourire diabolique.

La jeune elfe grise et son protégé humain marchaient sur leurs futures tombes. Des jours passeraient avant que les corps soient découverts dans ce dédale.

Pourtant, il y avait un problème. Un parterre de campanules gardait l'entrée du labyrinthe. Cultivées pour leur son autant que leur odeur, les fleurs laissaient échapper une faible musique.

L'elfe les écouta. Il avait déjà vu ce genre de parc. Les fleurs et les statues étaient disposées de façon à intercepter le moindre souffle de vent. Elles tintinnabulaient en permanence, les différentes mélodies dépendant de la direction de la brise. Ce magnifique parc était un système d'alarme redoutable.

Mais l'elfe n'avait pas le choix. Il sauta par-dessus le mur, passa devant des paons à l'œil inquisiteur et se faufila entre les campanules avec une rare économie de mouvements. Comme il le craignait, le bruit changeait légèrement sur son passage. Pour des oreilles sensibles, le phénomène était aussi puissant que le son d'une trompette.

Il se cacha derrière une statue pour éviter les gardes du château.

Après quelques minutes, il se détendit. A sa grande surprise, il avait atteint le labyrinthe sans être découvert. Il sourit en imaginant les gardes : des lourdauds trop stupides pour reconnaître leur propre système d'alarme.

En règle générale, les labyrinthes des parcs tendaient tous à suivre le même schéma. Après quelques détours, l'elfe changea d'avis.

Il n'en avait jamais vu de semblable.

Les allées conduisaient d'un jardin à un autre, chacun plus fantastique que le précédent. Consterné, l'elfe passa devant des arbres fruitiers exotiques, des fontaines, des tonnelles, des carrés de baies, des mares minuscules remplies de poissons brillants et des oiseaux qui déjeunaient de tulipes rouges.

Le plus étonnant, c'était la représentation magique qui dépeignait les épisodes familiers du folklore elfique : la naissance des elfes aquatiques, le guerre contre les dragons de l'Ile Verte, l'accostage de l'armada...

L'elfe pressa le pas jusqu'à un autre jardin. Jetant un coup d'œil à l'intérieur, il s'arrêta net. Devant lui se dressait un piédestal en marbre surmonté d'un globe rempli d'eau. Il approcha pour l'examiner de plus près.

Par les dieux, c'était de nouveau la naissance des elfes aquatiques !

Il n'y avait aucun doute. Ce ridicule labyrinthe ne pouvait avoir deux fois une « attraction » aussi rare. L'elfe afficha un air dégoûté. Lui, un forestier renommé, il tournait en rond !

Avant qu'il ait pu pousser plus avant sa réflexion, il entendit un faible cliquetis. Il avança jusqu'à un vaste jardin circulaire d'où partaient plusieurs chemins. Chaque entrée était surplombée de roses bleu pâle formant un croissant de lune. Un jardinier entretenait le massif avec plus de vigueur que d'expérience.

L'intrus sourit. A l'évidence, il se trouvait au centre du labyrinthe ; ses proies avaient dû passer par là. Le vieux jardinier lui indiquerait, sous la menace s'il le fallait, quel chemin elles avaient emprunté.

Une volée de papillons salua l'entrée de l'elfe. Le vieux jardinier leva des yeux interrogatifs sur la raison de cet émoi. Quand son regard se posa sur l'intrus, il fit un signe et s'éclaircit la voix comme s'il allait le saluer.

*Non, pas ça !* songea l'elfe, paniqué. Il ne voulait pas alerter ses proies maintenant.

L'elfe sortit une dague et la lança dans la poitrine du jardinier qui s'effondra lourdement sur le sol. Son chapeau glissa, laissant apparaître une longue chevelure bleu foncé semée de fils d'argent.

Bleu foncé !

Le tueur se précipita près du corps. Un éclair doré attira son attention. Sous la tunique en toile du jardinier brillait un médaillon aux armoiries de la famille royale.

Le meurtrier s'empara du bijou. Par la plus bienvenue des erreurs, il avait tué le roi Zaor !

Un cri perçant interrompit sa jubilation. D'un bond, l'elfe se redressa, ses épées en main, et pivota pour faire face à ses proies. La femme était si blanche qu'elle semblait taillée dans le marbre. Mais aucune sculpture ne pouvait exprimer le chagrin et la culpabilité qui se lisaient sur son visage.

Confiant, l'elfe avança vers le couple, lames pointées. A sa grande surprise, le compagnon de la jeune femme eut la présence d'esprit de s'emparer de l'arc accroché dans son dos et de le bander.

La flèche atteignit l'elfe à la poitrine sans toucher d'organes vitaux. Ignorant la douleur, il brandit ses épées. S'il les tuait tous les deux avant de fuir, ce serait vraiment une bonne journée de travail.

— Par ici ! lança une voix de contralto.

Le cri de la jeune femme avait attiré la garde du palais. Le tueur entendit des bruits de pas. Il ne devait être ni capturé ni questionné ! Mourir pour la cause ne l'effrayait pas, mais les elfes gris ne lui offriraient pas une mort digne.

Le tueur hésita un instant, puis il s'enfuit vers la clairière et le portail magique.

Affaibli par la douleur et la perte de sang, il traversa le cercle de fumée bleue qui délimitait le portail magique. De l'autre côté, des bras puissants le soulevèrent du sol.

— Fenian ! Que s'est-il passé ?

— Le portail conduit à Eternelle-Rencontre, lâcha l'elfe blessé. Le roi Zaor est mort.

Son compagnon poussa un cri triomphal qui retentit dans les montagnes.

— Et la femme ? Et le Ménestrel ?

— Ils sont toujours en vie, admit le tueur.

Parler raviva sa douleur. Il grimaça et saisit la flèche à deux mains.

— Ce n'est pas grave, le consola son ami. Amnestria et son amoureux humain suivront bientôt Zaor dans la mort.

Il écarta les mains de l'elfe et entreprit d'arracher la flèche.

— Tu as été vu ?

— Oui, siffla le tueur, les dents serrées.

— Tant pis, tu as quand même bien agi.

D'un geste rapide, il arracha la flèche et la planta dans le cœur de l'elfe. Quand le flot de sang se tarit, il la remit dans sa position initiale.

Ensuite il se leva et observa le cadavre.

— Mais pas *assez* bien, murmura-t-il.

# CHAPITRE PREMIER

La lune se levait, entraînant dans son sillage les neuf minuscules étoiles connues des poètes et des amoureux sous le nom de Larmes de Séluné.

Dans le jardin obscur, les cloches funéraires elfiques se taisaient enfin.

Il y avait à Evereska peu d'endroits plus paisibles que le temple d'Hannali Celanil, la déesse elfique de la beauté et du romantisme. En marbre blanc et en pierre de lune, l'édifice se dressait sur la plus haute colline de la cité. Il était entouré de jardins qui, même en cette fin d'automne, resplendissaient de fleurs rares et de fruits exotiques.

Pourtant, la silhouette pelotonnée au pied de la statue de la déesse, au centre du parc, n'accordait aucun intérêt à cet environnement exquis.

Cédant à ses instincts, l'adolescente demi-elfe avait été attirée dans cet endroit, le havre de paix favori de sa mère. Peut-être espérait-elle y entendre l'écho de la voix de la défunte.

Agée de quinze ans, Arilyn d'Evereska ne comprenait toujours pas comment sa mère, Z'beryl – une magicienne de combat elfe dotée d'une dextérité hors du commun – avait pu mourir en luttant contre de vulgaires voleurs.

Pourtant, il ne restait aucun doute. Les deux assassins avaient avoué. Pour l'heure, leur corps pendaient aux créneaux de la cité.

Arilyn avait assisté à l'exécution avec un curieux détachement.

Tout était arrivé trop vite pour qu'elle puisse faire front. Epuisée, elle posa la tête sur ses genoux.

Déjà affectée par la disparition de sa mère, la jeune fille avait subi un deuxième choc : la soudaine apparition des parents de Z'beryl.

Ils avaient à peine remarqué la présence d'Arilyn, préférant se lamenter derrière les voiles de leurs robes de deuil. Une famille sans visage !

Ce souvenir la fit frissonner...

Après les funérailles, Arilyn avait troqué sa robe de deuil pour sa tenue habituelle, une simple tunique enfilée sur une chemise, un pantalon sombre et des bottes confortables. La seule chose qui la distinguait d'une enfant des rues était l'épée ancienne pendue à sa ceinture. L'unique legs de sa mère.

Arilyn laissa courir ses doigts sur les runes gravées sur le fourreau. Désormais, cette lame lui appartenait. Avant de partir, les parents de sa mère avaient longuement débattu pour savoir si Z'beryl avait le droit de léguer cette épée à une demi-elfe. Mais curieusement, aucun n'avait fait un geste pour la lui reprendre.

— Arilyn d'Evereska ? Je ne voudrais pas te déranger, mais il faudrait que je te parle.

La jeune fille leva les yeux. Un grand elfe mince se tenait sur le seuil du jardin comme s'il attendait l'autorisation d'entrer.

Arilyn avait les yeux perçants typiques de la race de sa mère. Même dans la brume, elle reconnut son visiteur. Son légendaire sang-froid s'évanouit devant la vision de son idole. Une rencontre avec Kymil Nimesin, dans un tel désarroi ! A la fois chagriné et heureuse, elle se leva.

Kymil Nimesin était issu d'une famille noble qui siégeait au conseil du royaume depuis longtemps disparu de Myth Drannor.

Maître d'armes dans une académie, il était un aventurier renommé et un expert en matière de magie. On murmurait qu'il appartenait à la mystérieuse organisation des Ménestrels. Arilyn accordait foi à ces histoires, car elles entretenaient l'image héroïque qu'elle s'était forgée de Kymil.

— Seigneur Nimesin, dit Arilyn en se relevant.

L'elfe noble inclina la tête puis se glissa près d'elle avec la grâce d'un danseur – ou d'un incomparable guerrier. Un haut elfe, également connu sous le nom d'elfe doré, n'était pas une vision fréquente dans la colonie d'Evereska. Arilyn se sentait terne et commune en comparant sa peau blanche et ses cheveux noirs aux *couleurs* exotiques du maître d'armes. Il avait un teint bronze, de long cheveux blonds aux reflets cuivrés et des yeux noirs. La jeune fille s'émerveillait de cette beauté, qui mettait en valeur son aura de noblesse. Kymil Nimesin était un vrai *quessir*, un honorable elfe mâle.

— Je suis très honorée, seigneur Nimesin, dit Arilyn.

— Tu peux m'appeler Kymil, corrigea-t-il, gentiment. Il y a des siècles que ma famille ne compte plus de seigneurs.

Il observa la jeune fille puis leva les yeux sur la statue.

— Je pensais bien te trouver ici, murmura-t-il.

— Pourquoi ? s'étonna Arilyn.

— La statue de la déesse de la beauté présente une évidente ressemblance avec ta mère. J'aurais aussi choisi cet endroit.

Après un long silence, il ajouta :

— Je suis navré pour toi, mon enfant. Si je puis me permettre, qu'as-tu l'intention de faire ?

Cette question plongea Arilyn dans les tourments. Elle n'avait aucune idée de ce qu'elle allait devenir maintenant que sa mère avait disparu.

Sa réflexion fut interrompue par le son nasillard des cornes qui annonçaient la relève de la garde. La caserne d'Evereska était située au pied de la colline, et le bruit des manœuvres du soir montait jusqu'aux jardins du temple.

— Je rejoindrai la garde, répondit Arilyn.

Kymil sourit.

— Si le vent soufflait de l'ouest, nous aurions peut-être entendu des chants monter du Collège de Magie. Aurais-tu décidé de devenir magicienne ?

Arilyn secoua la tête, embarrassée par son impulsivité juvénile. Pourtant, elle insista :

— Non, j'ai toujours voulu être une guerrière comme ma mère.

Elle redressa le menton et serra la garde de son épée.

— Je vois, dit Kymil en étudiant l'arme de l'adolescente. Ta mère était aussi bien magicienne que combattante. Instructrice au Collège de la Magie et des Armes, elle était hautement considérée. T'a-t-elle appris son art ?

— Non, et je crains de n'avoir aucun don en magie. Ni aucun intérêt pour ça, d'ailleurs.

— Elle ne t'a pas parlé de la lame de lune, je suppose.

— Vous faites allusion à cette épée ? Si elle a une histoire, je ne l'ai jamais entendue. Ma mère m'a seulement dit qu'elle serait à moi un jour, et elle avait promis de m'en apprendre plus quand j'en aurais l'âge.

— Tu l'as déjà utilisée ?

— Jamais, répondit Arilyn. Pas plus que ma mère, même si elle la portait toujours sur elle. Elle l'a gardée jusqu'au...

Sa voix se brisa.

— Jusqu'à ses funérailles, termina Kymil.

— Oui. Ensuite, selon ses dernières volontés, l'épée m'a été transmise.

— L'as-tu déjà dégainée ?

Cette question étonna Arilyn, mais elle supposa qu'il avait des raisons de la poser. Elle secoua la tête.

— Tu es sûre que Z'beryl ne t'a rien dit sur cette arme ? insista le *quessir*.

— Rien, confirma la jeune fille. Mais elle m'a appris à combattre. Je suis très douée.

Elle avait fait ce dernier commentaire avec la candeur naïve d'une enfant.

— C'est vrai ? On va voir...

En un éclair, une lame apparut dans la main du maître d'armes. Presque sans son accord, l'épée d'Arilyn glissa hors de son fourreau ; la jeune fille para à deux mains le premier coup de Kymil.

Une émotion intense fit briller les yeux noirs de Kymil. Avant qu'Arilyn ait pu interpréter la réaction du *quessir*, son visage redevint indéchiffrable.

— Tes réflexes sont bons, commenta-t-il d'un ton égal. Toutefois, cette prise à deux mains a ses limites.

Comme pour appuyer ses dires, Kymil tira une dague de sa ceinture. Il se précipita sur Arilyn, feintant avec la dague pour attaquer avec son épée. Avec une grâce instinctive, la demi-elfe évita le coup et détourna la lame de Kymil avec la sienne.

Le *quessir* effectua une série d'attaques croisées avec ses deux armes. Conservant sa prise à deux mains, Arilyn para chaque coup.

*Excellent,* songea Kymil. *Elle est rapide, mais voyons si elle a de la puissance.*

Il rangea sa dague, et leva son épée qu'il abattit de toutes ses forces sur la lame de lune. La poigne d'Arilyn ne faiblit pas. Satisfait, Kymil recula.

La fille de Z'beryl était dotée d'une puissance et d'une agilité exceptionnelles. Plus important pour le maître d'armes, elle avait dégainé l'épée et survécu. Ça signifiait que la lame magique approuvait le choix de Z'beryl.

A peine consciente d'être jugée, Arilyn garda une position défensive. Les yeux brillant d'excitation, elle attendait la suite du combat.

Bien qu'ayant grandi une épée à la main, elle n'avait jamais rencontré pareil adversaire. Ni manié une lame comme celle-là.

Souhaitant prolonger le combat, elle se jeta en avant. Kymil para aisément l'attaque puis s'écarta et rangea sa lame.

— Ça suffit pour l'instant, dit-il. Ton ardeur est louable, mais un duel dans le jardin du temple serait inconvenant. Puis-je voir la lame de lune, maintenant ?

Désappointée, Arilyn devina pourtant qu'elle avait passé le test haut la main. Avec un sourire triomphal, elle prit l'épée par la lame et présenta la garde au maître.

— Mets-la dans son fourreau, d'abord, dit Kymil.

Sans comprendre, la jeune fille obéit. Elle glissa la lame dans le fourreau, enleva sa ceinture et la tendit à l'elfe doré.

Kymil étudia les runes gravées sur le fourreau avant de scruter un espace creux, sous la garde.

— Elle aurait besoin d'une pierre pour remplacer celle qui manque, dit-il. Son équilibre est légèrement modifié, je suppose ?

— Je n'ai rien remarqué, avoua Arilyn.

— Tu t'en apercevras quand ton entraînement avancera, assura Kymil.

— *Entraînement* ? s'étonna la jeune fille.

— On verra ça plus tard. D'abord, raconte-moi ce que tu sais de ton père.

Cette requête plongea Arilyn dans un long silence. Il y avait des années qu'elle ne s'était pas autorisée le luxe de penser à son père. Enfant, elle avait échafaudé des hypothèses. En fait, elle ignorait tout des circonstances de sa naissance. Malgré l'importance que les elfes accordaient à la notion de lignée, Z'beryl avait toujours clamé que les origines familiales comptaient moins que le mérite individuel.

Arilyn avait accepté ce point de vue peu orthodoxe. Pour l'heure, elle cherchait une histoire à raconter à Kymil Nimesin.

— Vous devez avoir remarqué que je suis une demi-elfe, commença-t-elle. Mon père était humain.

— Etait ?

— Oui. Quand j'étais plus jeune, j'ai souvent questionné ma mère à son sujet. Mais ça la rendait si triste que j'ai cessé. J'ai supposé qu'il était mort.

— Et la famille de Z'beryl ? insista Kymil.

— Je ne sais presque rien sur elle. Ses parents ne voulaient pas d'elle et c'était réciproque. Je n'avais jamais vu aucun d'eux jusqu'à ses funérailles, et je ne m'attends pas à les revoir de sitôt. La seule chose qui les intéressait, c'était l'épée. Je ne comprends toujours pas pourquoi ils ne l'ont pas prise.

— Ils n'auraient pas pu, répliqua le *quessir*. C'est une lame de lune, une épée qui ne peut être maniée que par une personne à la fois. Z'beryl t'a légué la lame, qui respectera son choix.

— Comment savez-vous cela ?

— Tu l'as prise en main et tu n'es pas morte, répondit-il, en lui tendant le fourreau avec un geste déférent. L'épée a choisi et son choix t'isole. Tu es la seule à pouvoir la dégainer. A partir de cette nuit, tu ne pourras plus être séparée de cette arme.

— Alors nous formons une équipe ? s'enthousiasma Arilyn.

— D'une certaine façon, oui. Ses pouvoirs magiques t'appartiennent.

— Des pouvoirs magiques ? Lesquels ?

Elle récupéra la lame et la remit à sa ceinture avec précaution, comme si elle avait pu changer de forme à tout instant.

— Sans connaître son histoire, je ne saurais le dire, répondit Kymil. Aucune lame de lune n'est semblable.

— Il y en a d'autres ?

— Oui, mais elles sont assez rares. Chacune a une histoire différente et sa magie se développe quand son utilisateur l'investit d'un nouveau pouvoir.

— Donc je peux en ajouter un ? Celui que je veux ?

— J'ai bien peur que non, dit Kymil. ( Il désigna le creux, sur la garde. ) Il lui manque la pierre de lune enchantée qui lie l'utilisateur et la lame. Les pouvoirs magiques du propriétaire passent par la pierre pour être absorbés par l'épée.

Devant l'expression déçue d'Arilyn, il ajouta :

— Ne t'inquiète pas, mon enfant, tous les pouvoirs de la lame de lune sont à tes ordres.

— Quels pouvoirs ? s'enquit Arilyn, intriguée.

— Tu es une enfant assoiffée de connaissances, soupira Kymil. Puisque tu n'as personne d'autre, je te propose de t'entraîner moi-même, si tu le souhaites.

— Oh, oui ! s'exclama Arilyn.

L'instant suivant, son visage se ferma.

— Mais comment ? L'Académie des Armes ne m'acceptera pas.

— Absurde ! répliqua brusquement Kymil. Tu as déjà fait montre de plus de talent que la plupart des meilleurs étudiants. En particulier les humains, qui sont tout au plus capables d'apprendre les rudiments des arts martiaux. Il serait bienvenu d'avoir une élève douée. Et la fille de Z'beryl...

Il s'arrêta comme s'il étudiait les possibilités.

Peu convaincue, Arilyn regardait ses pieds.

— Il se passera plusieurs années avant que je n'atteigne l'âge où un demi-elfe peut être accepté...

— Ce n'est pas un problème, coupa Kymil sur un ton qui indiquait que l'affaire était conclue. Tu es une *etriel* sous ma tutelle. C'est tout ce que l'Académie doit savoir.

Surprise par les propos de Kymil et ce qu'ils impliquaient, Arilyn se redressa fièrement. Désormais, elle ne serait plus une demi-elfe née de père inconnu, mais une *etriel*, une noble *elfe-sœur*.

Kymil Nimesin venait de l'affirmer.

— Très bien, l'affaire est réglée. Tout ce que tu as à faire, c'est me donner le gage de l'apprenti. Tire ton épée, si tu le souhaites, et répète après moi.

Au comble de la joie, Arilyn sortit sa lame. Prise d'une inspiration, elle s'agenouilla devant la statue. Elle voulait sceller cet engagement aux pieds de la déesse des elfes, comme il convenait à une *etriel*.

La lame de lune tenue à deux mains, elle la tendit devant elle et leva les yeux sur son maître.

Kymil soupira. Incertaine, Arilyn se leva, mais l'elfe doré s'écarta d'elle, les yeux rivés sur la lame.

Entre les mains de la jeune fille, l'épée brillait d'une lumière bleue qui augmenta jusqu'à se détacher de la lame comme une chose vivante. Elle se mêla à la brume et enveloppa les elfes. Devant le couple ébahi, les ombres tourbillonnèrent puis se dirigèrent vers la statue, baignant son visage d'une lueur bleutée.

Bouleversée, Arilyn lâcha l'épée.

Le jardin fut replongé dans l'obscurité.

— C'était quoi ? chuchota l'adolescente. Où est-ce parti ?

— Je l'ignore, avoua Kymil.

Arilyn effleura la main en pierre de la déesse, posée sur son cœur. Elle eut l'impression que la lumière bleue était toujours présente à cet endroit.

— Ne laisse pas cet incident t'effrayer ou te distraire, dit Kymil. Je suis sûr que nous aurons une explication en temps voulu. Nous découvrirons ensemble les capacités de cette arme. Tu as du talent et un extraordinaire héritage et je peux te donner une technique et une cause juste à défendre. Pouvons-nous procéder au serment ?

Avoir Kymil comme professeur !

Arilyn acquiesça et leva de nouveau son épée.

# CHAPITRE II

— Ah, voilà qui est impayable ! Un moment qui restera gravé dans ma mémoire. La tueuse favorite des Ménestrels qui vient me demander un conseil !

L'hilarité du vieil homme ne manqua pas d'irriter son visiteur.

Les mains sur les hanches, Arilyn Lamelune attendit que l'agent du Zhentarim ait fini de s'amuser à ses dépens.

A son avis, toute rencontre avec un Zhentilar devait se conclure par un duel. Le Réseau Noir était voué aux dieux du mal et à la cupidité de ses membres.

Mais la demi-elfe devait supporter cette situation, puisque l'homme détenait une information qu'elle ne trouverait nulle part ailleurs.

Finalement, il retrouva son calme, et désigna une chaise vide.

— Assieds-toi confortablement et parlons boutique.

Arilyn s'offensa de cette conclusion hâtive. Même s'il avait été un tueur à son heure, elle ne se sentait rien de commun avec ce vil personnage.

— Vous avez reçu nos informations et je suis certaine que vous comprenez la situation, déclara-t-elle en restant debout.

— Plus ou moins... Il semble que vous en fassiez beaucoup pour une poignée de bibelots.

— Des artefacts inestimables, consacrés à la déesse Sunie, corrigea Arilyn.

— Les Ménestrels succombent au charme de la déesse de la beauté, c'est ça ? Quand est-ce arrivé ?

— Les artefacts ont été dérobés à un ambassadeur de l'église de Sunie, et les prêtres qui l'accompagnaient ont été abattus.

— Et alors ? Ces choses sont courantes.

L'attitude du vieil homme mettait les nerfs d'Arilyn à dure épreuve. Elle faisait partie de ceux qui avaient découvert les cadavres, et ce souvenir la hantait.

— La mort d'innocents est une affaire banale, ironisa-t-elle, mais l'église de Sunie aimerait beaucoup retrouver ces artefacts.

— Innocents ou pas, ce n'est pas le genre d'histoires qui intéressent d'ordinaire les Ménestrels, dit le Zhentilar. Bien, quel bâtard malchanceux détient ces objets ?

— Cherbill Nimmt, répondit Arilyn.

Le Zhentilar laissa échapper un long sifflement.

— Maintenant, je commence à comprendre de quoi il s'agit. Nous avons travaillé ensemble, Nimmt et moi, à ses début. C'est un sale individu. Venant de moi, tu imagines ce que ça signifie.

Il songea un moment à la plaisante vision du cadavre de son ancien ami avant de conclure avec une touche de regret :

— Mais je ne pense pas que ce chien vaille la peine de risquer ta vie.

— Je n'en avais pas l'intention, répliqua Arilyn. J'ai été envoyée pour récupérer les objets volés, c'est tout. Et je suis ici pour acheter des informations sur la forteresse.

Elle sortit un sac d'or et le posa devant l'informateur qui s'en empara pour le soupeser d'une main experte.

— Il n'y a que la moitié du prix annoncé...

— Vous aurez le reste quand je serai repartie saine et sauve.

— Saine et sauve ! répéta le Zhentilar. Se glisser dans le château de Sombregarde et rencontrer un homme comme Nimmt n'est pas une façon de faire de vieux os. Non, je veux le reste de l'or, que tu sois morte ou vive.

— Si j'accepte, qu'est-ce qui vous empêchera de contacter vos vieux amis de Sombregarde ? Je risque ma vie, et vous risquez la moitié de vos honoraires sur mes chances de succès. C'est un marché équitable.

— D'accord, concéda le vieil homme. Autant prendre ce qu'il y a à prendre. Allons, au travail !

Il fouilla dans un tas de parchemins posés sur son bureau et en sortit des cartes dessinées à la main.

Arilyn approcha pour mieux voir, mais garda l'air impassible. Tout signe d'excitation aurait probablement fait monter les prix du Zhentilar. A grands renforts de détails, il lui expliqua la disposition de la forteresse, la configuration de ses défenses et les habitudes des dirigeants.

En l'écoutant, Arilyn commença à échafauder un plan.

Comme s'il lisait dans ses pensées, l'informateur leva les yeux sur elle.

— Ton premier gros problème est ici, dit-il en traçant un grand cercle autour de la carte. Cette ligne représente les falaises qui entourent le val de Sombregarde. Du granit, haut de soixante pieds et aussi lisse qu'un mur d'enceinte. Ce n'est pas une ascension facile. Pour corser le tout, des esclaves débarrassent les parois de toute végétation. Il n'y a aucun abri.

Ensuite, il désigna une ligne droite à l'ouest des falaises.

— Voilà le mur d'enceinte et la porte. C'est le seul chemin sûr de la vallée, mais n'y pense pas. Il est trop bien gardé. Personne n'entre sans que Sememmon, le maître de Sombregarde, ne le souhaite. Compris ?

— Très bien, continuez, soupira Arilyn.

— La forteresse est située au centre de la vallée. Rien ne pousse sur le sol sinon quelques arbres, par ici. Il y a un cours d'eau, mais il est rempli de pierres et peu profond. Impossible de nager sans être vu. Comme tu peux le constater, il n'est pas aisé de s'introduire dans le château.

Il étudia un moment sa visiteuse.

Arilyn Lamelune avait la fraîche beauté d'une jeune femme de vingt ans, mais son informateur savait qu'elle devait en avoir le double. Ses traits anguleux d'elfe étaient adoucis par son sang humain, et sa silhouette fine semblait fragile.

Délicate et dangereuse : une combinaison qui en ferait une reine dans n'importe quel bordel des Royaumes.

— Hum. Tu es une elfe grise, n'est-ce pas ? demanda le Zhentilar, remarquant que sa peau pâle était teintée de bleu sur les pommettes et sur le bout des oreilles.

— Je suis une elfe de lune, corrigea Arilyn.

*Elfe gris* était un terme péjoratif utilisé par les humains et les nains, et une insulte dans la bouche d'un autre elfe. Sans se soucier de l'avoir vexée, le vieil homme continua de la dévisager.

— Une demi-grise alors. Eh bien, j'ai toujours dit qu'une moitié d'elfe valait mieux que pas d'elfe du tout. L'affaire réglée, peut-être que...

— Non, coupa Arilyn.

L'expression grivoise du Zhentilar lui donnait la nausée. Après ses commentaires sur son origine, elle n'aurait rien voulu faire avec lui, même s'il avait été aussi beau et vertueux que le seigneur elfe Erlan Duirsar.

— Tu ne sais pas ce que tu perds..., dit-il. Bien, comment as-tu prévu d'entrer dans la forteresse ?

Arilyn leva les sourcils ; le Zhentilar éclata de rire.

— Tu as raison ! Si j'étais toi, je ne le dirais pas non plus. Je suppose que nous en avons terminé. Bien sûr, si tu voulais...

La jeune femme ignora ce sous-entendu et désigna une carte.

— Pouvez-vous y indiquer les chemins qui partent du sous-sol ?

— Bien sûr, mais je doute que tu ailles si loin.

— Il y a des portes secrètes ? insista Arilyn. Des passages ?

Songeur, le Zhentilar se gratta le menton.

— Maintenant que tu le dis, je crois qu'il y a quelque chose qui peut t'être utile. Ça te coûtera un supplément, bien sûr.

Il replongea dans ses piles de documents et fouilla jusqu'à ce qu'un parchemin attire son œil.

Il le parcourut puis hocha la tête.

— Parfait, dit-il. Peu de gens connaissent cette porte. Je l'avais presque oubliée moi-même.

L'informateur lui tendit le document et ils étudièrent le chemin. Quand ils eurent terminé, Arilyn lui tendit quelques pièces et se leva pour partir.

— Vous aurez la seconde moitié de votre paiement quand je serai revenue de Sombregarde. Avez-vous toujours confiance en votre étoile ?

— Je maintiens mes positions, proclama le vieil homme avec emphase.

Arilyn sortit un parchemin de sa ceinture et le posa sur la table.

— Voici une lettre qui détaille notre marché. Mes associés ont des copies. Si vous me trahissez, vous mourrez.

— Les Ménestrels n'agissent pas comme ça, dit le Zhentilar avec un sourire crispé.

— Je ne suis pas vraiment une Ménestrelle, souffla Arilyn.

La menace était un bluff, mais le vieil homme sembla la prendre au sérieux.

Arilyn était une aventurière indépendante. Les Ménestrels l'employaient depuis des années, mais elle n'avait jamais été invitée à rejoindre leurs rangs. La plupart de ses missions lui étaient confiées, par l'intermédiaire de son mentor, Kymil Nimesin. Certains membres de l'organisation secrète considéraient d'un mauvais œil la demi-elfe et sa sinistre réputation. Amie des Ménestrels et tueuse professionnelle, elle était un curieux hybride. Dans des situations comme celle-là, ça lui donnait un avantage certain.

— Moitié elfe, moitié Ménestrelle, hein ? lança l'informateur. Un joli titre pour un chapitre de mes mémoires.

— Si vous respectez notre accord, vous vivrez peut-être assez longtemps pour l'écrire. Vous avez raison, les Ménestrels n'agissent pas ainsi ! Si je meurs dans l'action, vous aurez quand même votre commission. Mais si je suis trahie, des copies de cette lettre seront envoyées à Cherbill Nimmt et au sorcier elfe qui dirige Sombregarde. Je suppose qu'ils ne seraient pas ravis d'apprendre l'existence de notre transaction.

— Pas mal ! admit le Zhentilar. Avec un esprit comme ça, tu entreras peut-être dans Sombregarde, après tout. Il est rafraîchissant de voir les Ménestrels recourir à des gens comme toi.

— La cause est celle des Ménestrels, mais mes méthodes me regardent, dit Arilyn.

— Qu'importe ! Ne doute pas des informations que je t'ai fournies. Elle sont exactes. Vas-y et tente de t'infiltrer dans la forteresse !

Sans répondre, Arilyn rassembla les cartes puis abandonna le vieux Zhentilar dans sa tanière.

Il regarda la porte un long moment après qu'elle fut sortie.

— Moitié elfe, moitié Ménestrelle, murmura-t-il dans la pièce vide, en savourant ses mots.

Songeur, il plongea une plume dans l'encrier et commença à écrire. Ce serait le chapitre le plus réussi de ses mémoires, même s'il devait improviser une fin satisfaisante.

Emporté par son imagination, il écrivit jusque tard dans la nuit. Quand sa lanterne n'eut plus d'huile, il alluma des bougies.

L'aube pointait lorsque la porte s'ouvrit. Surpris, il leva la tête puis se détendit.

— Bienvenue, dit-il à la silhouette qui approchait. Tu as changé d'avis, je suppose ? Parfait. Viens par là, je vais te montrer ce que je sais faire...

La voix du vieil homme s'étrangla quand deux mains de femme se nouèrent autour de son cou. Il tenta de se libérer, mais son adversaire était incroyablement forte.

L'informateur suffoqua ; son corps sans vie s'effondra sur la pile de manuscrits.

L'intruse poussa le cadavre et prit sa place à la table. Elle parcourut le texte à la lueur de la dernière bougie, puis approcha les pages de la flamme.

Quand le dernier chapitre des mémoires du vieil homme fut parti en fumée, elle quitta la pièce.

# CHAPITRE III

La caravane des marchands dressait son camp pour la nuit ; sous l'habituelle agitation se tapissait un profond sentiment de malaise.

Sur la route menant d'Eau Profonde au Cormyr, la colonne campait à l'ombre de Sombregarde.

Il n'était pas rare pour les marchands de faire halte au quartier général des Zhentilars ; après tout, les affaires restaient les affaires. Commercer avec le Réseau Noir était préférable que d'avoir à défendre une caravane. La rapine étant une activité aléatoire et l'approvisionnement devant être maintenu, la forteresse achetait les articles qu'elle ne pouvait dérober.

Les marchands avaient été assurés de pouvoir commercer librement, mais aucun ne dormirait en paix. Les hommes qui ne montaient pas la garde restèrent éveillés une longue partie de la nuit...

Dans une petite tente, à l'extrémité du camp, une silhouette solitaire attendait que tout le monde dorme. Mais les heures passaient et elle ne pouvait patienter plus longtemps.

Arilyn Lamelune rassembla ses affaires et se glissa dehors.

Des années d'expériences et la félinité des elfes lui permirent de se déplacer sans bruit. L'absence de lune lui facilitait la tâche.

Grâce au chemin qu'elle avait défini sur la carte, la demi-elfe atteignit sans problèmes le mur extérieur de la forteresse, protégé par des douves.

30

Le vieux Zhentilar lui avait indiqué qu'elle ne devait pas espérer pouvoir y nager.

Tapie dans l'ombre des arbres, Arilyn sortit quelques objets de son sac et se prépara à entrer dans Sombregarde.

Construit par des géants maléfiques des siècles plus tôt, le château avait abrité des dragons et un mage avant d'être conquis par les Zhentilars. Le mal semblait suinter de ses pierres, comme s'il était mélangé au mortier.

Arilyn assembla une petite arbalète et y encocha un carreau qui se terminait par une ventouse enduite d'une substance adhésive dérivée des fils de toiles d'araignées géantes.

La jeune femme tira juste au-dessous du toit de la Tour des Visiteurs. A l'autre bout du carreau, elle avait attaché une longue corde. Elle s'y accrocha pour vérifier qu'elle tenait bon. Satisfaite, elle se propulsa au-dessus des douves, atterrit au pied du mur et entreprit de l'escalader.

Son but était une fenêtre munie de barreaux d'acier. La jeune femme se hissa sur son rebord en pierre et sortit une fiole de sa tunique. Avec prudence, elle versa quelques gouttes de venin de dragon noir à la base des deux barreaux.

L'acide entama le métal rouillé. Arilyn enleva les barreaux, entra et les recolla avec de la gomme d'acacias.

Comme prévu, elle était dans l'étroit corridor qui longeait la tour. Rabattant la capuche de la tunique pourpre des adeptes de Cyric qu'elle avait revêtue, elle se dirigea vers l'escalier qui conduisait dans la cour intérieure.

L'étage inférieur abritant les visiteurs, elle descendit en silence afin d'éviter une confrontation avec un « collègue du clergé ».

Mais au pied des marches, un petit homme rondouillard attendait.

— Simeon ! lança-t-il. Dépêche-toi ou nous allons rater la procession.

Arilyn se contenta de hocher la tête et lui indiqua de la précéder dans la cour.

— Simeon ? fit l'homme d'un ton soupçonneux.

Puis il porta la main sur le symbole clérical cousu sur sa poitrine. La demi-elfe reconnut le lancement d'un sort. Elle dévala les dernières marches et lança son pied dans le ventre de l'homme. Ils tombèrent ensemble, mais seule Arilyn se releva. Le prêtre était plié en deux, le souffle coupé. La jeune femme lui porta un coup à la nuque. Cette fois, il s'immobilisa.

Avec un soupir de frustration, Arilyn étudia la situation. Elle ne pouvait laisser le cadavre sur place. Comme il l'avait souligné, elle allait rater la procession si elle s'attardait.

Elle ouvrit une porte qui donnait sur une pièce remplie de malles de voyages. Elle traîna l'homme dans l'une d'elles, puis ajusta sa capuche et retourna dans l'escalier.

Dans la cour s'élevait un chant lugubre. Une longue colonne de prêtres passa devant la tour pour gagner l'entrée principale du château.

Arilyn enfonça les mains dans ses poches, baissa la tête pour prendre l'attitude d'un novice et emboîta le pas au groupe.

Les prêtres se rassemblaient pour célébrer le Sacrifice de la Lune Noire, une cérémonie en l'honneur de Cyric, le Dieu de la Mort, de la Destruction et du Meurtre. Divinité récente, Cyric avait été un mortel démoniaque et ambitieux. Il avait pris la place de Baine le Fléau, de Bhaal et de Myrkul, trois dieux répugnants anéantis durant les Temps des Troubles. Bien qu'il ne fût pas universellement vénéré par les adeptes des trois défunts, Cyric avait gagné du terrain parmi les Zhentilars et leurs alliés.

Arilyn avait appris des mois plus tôt la date de la cérémonie. Il lui était apparu que ce serait un moyen idéal pour pénétrer dans la forteresse.

La demi-elfe se glissa dans la procession, qui franchit la porte principale pour s'engager dans un long couloir conduisant à un tombeau.

Les prêtres ne remarquèrent pas qu'une silhouette quittait la colonne et se glissait vers l'escalier qui menait au sous-sol.

Le capitaine Cherbill Nimmt se considérait comme un homme raisonnable, mais il y avait des limites à sa patience.

— Tu es venu ici en espérant repartir avec le trésor ? grogna-t-il, brandissant un grand sac en cuir.

— Vous avez fixé un prix pour ces objets et je suis d'accord pour le payer, chuchota Arilyn, faisant de son mieux pour imiter une voix d'homme.

D'une de ses poches, elle sortit une bourse qu'elle jeta aux pieds de Nimmt.

Le son étant satisfaisant, le capitaine se délecta d'une récompense si longtemps attendue. Plusieurs mois plus tôt, il avait conduit une patrouille dans les Montagnes du Soleil Levant, au nord de Sombregarde, et il avait volé les objets qu'il espérait vendre aujourd'hui.

— J'espère que cette bourse est remplie de pièces d'or, dit Cherbill.

— Encore mieux ! répondit Arilyn. Elle contient une moitié de pièces d'or. L'autre est en ambre de dragon.

Le soldat prit la bourse et la vida sur une caisse en bois.

Après avoir examiné les pièces, Cherbill glissa les gemmes dans sa poche et, avec un grand sourire, désigna la porte en chêne.

— Merci beaucoup. Et maintenant, hors d'ici !

— Pas avant d'avoir ce que je suis venue chercher.

— Comme tous les prêtres, tu es borné ! cracha Cherbill. Tu devrais partir tant que je t'en laisse l'occasion. Qu'est-ce qui m'empêcherait de te tuer et de tout garder ?

Arilyn glissa une main sous son manteau et sortit sa lame de lune.

Cherbill éclata de rire et brandit sa propre épée.

Il attaqua sans sommations.

La jeune femme évita le premier coup avec une surprenante agilité et para sans sourciller ceux qui suivirent. Déconcerté, le soldat changea de tactique. Plus grand et plus lourd que son adversaire, il tenta d'imposer sa puissance physique. En vain. Très vite, son visage trahit sa fatigue et ses doutes.

— Qui es-tu ? haleta-t-il.

— Arilyn Lamelune, déclara la demi-elfe en rabattant la capuche pourpre. J'ai été mandatée pour retrouver les artefacts volés. Nous avons conclu un marché. A moins que tu ne préfères te battre ?

Utilisant la prise à deux mains enseignée par sa mère, elle leva son épée en signe de défi.

Cherbill laissa tomber son arme.

— Je n'ai aucune envie de mourir, dit-il. Prends ce que tu es venue chercher et va-t'en.

Dubitative, Arilyn l'observa un moment. Son sens de l'honneur l'empêchait d'attaquer un homme désarmé, mais elle n'avait aucune confiance en lui.

— Vas-y ! cria le capitaine.

Arilyn rengaina son épée et se tourna pour prendre le sac. A l'évidence, Cherbill Nimmt ignorait l'efficacité de la vision périphérique des elfes. Avec un sourire triomphant, il sortit une dague dissimulée dans sa ceinture. Son expression disait clairement que la demi-elfe savait se battre, mais qu'elle n'était pas de taille à lutter contre *lui*.

La jeune femme pivota. D'un geste, elle fit tomber la lame des mains du soldat.

Stupéfait, il ferma les yeux, attendant le coup fatal.

— Ramasse ton arme ! ordonna Arilyn.

Cherbill obéit.

— Pourquoi ? demanda-t-il. Si tu veux me tuer, pourquoi ne pas l'avoir déjà fait ?

— Pourquoi pas, en effet ? répliqua Arilyn.

Un instant, elle souhaita que les Ménestrels ne soient pas si prompts à s'indigner de certaines choses. Comme l'avait dit son informateur zhentilar, si un homme méritait d'être tué, c'était bien celui-là. Les Ménestrels étaient disposés à fermer les yeux sur les erreurs passées de la demi-elfe, mais il était clair que les tueurs – aussi noble que fût la cause – étaient mal vus.

En général, Arilyn accédait à leurs désirs de modération. A cet instant, elle ne regrettait pas que les circonstances l'aient de nouveau placée dans la peau d'un honorable tueur.

— Je n'ai pas choisi de combattre, dit-elle. Mais sache cela, Cherbill Nimmt : j'ai l'intention de te tuer dans un combat loyal. Crois-moi, c'est plus que tu ne mérites.

Elle leva son épée en signe de défi. Avec une expression méprisante, le soldat lui retourna son salut et se mit en position défensive.

Il para la première attaque d'Arilyn et retrouva un sourire confiant.

Trop concentré sur le combat, il ne remarqua pas la faible lueur bleue qui illuminait l'arme de son adversaire.

Arilyn, elle, reconnut le signal de danger qu'émettait la lame de lune.

Elle sut qu'il fallait en terminer. Son coup suivant trancha la gorge de Cherbill Nimmt.

Arilyn essuya son épée et la rangea dans son fourreau.

Elle entendit une armure cliqueter dans le couloir. En hâte, elle rassembla les pièces d'or et récupéra dans la poche du cadavre les gemmes qu'elle rendrait aux prêtres de Sunie. Ensuite, elle attacha le sac plein d'objets magiques à sa taille et se mit à la recherche d'une porte.

Nimmt et elle avaient convenu de se rencontrer dans une pièce isolée, au sous-sol de la forteresse. Arilyn avait suggéré cet endroit à cause d'un tunnel rarement utilisé que lui avait indiqué le vieux Zhentilar.

Cherbill avait accepté parce que le lieu de rendez-vous était aussi loin que possible des gardes.

— Par là ! J'ai entendu quelque chose dans cette direction, cria une voix gutturale

Une dizaine d'hommes approchaient.

Arilyn n'avait pas la capacité typiquement elfique de distinguer les contours des portes secrètes. Repérant des traces autour de certaines pierres, elle laissa courir ses doigts sur le mur et découvrit un minuscule mécanisme qu'elle actionna.

Une trappe s'ouvrit ; Arilyn se glissa dans le tunnel obscur. Elle referma derrière elle au moment où les gardes pénétraient dans la pièce et trébuchaient sur le cadavre de Nimmt.

Tournant le dos à Sombregarde, Arilyn courut dans le tunnel.

Elle en sortit quelques centaines de pas plus loin, soulagée de se retrouver à l'air libre.

Satisfaite de sa victoire, elle reprit le chemin du camp sans craindre d'être poursuivie. Les Zhentilars penseraient que Nimmt avait été tué à cause de quelque complot interne.

La jeune femme se glissa dans sa tente au lever du jour, sans avoir été repérée par les sentinelles. Elle s'allongea et sombra dans un sommeil peuplé de rêves.

Dans une autre partie du camp, Rafe Eperondargent s'agitait dans son sommeil. Forestier demi-elfe et aventurier, il avait été engagé pour effectuer les reconnaissances et aider à protéger la caravane. A son côté reposait une femme plantureuse. Malgré les privautés de la soirée, le jeune homme avait mal dormi, car les chants lugubres de Sombregarde avaient hanté ses rêves.

Alors qu'il marmonnait en se retournant pour la centième fois, une silhouette entra dans la tente. Des profondeurs de sa robe noire, l'intrus tira un objet qu'il glissa dans la main gauche du forestier.

Un sifflement emplit la pièce. Rafe ouvrit les yeux. Malgré la douleur, il reconnut son agresseur. Ses lèvres s'ouvrirent pour poser une question, mais aucun son ne sortit de sa bouche.

Son corps fut pris de convulsions puis s'immobilisa. Curieusement, sa conquête continua de dormir.

Sans la regarder, l'assassin palpa la gorge de sa victime à la recherche d'une pulsation. Satisfait de n'en sentir aucune, il vérifia un dernier détail.

Dans la paume du forestier mort, une tâche brillait d'une faible lueur bleue.

La brûlure représentait une petite harpe et un croissant de lune.

Le symbole des Ménestrels.


La nuit était tombée. Seules les étoiles et un sens aigu de l'orientation guidaient la cavalière solitaire vers Evereska. La lune était haute quand elle mit pied à terre au bord du fleuve Allonge.

Arilyn Lamelune aurait préféré continuer, mais il n'était pas question de traverser les rapides de nuit. Depuis l'aube, elle avait mis plusieurs lieues entre elle et Sombregarde. A cette allure, elle atteindrait Evereska en quelques jours. Pressée de rentrer chez elle, elle avait poussé sa jument grise au bord de l'épuisement.

Arilyn la conduisit au bord de l'eau pour qu'elle se désaltère. Ensuite, elle passa un long moment à la brosser, puis l'attacha dans le coin le plus herbeux qu'elle pût trouver.

La jeune femme alluma un feu et s'assit. Elle avait chevauché toute la journée, autant pour échapper à d'éventuels poursuivants que pour fuir ses pensées.

Dans la tranquillité de la nuit, elle ne pouvait plus éviter de songer à la mort de Rafe Eperondargent.

Après que le cadavre du forestier eut été découvert, le capitaine des marchands avait accepté qu'elle quitte la caravane. Agent connu des Ménestrels, la demi-elfe était considérée comme une cible pour le mystérieux tueur. Elle mettait donc en danger tout le groupe.

Personne n'avait douté de son innocence.

Rafe et elle avaient passé tout leur temps ensemble durant le voyage, et il paraissait évident que les deux demi-elfes étaient amoureux l'un de l'autre.

Arilyn attisa le feu. Elle n'avait rien fait pour démentir ces rumeurs, car elles la protégeaient des avances des marchands. En réalité, ils étaient des amis. Mais pour la jeune femme, l'amitié était un cadeau rare.

Elle regarda l'anneau qu'elle portait à la main gauche. Un simple cercle d'argent gravé du symbole de la licorne de la déesse Mielikki, patronne des forestiers. Elle avait gagné la bague de Rafe aux dés et la gardait en son honneur. Elle était le symbole de l'amitié qu'ils avaient partagée, née au hasard de voyages en commun et de l'émulation naturelle entre deux aventuriers.

Bouleversée, se sentant seule, Arilyn s'affaira à monter son camp. Elle déroula sa couverture devant le feu, puis sortit des fruits secs et des biscuits de son sac.

Depuis près d'un quart de siècle, Arilyn voyageait seule. Pourtant, un aventurier pouvait avoir des liens. Mais il lui avait semblé injuste d'exposer quelqu'un aux dangers inhérents à la vie qu'elle avait choisie.

Ses amitiés étaient rares et circonspectes.

Arilyn s'allongea et croisa les mains sur sa nuque.

Les relations intimes n'étaient pas aisées pour les demi-elfes. A près de quarante ans, Arilyn arrivait à la moitié de l'existence d'un humain. Mais un elfe de lune de son âge sortait à peine de l'adolescence. Il lui semblait avoir passé son existence à n'être ni l'un ni l'autre. Son alliance avec les Ménestrels était du même tonneau. Ses services étaient estimés, mais son passé d'« honorable tueuse » avait empêché l'organisation secrète de l'accepter comme un membre à part entière.

Le Tueur de Ménestrels, lui, ne se sentait pas concerné par les problèmes d'identité de sa cible. Durant tous ses déplacements, Arilyn sentait des yeux invisibles posés sur elle. Spécialiste des filatures, elle n'avait trouvé aucune trace de son ennemi.

Pourtant il la suivait pas à pas. Depuis des mois, elle attendait une inévitable confrontation.

Mais le temps passait et les victimes se rapprochaient de plus en plus du cercle de ses intimes. La mort de son ami Rafe ne laissait planer aucun doute : le tueur resserrait l'étau sur elle.

Arilyn soupira. Ayant passé sa vie à régler ses affaires avec une épée, elle détestait devoir attendre que le tueur invisible se décide à jouer la partie jusqu'au bout.

Qui pouvait être l'ombre qui la connaissait si bien ? En vingt-cinq ans, elle avait croisé l'épée avec de nombreuses personnes et elle s'était fait beaucoup d'ennemis. Ceux qui s'étaient ouvertement déclarés étaient morts, et elle n'avait aucun souvenir de quelqu'un qui pût avoir un tel désir de revanche.

La lune disparut à l'horizon sans qu'elle trouve de réponse. Songeant à dormir, elle orienta ses pensées vers des choses plus agréables.

Bientôt elle atteindrait Evereska et sa maison, où elle se reposerait – pas seulement des fatigues du voyage. Elle était lasse de semer la mort dans son sillage, et le regard qui épiait ses moindres gestes devenait insupportable.

Même là, elle sentait une présence. Elle jeta un coup d'œil sur la lame de lune posée à côté d'elle comme une fidèle compagne.

L'arme ne lui signalait aucun danger.

En travaillant avec son maître, Kymil Nimesin, Arilyn avait appris que l'épée pouvait la mettre en garde de trois façon différentes.

Elle brillait d'une lumière bleue quand le danger approchait. Quand il était là, elle vibrait d'une énergie silencieuse que seule Arilyn pouvait sentir.

Quand la jeune femme dormait, l'épée montait la garde. Souvent, elle s'était réveillée d'un cauchemar où elle se faisait attaquer par un orc ou un troll pour découvrir que c'était la réalité.

Pour un voyageur solitaire, c'était très pratique.

Cette nuit, la lame était sombre et silencieuse. Il n'y avait aucun danger sur les rives du fleuve.

Dans ce cas, pourquoi avait-elle le sentiment que des yeux étaient posés sur elle ?

# CHAPITRE IV

Le festival des Moissons était le grand événement du mois d'Eleint. Alors que l'été s'achevait et que les jours, plus courts, rafraîchissaient, l'automne promettait de longues nuits de fêtes.

Si l'économie d'Eau Profonde était basée sur le commerce plus que sur l'agriculture, les riches Aquafondais ne perdaient jamais une occasion de s'amuser.

Grâce aux efforts de plusieurs familles nobles, le bal des Moissons était un événement somptueux. Il se déroulait dans la Maison des Soies Pourpres, une des plus grandes et plus belles salles des fêtes de la ville. Des centaines d'invités s'y rassemblaient sous des milliers de lanternes magiques qui changeaient de couleurs selon le tempo de la musique.

Dans un coin de la pièce, près du buffet, un joyeux petit groupe s'était rassemblé autour de Danilo Thann, un des héritiers les plus en vue d'Eau Profonde.

Le jeune homme était vêtu d'un costume vert destiné à mettre en valeur sa nouvelle image de voyageur, pourtant mise à mal par les nombreuses bagues qui ornaient ses doigts. Ses longs cheveux blonds retombaient en vague sur ses épaules.

Connu pour ses *talents* de musicien et de mage, Danilo Thann était un dilettante passionné de mode. Pour l'heure, il amusait ses amis avec un tour minable.

— Dan ! dit une voix derrière lui. Le vagabond est enfin de retour !

Des cris saluèrent l'arrivée du nouveau venu. Vêtu de ses couleurs préférées, le rouge, l'argent et le bleu, Regnet Amcathra pénétra dans le cercle de jeunes nobles.

Danilo et lui se serrèrent la main avec le sérieux des guerriers, puis tombèrent dans les bras l'un de l'autre.

— Par les yeux de Heaume, je suis content de te voir ! lança Regnet.

Amis d'enfance, les deux garçons rivalisaient d'excentricités vestimentaires.

Regnet examina le costume vert de son camarade.

— Dis-moi, Dan, mettras-tu un jour une autre couleur ?

Le groupe éclata de rire. Avant que Danilo puisse riposter, Myrna Callahanter se pressa contre lui.

— Montre-nous un autre tour, murmura-t-elle.

— J'aimerais bien, mais j'ai lancé tous les sorts que j'avais à ma disposition aujourd'hui.

— Oh non, minauda la jeune fille. Tu n'en as plus un seul ?

— Eh bien..., hésita Danilo. J'ai travaillé sur quelques modifications intéressantes d'un sortilège...

— Une autre Boule de Neige de Snilloc ! s'esclaffa Regnet.

— Tu devrais m'être reconnaissant, plutôt que de railler, répliqua Danilo.

Il se tourna vers le groupe et désigna Regnet.

— Il y a trois mois, notre gravure de mode a insulté un très grand et très saoul gentilhomme dans une taverne du quartier des docks. Une bagarre s'en est suivie. Bien sûr, j'ai dû voler à son secours. Utilisant le sort de la Boule de Neige de Snilloc, j'ai invoqué un projectile magique...

— Une boule de neige ? s'étonna Wardon Agundar, dont la famille faisait commerce d'épées.

— Pas exactement, avoua Danilo. J'ai improvisé une variation plus exotique...

— Il a créé le sort de la tarte à la crème de Snilloc, acheva Regnet avec un grand sourire.

Les nobles éclatèrent de rire et Danilo s'inclina.

— Je mérite l'immortalité ! lança-t-il en prenant une pose héroïque.

— Que s'est-il passé ? demanda Myrna. Avez-vous dû combattre ces rustres ou les gardes sont-ils intervenus ?

— Rien de si dramatique, admit Danilo. Nous avons réglé nos différends comme des hommes bien élevés. Regnet a offert une tournée à nos adversaires. Le dessert, bien sûr, fut pour eux.

Des murmures de désapprobation saluèrent la plaisanterie douteuse de Danilo.

— Tu ferais mieux de lancer un autre sort pour te racheter, conseilla Regnet.

Les autres appuyèrent sa demande. Après avoir déclaré qu'il n'avait pas eu le temps de travailler à fond, le « mage » accepta d'essayer.

— Hum, j'ai besoin de quelque chose de vraiment vulgaire comme composant, dit-il.

Son regard s'arrêta sur le pendentif de Regnet, constellé de pierres rouges et bleues.

— Cet objet fera très bien l'affaire, dit-il.

Faisant mine d'être vexé, Regnet lui tendit le bijou. Son ami incanta en faisant de grands gestes. Ensuite, il lança le pendentif en l'air et fit apparaître un tourbillon de fumée multicolore.

Quand le nuage se dissipa, les jeunes nobles regardèrent Regnet, l'air stupéfait. Puis leurs rires emplirent la salle. Le charme avait transformé ses fanfreluches colorées en une tunique marron de druide.

Danilo écarquilla les yeux, mimant la consternation. Il recula d'un pas et croisa les bras.

— Eh bien, comment est-ce arrivé ? murmura-t-il.

Ebahi, Regnet observa son nouvel accoutrement.

Son chagrin émut ses amis. Les rires s'évanouirent et un silence gêné s'installa dans le groupe.

Un homme grand et robuste approcha. A l'inverse de la plupart des invités, il était vêtu de noir, ses seules fantaisies étant un collier d'argent et une cape en fourrure grise.

L'air mécontent, il fronça les sourcils.

— Oh, oh, murmura Myrna, le regard brillant de joie à la pensée du désastre qui allait suivre.

— Oncle Khelben ! s'exclama Danilo. Tu es la personne qu'il nous fallait ! Ce sort n'a pas fonctionné. Pourrais-tu m'indiquer où je me suis trompé ?

— Je ne m'y hasarderai pas, répondit Khelben. Il semble, Danilo, que nous devions avoir une petite conversation.

Khelben prit le jeune homme par le bras et regarda le cercle de nobles.

La joyeuse bande s'éparpilla en marmonnant des excuses. Ce ne serait pas la première fois que Khelben « Blackstaff » Arunsun, archimage et membre du cercle secret qui gouvernait Eau Profonde, tancerait son neveu à propos de son utilisation irresponsable de la magie.

Et les amis de Danilo ne souhaitaient pas être témoin d'un sermon.

— Tous des couards, soupira Danilo en les regardant s'éloigner.

— Oublie-les. Nous avons des choses plus importantes à régler.

Danilo sourit et prit deux gobelets de vin sur le plateau d'un serveur.

Il en mit un entre les mains de son oncle.

— Prends ça. Je suppose que tu vas être aussi *sec* qu'à l'accoutumée.

Pour toute réponse, son oncle l'entraîna vers un buste en marbre de Mielikki, la déesse de la forêt.

— Que me vaut l'honneur de ce traitement de faveur ? railla Danilo.

— Tu as entendu parler de ce qui est arrivé à Rafe Eperondargent ? demanda Khelben.

— Non, répondit Danilo en sirotant son vin. Que fait-il ces derniers temps ?

— Pas grand-chose. Il est mort.

Le jeune homme pâlit et Khelben se sentit coupable.

— Navré, Dan. J'ai oublié que vous étiez amis.

Le jeune homme fixa son verre avant de relever la tête.

— Il portait la marque, je suppose ?

— Oui.

— Comment est-il mort ? demanda-t-il en contenant sa fureur.

— Comme les autres – dans son sommeil, pour ce qu'on en sait, répondit Khelben. Si un forestier aussi doué que le jeune Eperondargent a pu être pris par surprise, il n'est pas étonnant que les Ménestrels n'arrivent pas à identifier le tueur.

— Je suppose que les recherches ne donnent rien.

— Non, admit le mage. C'est là que tu entres en scène.

— D'une façon ou d'une autre, je savais que tu en viendrais là, dit Danilo. Bien sûr, tu as un plan ?

— Oui, j'ai suivi l'itinéraire du tueur et j'ai ma petite idée... Commençons par le commencement...

Khelben fouilla dans sa poche et en sortit un cadre en étain.

Danilo étudia le portrait, puis siffla, admiratif.

— C'est toi qui l'as peint ? s'étonna-t-il. Par les dieux, mon oncle, il y a un espoir de faire de toi un artiste.

Le jeune homme vit un sourire se dessiner sur le visage de Khelben.

— J'ignorais que tu étais un amateur d'art, dit le mage.

— Pas d'art, de femmes, corrigea Danilo, les yeux rivés sur le portrait.

Le sujet était une jeune Sembienne d'une rare beauté. Ses cheveux noirs bouclés encadraient un ovale parfait d'une saisissante blancheur et ses traits semblaient sculptés par une main délicate. Le plus extraordinaire, c'était ses yeux verts.

Et Danilo avait un penchant certain pour le vert !

— Est-elle vraiment comme ça, ou est-ce une licence artistique ? demanda le jeune noble.

— Elle est comme ça, confirma Khelben. Enfin, parfois...

— En plus d'être la future mère de mes enfants, qui est cette beauté ? s'enquit Danilo.

— La cible du tueur.

— Et tu veux que je la prévienne ?

— Non, répondit Khelben. Je veux que tu la protèges tout en l'épiant. Si je suis dans le vrai, tu auras besoin de faire les deux pour confondre le Tueur de Ménestrels.

Danilo se laissa tomber sur un banc, à côté de la statue. Son sourire charmeur avait disparu et il reprit un ton sinistre.

— Je suis censé coincer ce tueur, c'est ça ? Peut-être devrais-tu commencer par le vrai début.

— Très bien, répondit Khelben en s'asseyant près de son neveu. Dans presque tous les cas, cette jeune femme était à proximité des victimes.

— Ça en ferait plutôt un suspect qu'une cible, nota Danilo avec regret.

— Non, répliqua le mage d'un ton ferme. Et j'ai plusieurs raisons pour l'affirmer. Elle est un des meilleurs agents des Ménestrels. A mon avis, le tueur est à ses trousses depuis un moment. Comme il ne peut pas s'approcher assez d'elle pour frapper sans être détecté, il se contente de cibles moins difficiles.

— Je suis désolé, mais considérant le nombre de Ménestrels exécutés par ce tueur, je trouve ta théorie difficile à avaler. Cette femme ne peut pas être plus habile à se protéger que toutes ces victimes.

— Si !

46

— Vraiment ? Hum... Et pourquoi ce magnifique agent des Ménestrels attire-t-il un tueur ? A part les raisons évidentes, bien sûr...

— Elle a une lame de lune. C'est une épée magique très puissante. Il est possible que le tueur lorgne sur l'arme d'Arilyn.

— Arilyn, répéta Danilo. ( Il regarda de nouveau le portrait. ) Ça lui va bien. Arilyn comment ?

— Lamelune. Elle a pris le nom de l'épée. Mais nous nous égarons.

— C'est vrai. Alors que peut faire cette lame magique ?

— Je ne connais pas tous ses pouvoirs, avoua Khelben. C'est pour ça que j'ai besoin de toi.

— Tu l'as déjà dit, fit remarquer Danilo.

L'expression du mage se durcit.

— A part toi et moi, vois-tu quelqu'un d'autre dans cette pièce ? Il n'est pas nécessaire de continuer à faire l'idiot.

— Désolé, c'est l'habitude...

— Revenons à cette affaire. Il est possible qu'Arilyn soit une cible à cause de son arme. Si nous découvrons qui est intéressé par la lame de lune et pourquoi, nous aurons une chance de démasquer le tueur.

Danilo resta un moment silencieux.

— Pourquoi moi ?

— Le secret est essentiel. Nous ne pouvons envoyer quelqu'un de trop fameux.

Le jeune homme croisa les jambes, et, avec un geste efféminé, chassa une mèche de son front.

— C'est une idée, ou je viens d'être insulté ?

— Ne te méprends pas, mon garçon, répondit Khelben. Tu as prouvé que tu étais un agent capable, et tu seras parfait pour ce travail.

— En effet, approuva sèchement Danilo. Protéger une femme qui ne semble pas en avoir besoin est une mission passionnante.

— Il y a plus. Nous avons besoin d'informations sur la lame de lune. Tu sembles très doué pour faire avouer leurs secrets aux femmes.

— Ta mission est un cadeau ! railla Danilo. Mon oncle, ce n'est pas que j'essaie de me défiler, mais on aurait pu penser à une chose plus évidente : pourquoi ne pas l'interroger sur les pouvoirs de son arme ?

— Il y a plus grave, bien qu'un tueur qui élimine systématiquement les Ménestrels soit un gros problème. Personne ne doit soupçonner que tu travailles avec moi – ni le tueur, ni les Ménestrels ni Arilyn.

— Des intrigues dans nos rangs ?

— C'est possible...

— Merveilleux, murmura le jeune homme consterné. Je ne vois toujours pas pourquoi tu veux tenir Arilyn à l'écart. Si le tueur en a après elle, ne devrait-elle pas être avertie ? Quand elle saura, j'irai l'aider, et elle mettra plus d'enthousiasme à travailler avec moi.

— Ça ne fonctionnera pas. Arilyn est la personne la plus têtue, la plus emportée et la moins raisonnable que je connaisse. Elle refusera toute protection, arguant qu'elle peut se défendre toute seule. Par certains côtés, elle me rappelle son père...

Danilo observa le mage d'un air sceptique.

— Tout ça est très intéressant, mais je sens que tu me dissimules le but final. Ce n'est pas l'épée, hein ? Tu sais quelque chose que tu ne veux pas me dire.

— Oui...

— Eh bien ? pressa Danilo.

— Je suis désolé, mais tu devras me faire confiance. Moins de gens sauront, mieux ça vaudra. Je doute qu'Arilyn elle-même connaisse l'étendue des pouvoirs de sa lame. Nous devons découvrir ce qu'elle sait sur l'épée et c'est...

— Mon travail, termina Danilo.

— Tu as un don pour faire parler les gens... Un mot encore ! Jusqu'à ce que le tueur soit identifié et capturé, tu ne devras jamais abandonner ta couverture.

— Après s'être habituée à ma présence, elle voudra sûrement...

— Non, coupa le mage. Arilyn Lamelune est très douée. La suivre n'est pas facile, pourtant le tueur la serre de près, probablement par des moyens magiques. Dandy charmant et inoffensif, tu ne représenteras aucun danger pour celui qui la suit. Si tu sors de ton rôle...

— Ne t'inquiète pas, dit Danilo. Je donne toujours le meilleur de moi-même devant un public.

— Je l'espère. Ce sera peut-être long. Arilyn n'est pas folle, et tu devras rester avec elle jusqu'à ce qu'elle nous conduise au Tueur de Ménestrels.

Une expression dégoûtée assombrit le visage du jeune noble.

— Je n'aime pas l'idée d'utiliser cette femme comme appât.

— Moi non plus, avoua Khelben. Mais tu vois une autre alternative ?

— Non, admit Danilo.

— Parfait.

Le mage se leva, indiquant que l'entretien était terminé.

— Tu pars demain pour Evereska.

# CHAPITRE V

La salle commune de l'*Auberge à Mi-chemin* bruissait d'activités quand Arilyn descendit de sa chambre.

Située au pied des montagnes qui entouraient Evereska, la taverne était une étape obligée pour les humains et les caravanes elfiques. Parmi les établissements des Montagnes Cimegrises, celui-ci offrait les chambres les plus confortables, de vastes écuries, et des entrepôts pour stocker temporairement de la marchandise. Les elfes et les humains, les petites gens et les nains, et les membres occasionnels d'autres races civilisées cohabitaient dans une ambiance conviviale.

Plus qu'une simple auberge, c'était devenu un lieu de commerce pour la colonie elfique d'Evereska.

Nichée dans une vallée agricole et cernée par les montagnes, Evereska était une belle cité fortifiée protégée par la magie elfique et une puissance militaire incomparable. Habitée depuis toujours par des elfes, Evereska était peu connue, n'était par sa réputation de cité imprenable, due au calibre de ses mages et de ses combattants entraînés au Collège de la Magie et des Armes. Pour la plupart de ceux qui passaient par les Montagnes Cimegrises, l'*Auberge à Mi-Chemin* représentait tout Evereska.

Peu de gens s'aventuraient plus avant.

Myrin Lancedargent, le propriétaire de l'auberge, était un elfe de lune à la mine sévère. Il tenait son affaire d'une main de fer, et l'établissement semblait dirigé avec un souci de discrétion maximum. Résultat, l'endroit était continuellement le centre d'intrigues, de négoces parallèles et de rencontres clandestines.

Avant d'atteindre Evereska, Arilyn s'y arrêtait toujours pour prendre connaissance de ses futures missions ou établir des contacts. Sans raison apparente, Myrin Lancedargent portait un vif intérêt à la demi-elfe et à sa carrière. A chacun de ses séjours, il veillait à ce qu'elle soit traitée comme une reine.

Comme à l'ordinaire, il la salua au pied de l'escalier.

— Votre présence honore cette maison, Arilyn Lamelune. Y a-t-il quelque chose que vous désiriez ce soir, *quex etriel* ?

— Juste être vue, répondit Arilyn.

— Je vous demande pardon ?

— Disons que je préfère être vue en train d'entrer dans la taverne plutôt que d'en sortir, dit-elle en souriant.

— Oh, bien sûr, répliqua Myrin.

L'explication lui suffit. Il la prit par le bras et l'escorta jusqu'au comptoir. Arilyn adopta une attitude des plus voyantes, et Myrin insista pour la servir.

La jeune femme sirota l'alcool elfique et le lui offrit en réprimant une grande envie d'éclater de rire.

— Merci, Myrin. Je suis sûre d'avoir été remarquée.

— Je vous en prie. Autre chose ?

— J'ai eu des messages ?

Le propriétaire sortit un rouleau de parchemin qu'il lui tendit.

— C'est arrivé cet après-midi.

Quand Arilyn reconnut le cachet, son humeur s'assombrit. Soupirant, elle parcourut les runes. Kymil voulait la rencontrer cette nuit. Ça signifiait probablement que les Ménestrels lui confiait une autre mission – juste au moment où elle avait l'intention de rentrer chez elle.

— De bonnes nouvelles, j'espère ? s'enquit Myrin.

— Vous ne croyez pas si bien dire, répondit la jeune femme. Kymil Nimesin veut me rencontrer cette nuit, à l'endroit habituel.

L'elfe de lune l'écouta sans sourciller.

— Je vais voir si votre box habituel est libre, dit-il en s'éloignant.

— Vous êtes un fin diplomate, Myrin, murmura Arilyn.

Le directeur de l'auberge et le maître d'armes n'avaient pas grande estime l'un pour l'autre, mais Myrin Lancedargent traitait toujours Kymil avec courtoisie. Au grand étonnement d'Arilyn, l'inverse n'était pas vrai.

La demi-elfe monta récupérer les artefacts qu'elle avait ramenés de Sombregarde. Puis elle retourna dans la taverne et se dirigea vers le fond de la grande salle où elle se glissa derrière un rideau épais.

Immédiatement, des petites lueurs voletèrent dans la pièce. Les têtes d'épingles dorées s'élargirent pour prendre la forme de son ami et mentor, Kymil Nimesin.

— Ta façon d'entrer dans une pièce ne cessera jamais de m'énerver, murmura Arilyn avec un sourire de bienvenue.

— Ta dernière aventure s'est bien passée, je suppose, lança Kymil sans tenir compte de sa remarque.

— Sinon, je ne serais pas ici, répliqua la jeune femme en lui tendant le sac d'artefacts. Veux-tu les ramener aux adorateurs de Sunie et t'assurer que notre informateur a eu le solde de ses honoraires ?

— Bien sûr.

Après un bref silence, il entra dans le vif du sujet.

— J'ai entendu parler de la mort de Rafe Eperondargent. C'est une honte. C'était un de nos meilleurs forestiers, et il manquera aux Ménestrels.

— A moi aussi, répliqua Arilyn. Comment as-tu appris sa mort si vite ?

— J'étais inquiet pour toi, alors j'ai fait une enquête. Tu sais que le tueur te cherche.

— Oui, j'en suis arrivée à cette conclusion. Mais, si ça ne te gêne pas, pourrait-on parler d'autre chose ? Tu as une nouvelle mission pour moi ?

— Non, je voulais te rencontrer pour parler des assassinats, répondit Kymil. Je me soucie de ta sécurité, mon enfant. Tu dois prendre des dispositions pour te protéger.

— Que veux-tu que je fasse ? s'énerva Arilyn. Que je me cache ?

— Pas du tout. Tu dois le démasquer.

— Ils sont nombreux à le vouloir.

— Oui, mais peut-être ne cherchent-ils pas au bon endroit. Etant un agent des Ménestrels, tu peux réussir là où les autres ont échoué. A mon avis, le tueur se cache dans les rangs des Ménestrels.

— Le tueur, un Ménestrel ? s'étrangla Arilyn.

— Oui, répondit Kymil, ou un de leurs agents.

La jeune femme réfléchit aux propos du maître d'armes puis elle acquiesça. C'était une éventualité surprenante, mais logique. Les Ménestrels n'étaient pas une confédération très structurée. Les agents comme Arilyn — qui remplissaient des missions ponctuelles sans être membres —, opéraient seuls, et beaucoup gardaient des affiliations secrètes. Pourtant, il semblait incroyable que ce voile de mystère se retourne contre les Ménestrels.

La demi-elfe se fiait au jugement de Kymil Nimesin. Il était allié aux Ménestrels depuis qu'elle le connaissait. S'il croyait que le tueur appartenait à l'organisation, elle avait toutes les raisons de le croire aussi.

— Tu dois trouver ce tueur, et vite ! reprit Kymil. Le peuple tient les Ménestrels en haute estime. Si nous n'arrêtons pas le meurtrier, l'honneur et la réputation de l'organisation en pâtiront. Et tu sais ce que ça impliquerait ? L'Equilibre des Royaumes pourrait être menacé ! Les Ménestrels sont un rempart contre le mal, en particulier les Zhentilars...

— Je sais ce que sont les Ménestrels, s'impatienta Arilyn.

Kymil lui parlait de l'Equilibre depuis qu'elle avait quinze ans. Elle connaissait ses arguments par cœur.

— Tu as un plan ? demanda-t-elle.

— Je te propose de te mêler aux Ménestrels, déguisée si c'est nécessaire pour confondre le tueur.

— C'est mieux que de rester sans rien faire... Cette attente devient intolérable.

— Pourquoi es-tu si irritée ? s'étonna Kymil. Ta vie a souvent été en danger. Y a-t-il autre chose ?

— Oui, avoua à regret la jeune femme. Depuis plusieurs mois, j'ai le sentiment d'être suivie. Et je n'ai trouvé aucune trace de mon poursuivant.

— Et alors ?

— Tu ne sembles pas surpris ?

— De nombreux Ménestrels sont des forestiers hautement qualifiés. Il n'est pas inconcevable que ce tueur soit assez doué pour éviter d'être détecté. Pour toutes ces raisons, tu dois passer à l'offensive. Tu es d'accord ?

— Très bien...

— C'est tout ce que j'avais à te dire. Je serais heureux de te téléporter à Eau Profonde...

— Non, merci, coupa Arilyn.

— Tu n'as pas l'intention d'y aller ? s'étonna Kymil. Ça semble un bon endroit pour commencer les recherches.

— Je sais, et j'y vais. Mais je préfère m'y rendre à cheval.

— Ma chère *etriel*, je ne comprendrai jamais ton aversion pour la magie, d'autant plus que tu portes une épée magique depuis ton adolescence.

— C'est bien suffisant, répliqua Arilyn avec une note d'amertume. Quand la magie est en cause, je trace une ligne de démarcation qui s'arrête à la lame de lune.

— Je ne te comprends pas... J'admets que tu as vécu un triste incident pendant le Temps des Troubles...

— Incident ? répéta la jeune elfe, incrédule. Je n'appellerais pas la mort d'un groupe d'aventuriers un « incident ».

— Les Sept Hammerfell... Mais, toi tu n'as pas à te soucier des feux magique.

— Ah bon ? Pourquoi ?

Avant que le maître d'armes ait pu répondre, Arilyn entendit une voix rauque crier son nom. Elle jeta un coup d'œil derrière le rideau et jura dans un mélange de langue elfique et ordinaire qui choqua Kymil.

— Désolée, dit-elle, hilare devant son expression outragée.

Kymil allait la réprimander, mais un soudain vacarme l'en empêcha.

Une horde de bandits avait fait irruption dans la taverne. Le chef était un géant, caricature vivante de la brute épaisse. Il portait un bandeau sur l'œil gauche et une masse d'armes hérissée de piques en acier pendait à sa taille. Son crâne était aussi chauve qu'un œuf à l'exception de deux longues tresses blondes.

L'homme se dirigea vers Myrin Lancedargent, et le souleva du sol pour le porter à hauteur de son regard.

— Peut-être ne m'as-tu pas entendu, elfe. J'ai demandé si Arilyn Lamelune était ici. Si tu ne réponds pas, mes hommes questionneront tes clients. Et ce n'est pas bon pour les affaires...

Le calme de Myrin déconcerta le barbare.

— Une perte de temps ! annonça-t-il à ses hommes pour sauver la face. Ce tavernier ne sait rien. Déployez-vous. Si cette elfe grise est dans le coin, nous la trouverons !

— Tu connais cet homme ? demanda Kymil à la jeune femme.

— Oui, répondit-elle sans quitter la scène des yeux. C'est Harvid Beornigarth, un aventurier de troisième ordre. Il y a quelques mois, nous avons chassé la même proie. Il a perdu...

— Je constate que ce n'est pas un bon perdant, conclut Kymil.

— En effet, mais pour le moment, nous avons autre chose à faire.

Laissant tomber le rideau, elle fouilla dans le sac pendu à sa ceinture et en sortit un petit miroir, un filet doré et de minuscules pots de cosmétiques.

Rapidement, Arilyn étala une crème ivoire sur son visage en insistant sur ses pommettes. Le second pot contenait une crème rose qu'elle se passa sur les lèvres et les joues. Pour achever sa métamorphose, elle posa le filet doré sur ses cheveux en prenant soin de dissimuler ses oreilles pointues.

Ensuite, elle empoigna la lame de lune, ferma les yeux et pensa à une courtisane sembienne. Quand elle les rouvrit, elle constata que l'épée avait accompli son travail. Ses cuirs de voyage s'étaient transformés en robe de soie et son épée avait pris l'apparence d'une petite dague.

Arilyn se regarda dans le miroir. La rude demi-elfe avait laissé la place à une belle femme aux yeux devenus verts.

Prête à partir, Arilyn regarda Kymil. Pour une fois, son expression impénétrable était remplacée par un évident dégoût. Durant l'apprentissage de la demi-elfe, il avait découvert les capacités de transformation de la lame de lune, et il considérait cela comme une manière indigne d'éviter les problèmes.

— Vêtue comme ça, je peux sortir sans attirer l'attention, expliqua Arilyn.

— Vêtue de cette manière, tu ne peux pas manquer d'être remarquée, lâcha Kymil. Une courtisane sans protecteur ? C'est inhabituel, et tu feras l'objet de multiples spéculations. Les hommes seront nombreux à se souvenir de toi.

— C'est vrai, approuva Arilyn. Ils se rappelleront une courtisane. Une illusion.

Le vacarme des bandits coupa court à la polémique.

— Tes méthodes sont toujours couronnées de succès, concéda Kymil. Vas-y et que les dieux soit avec toi.

Puis son regard devint fixe comme s'il songeait à une lointaine destination.

— Passage d'argent. Le Collège de Magie d'Evereska.

Son corps devint translucide ; les contours de sa silhouette ondulèrent.

Arilyn frissonna. Détentrice de la lame de lune, elle avait été obligée de se réconcilier avec la magie, mais elle conservait une certaine méfiance pour cet art. Les feux magiques et les voyages dimensionnels l'effrayaient. Ses expériences de téléportation avec Kymil l'avaient rendue malade et sa méfiance avait été renforcée durant le Temps des Troubles. Kymil n'approuvait pas son attitude, mais elle ne pouvait aller contre ses sentiments.

L'elfe parti, elle écarta le rideau à la recherche de la *pièce* finale de son déguisement.

Kymil avait raison. Une courtisane avait besoin d'un protecteur. Elle scrutait la taverne à la recherche d'un candidat quand un éclat de rire, près de la porte, attira son attention.

Quelques marchands étaient affalés autour d'une table couverte de chopes de bières. Parmi eux, un jeune homme vêtu d'un costume vert brillant flirtait avec une serveuse elfe. Arilyn n'entendit pas ses propos, mais ses camarades éclatèrent de rire et la serveuse rougit.

*Parfait,* songea Arilyn.

Elle n'aurait pas pu espérer mieux. Agé d'une trentaine d'années, le jeune homme portait un manteau richement brodé et ses longs cheveux blonds étaient coiffés avec soin. Il se cala nonchalamment sur sa chaise en regardant s'éloigner la serveuse. A première vue, c'était un être gâté, superficiel et égoïste. En clair, un pigeon idéal pour le rôle.

Arilyn détestait les hommes qui se contentaient de vivre dans la facilité et le luxe.

La demi-elfe se glissa dans la salle ; les conversations s'arrêtèrent. Inclinant la tête, l'air coquine, elle se dirigea vers sa cible.

Un des compagnons du dandy le poussa du coude en la voyant arriver. Le jeune homme leva les yeux... et se fendit d'un large sourire.

Il se leva poliment et prit la main d'Arilyn.

— Enchanté, dit-il, tu illumines ma soirée.

La demi-elfe répondit par un sourire.

— Veux-tu te joindre à nous ? Je m'appelle Danilo Thann.

Arilyn réprima un grognement. Elle connaissait ce nom. La famille Thann possédait de vastes terres au nord d'Eau Profonde. Le dandy était un noble aqua-fondais. Mais il était trop tard pour reculer. La demi-elfe garda son sourire alors que Danilo lui proposait une chaise à ses côtés.

— Et tu es... ? demanda-t-il en s'asseyant.

— Je prendrais un Elverquisst, merci, dit-elle en éludant la question.

— Ah, une dame sans nom ! s'exclama Danilo, les yeux brillants. Et qui boit de l'alcool elfique. Ça fait de toi une femme de goût.

Puis il s'adressa à ses camarade :

— Ton choix en matière de compagnie le prouve aisément.

L'auditoire éclata de rire.

Un bruit de chaînes interrompit les réjouissances, et Arilyn ne put réprimer un soupir. Elle n'eut pas besoin de lever les yeux pour savoir qu'il s'agissait d'Harvid Beornigarth.

— Avez-vous vu cette elfe ? demanda le mercenaire au jeune noble en lui montrant un portrait sommaire d'Arilyn.

— Non, répondit Danilo.

— Vous êtes sûr ?

Le dandy passa un bras autour des épaules d'Arilyn et sourit à Harvid comme s'ils étaient de vieux amis.

— Franchement non. Si tu étais dans ma position, lèverais-tu les yeux sur une autre femme ?

Le lourdaud jeta un regard approbateur à Arilyn.

— Tu as raison, dit-il en s'éloignant.

La jeune femme se détendit. Maintenant, il fallait sortir de l'établissement et vite. Danilo lui fournissait une protection imparable. Aucun autre mercenaire ne l'approcherait tant qu'elle serait en sa compagnie.

Résistant au désir d'écarter son bras, elle observa le jeune homme.

Appuyé au dossier de sa chaise, Danilo Thann fixait les mains de la jeune femme.

— Jolie bague, dit-il en levant les yeux sur elle. D'un style très populaire à Eau Profonde.

Il prit la main d'Arilyn et l'étudia en connaisseur.

— On en vendait sur le marché au dernier festival d'été. Tu l'as trouvée là-bas ?

— Mes affaires ne m'ont pas conduite à Eau Profonde depuis longtemps.

— Dans quelles affaires es-tu ? demanda un des hommes. Une compagne de marchand, peut-être ?

— Non, pas d'un marchand, répondit Arilyn.

Du coin de l'œil, elle vit le dernier homme d'Harvid quitter la taverne. Le patron de l'auberge se détendit. Les conversations emplirent de nouveau la pièce.

C'était le moment idéal pour sortir.

— Mon « travail » s'effectue mieux dans l'intimité, ajouta la demi-elfe.

Sur ces mots, elle se leva et tendit une main à Danilo.

— Eh bien, jeune étalon, es-tu prêt pour une folle nuit ? demanda un homme.

— Si je ne reviens pas dans un moment, ne vous inquiétez pas ! lança Danilo d'un ton moqueur.

Il prit Arilyn par la main et l'entraîna au fond de la taverne, où la porte conduisait aux chambres ou dans la cour, selon l'escalier qu'on empruntait.

La demi-elfe devrait le persuader de choisir la deuxième option.

— Une petite promenade, peut-être ? suggéra Danilo. La nuit est belle. Un peu fraîche, mais j'adore l'automne.

*Un problème de réglé,* songea la demi-elfe en acquiesçant.

Un couple d'amoureux au clair de lune n'attirerait pas l'attention. Une fois en sécurité dehors, elle se débarrasserait de lui.

Danilo passa le bras de la jeune femme sous le sien et ils flânèrent dans la rue, derrière la taverne.

Il lui raconta des potins aquafondais qu'elle aurait trouvé amusants si elle avait été d'humeur joyeuse.

Pourtant, elle encouragea le babillage du jeune noble avec des mimiques tout en le guidant vers la forêt.

Tandis que Danilo parlait, Arilyn resta attentive au moindre bruit. Une ombre particulièrement longue et un envol de perdrix lui indiquèrent qu'ils étaient suivis.

*Damnation !* songea-t-elle. *Après tout le mal que je me suis donnée pour sortir de cette taverne.*

Les hommes d'Harvid n'étaient pas loin et le fracas d'un combat les attirerait comme des mouches.

Soudain, à quelques pas du couple, une brindille craqua. Arilyn sortit sa lame d'un repli de sa robe. Alors qu'ils passaient devant un orme, elle dégagea son bras, se précipita vers l'arbre et tira un homme de l'ombre en le tenant par les cheveux.

Le plaquant contre le tronc, elle lui mit sa lame sur la gorge.

Elle reconnut un des mercenaires qui accompagnaient Harvid dans l'auberge. Mais elle ne l'avait jamais vu avec lui avant.

— Pourquoi me suivais-tu ? demanda-t-elle.

— Je t'ai vue dans la taverne. Tu es sortie alors j'ai pensé... tu imagines.

— La dame n'est pas seule, intervint Danilo. Elle est avec moi.

— Reste en dehors de ça, grogna la « dame ».

Le jeune homme recula en levant les mains.

— Tu me suis depuis que j'ai quitté la taverne ? demanda-t-elle au bandit. Pas avant ?

Il lui semblait peu vraisemblable qu'il s'agisse du tueur, mais elle voulait s'en assurer.

L'homme hésita trop longtemps avant de répondre.

— Non, juste depuis la taverne. Je ne t'avais jamais vue.

La lame d'Arilyn glissa le long de sa mâchoire, y laissant une traînée rouge.

— Je ne suis pas certaine de te croire, dit-elle. Pour qui travailles-tu ?

— Harvid Beornigarth. Le grand homme aux tresses blondes.

— Personne d'autre ?

— Non !

Malgré son regard fuyant, la jeune femme était encline à le croire. Elle allait le relâcher quand un éclair doré attira son attention. Glissant sa main dans le sac pendu à la ceinture de l'homme, elle en sortit une tabatière. Une rune était gravée sur le couvercle.

Reconnaissant le symbole, Arilyn retint son souffle.

— Où as-tu pris ça ? cracha-t-elle en brandissant la boîte sous le nez de son prisonnier.

La rune était celle de Perendra d'Eau Profonde, une des premières victimes à tomber sous les coups du Tueur de Ménestrels.

Pris de panique, l'homme cherchait un moyen de fuir.

— Eau Profonde, coassa-t-il. Je l'ai trouvé là-bas.

— Je le sais ! cracha la demi-elfe. Dis-m'en plus.

— Elle m'a été donnée par un elfe. A Eau Profonde. C'est tout ce que je sais, je le jure.

— Cet elfe avait-il un nom ?

Des gouttes de sueur perlaient sur le front du bandit.

— S'il te plaît ! Si je te le dis, il me tuera.

— Et si tu ne le fais pas, c'est moi qui me chargerai de toi.

— Une décision difficile à prendre ! lança Danilo.

Cette remarque étonna Arilyn.

— Tu es encore là ? dit-elle, en jetant un coup d'œil par dessus son épaule.

Le jeune noble était nonchalamment appuyé contre un arbre, les bras croisés.

— Bien sûr, répondit-il. C'est dangereux par ici. Qui sait, il y a peut-être d'autres hommes dissimulés dans l'ombre.

— Je n'ai pas besoin de protection.

— Justement ! Si ça ne te gêne pas, je préfère rester en compagnie d'une dame qui sait si bien manier sa dague.

— Fais comme tu veux, lança Arilyn en se retournant vers son prisonnier. Le nom de l'elfe ?

— Je ne peux pas te le dire !

La dague entamait déjà ses chairs.

— D'accord ! D'accord !

— Alors ?

— Son nom...

Sa voix s'étrangla. Incrédule, Arilyn baissa son arme et regarda le visage de l'homme noircir et sa langue lui sortir de la bouche. Elle recula quand un son rauque jaillit de la gorge du barbare, qui glissa le long du tronc.

— Par Mystra ! s'exclama Danilo. Tu l'as tué !

# CHAPITRE VI

Arilyn se retourna pour faire face au jeune noble horrifié.

— Je n'ai pas tué cet homme, dit-elle.

— Ce n'est pas moi non plus, répliqua Danilo Thann. Je ne sais peut-être pas grand-chose, mais je peux reconnaître un mort. Et c'est ce qu'il est. Comment expliquer ce miracle ?

— Je ne l'explique pas.

— Moi non plus. Nous ferions mieux de retourner dans la taverne pour alerter les autorités.

— Non ! s'exclama Arilyn.

Sa véhémence surprit le dandy.

— Si tu ne l'as pas tué, pourquoi s'inquiéter ?

La dernière chose dont avait besoin la demi-elfe, c'était de laisser un cadavre dans son sillage. Son passé inviterait aux spéculations. Tôt ou tard, quelqu'un rassemblerait les pièces du puzzle et la désignerait comme la Tueuse de Ménestrels. Ce moment semblait approcher, considérant la rapidité avec laquelle s'était répandue la nouvelle de la mort de Rafe. Si Kymil était au courant, les autorités d'Evereska l'étaient certainement aussi.

— On file ! dit Arilyn.

Elle glissa la tabatière dans sa manche et se dirigea vers les écuries.

— Où allons-nous ? demanda Danilo, en lui emboîtant le pas.

— Aux écuries.

— Oh ? Je peux savoir pourquoi ?

Arilyn n'était pas d'humeur à discuter. Elle le prit par le bras et plaqua la pointe de sa lame sur son flanc, transperçant sa tunique en soie.

— Fais attention à mes vêtements, gronda Danilo.

Arilyn l'observa en se demandant s'il n'était pas un peu simple d'esprit.

— Tu viens avec moi, dit-elle.

— Oui, répondit le jeune homme alors que l'elfe ouvrait la porte des écuries. On dirait bien...

— Continue simplement d'avancer.

Irritée, elle le poussa à l'intérieur.

— Inutile d'être aussi menaçante, je suis une victime consentante...

Sa décontraction troubla Arilyn.

— Ne sois pas surprise, ma chère. J'admets que le coup de la dague est une approche que je ne connaissais pas, mais j'ai souvent rencontré des femmes tout aussi désireuses que toi de ma compagnie.

— Nous sommes ici pour les chevaux, pas pour se rouler dans le foin.

Danilo considéra les différentes possibilités.

— Tu débordes d'idées novatrices, dis-moi !

Serrant les dents, Arilyn lâcha le bras du dandy et ouvrit la première stalle. Deux juments marron secouèrent la tête en hennissant.

— Celles-ci devraient convenir, déclara-t-elle.

— J'en suis sûr, murmura Danilo.

Arilyn rengaina sa lame, puis s'empara d'une selle qu'elle tendit à son compagnon.

— Je suppose que tu sais monter ?

Danilo prit la selle.

— S'il te plaît ! protesta-t-il. Tu vas me vexer.

— Ne me tente pas...

— Donner un ton romantique à cette chevauchée au clair de lune n'est décidément pas facile...

*Il est temps de convaincre cet idiot que les choses sont sérieuses,* songea la demi-elfe.

Elle sortit une dague de sa botte et la lança sur le jeune homme. La lame transperça son chapeau avant d'aller se planter dans une poutre derrière lui.

La jeune femme récupéra l'arme et lui tendit son couvre-chef.

Incrédule, Danilo passa un doigt dans le trou.

— Vraiment ! protesta-t-il. C'était un chapeau neuf.

— Mieux vaut lui que ton crâne, dit Arilyn. Maintenant, selle les chevaux.

Le jeune noble remit son chapeau et obéit. A son crédit, la demi-elfe nota qu'il travaillait vite. Pendant qu'il s'affairait, elle surveilla la porte de l'écurie, mais ne détecta ni bruit ni mouvement. Peut-être avait-elle semé son poursuivant, après tout.

Quand les juments furent sellées, Arilyn entraîna Danilo vers l'arrière du bâtiment. Depuis le temps qu'elle fréquentait l'auberge, elle connaissait une sortie qui débouchait dans une petite ruelle sombre conduisant vers la forêt.

En passant devant la stalle de sa jument, Arilyn récupéra ses sacs. L'idée d'abandonner sa monture l'attristait, mais elle avait besoin de repos. Arilyn laissa une note à Myrin Lancedargent, lui demandant de prendre soin de la bête et de rembourser le propriétaire des deux juments empruntées.

Se tournant pour partir, elle observa Danilo. Son expression était amicale, pourtant il l'agaçait.

— On y va ! lança-t-elle.

Quand ils atteignirent l'orée des bois, Arilyn sortit un couteau et le brandit vers son otage.

— Si tu tentes de t'échapper, cette lame trouvera ton cœur avant que ta monture ait fait dix pas.

Souriant, Danilo leva les mains en signe de reddition.

— Je n'y pensais même pas, affirma-t-il. Maintenant que tu as éveillé mon intérêt, j'attendrai de savoir ce que signifie tout ça. Quelle histoire j'aurai à raconter quand nous serons rentrés ! Nous allons à Eau Profonde, n'est-ce pas ? Imagine, je pourrai...

La fin de sa phrase se perdit dans le vent.

Arilyn talonna et partit au galop.

Tandis qu'ils chevauchaient, la demi-elfe ne repéra aucune trace de son poursuivant.

Puis des nuages noirs voilèrent le ciel, annonçant une tempête. Une averse s'abattit sur les deux cavaliers.

La situation empira quand ils quittèrent la protection de la forêt pour suivre la rivière Eau Sinueuse. Sur la berge se dressait une cabane de voyageur.

Quand ils l'atteignirent, Arilyn mit pied à terre et souleva la barre qui fermait les portes. Un coup de vent les ouvrit en grand. Les deux cavaliers conduisirent leurs juments à l'abri. Avec beaucoup de mal, la demi-elfe referma les battants derrière eux.

Mains dans les poches, Danilo se contenta de la regarder faire. Arilyn fut contrariée puis se souvint qu'un humain ne devait pas voir grand-chose dans l'obscurité de la pièce.

— A quoi sert cet endroit ? demanda-t-il.

— C'est un relais clérical, pas très loin d'un monastère qui abrite des prêtres de Torm.

— Oh... Sauront-ils que nous l'utilisons ?

— Les étudiants l'entretiennent pour qu'il serve d'abri aux voyageurs. Nous pouvons laisser une offrande à Torm dans cette boîte en pierre, par là...

— Par où ? Je ne vois rien. Il fait aussi noir que dans les entrailles de Cyric.

— D'accord..., soupira Arilyn.

Elle sortit un silex de son sac et alluma une torche murale qui dissipa un peu l'obscurité. La faible lueur révéla une grande pièce carrée divisée en deux parties, permettant d'accueillir à la fois les hommes et leurs montures. Quelques bottes de foin pour les chevaux et trois bûches posées devant un âtre sommaire étaient l'unique luxe disponible.

— Tous les conforts d'une maison moderne pour qui est habitué à vivre dans une grotte, remarqua Danilo.

— Occupe-toi des chevaux, ensuite nous mangerons, dit Arilyn.

Elle était plus préoccupée par les modalités de leur voyage que par l'opinion du dandy sur la cabane. Les quelques biscuits qu'elle avait dans son sac suffiraient pour ce soir. Demain, il faudrait chasser.

Pendant que Danilo prenait soin des juments, Arilyn abandonna avec plaisir les atours de la courtisane sembienne. Se sentant de nouveau elle-même, elle improvisa deux lits avec une botte de paille. Puis prenant son sac, elle s'assit sur l'un d'eux et sortit la nourriture.

— Voilà deux juments heureuses, annonça Danilo en la rejoignant. A la façon dont elles se sont jetées sur la paille, ça avait l'air délicieux.

Sans un mot, Arilyn lui tendit une ration de viande séchée et des biscuits. Le jeune homme les renifla avant de les observer de plus près.

— A côté de ça, la paille ressemble à un festin....

Il mordit quand même dans la viande et mâcha avec vigueur.

— Il faudrait faire un feu, tu ne crois pas ?

Après une autre bouchée, il sortit une fiole de sa poche et but. Ensuite il l'offrit à Arilyn qui refusa. Haussant les épaules, il referma le récipient.

— N'y a-t-il aucun moyen d'avoir plus de lumière ? insista-t-il. Je distingue à peine mes mains.

— Qu'est-ce qui t'inquiète ? s'enquit Arilyn.

— Très bien... Parlons d'autre chose.

— On est obligés ?

Le ton de la jeune elfe le réduisit au silence pendant une dizaine de minutes. Quand Arilyn commença à se détendre, le jeune homme reprit la parole.

— Bien, dit-il, qui fuyons-nous ? Depuis notre départ, j'ai idée que c'est ce fichu géant et son équipe.

— Non.

— Qui, alors ?

Sans répondre, la jeune femme engloutit un biscuit. Mais Danilo ne lâcha pas prise.

— J'ai un ami qui fabrique et vend de belles armes : Nord Gundwynd. Le connais-tu ? Non ? Eh bien, il collectionne les armes ancienne. Il adorerait avoir en main la dague que tu as utilisée tout à l'heure.

— Elle n'est pas à vendre, répondit Arilyn sur un ton sans appel.

Elle continua son repas en silence tandis qu'il tentait en vain de relancer la conversation.

Finalement, il s'étira.

— C'était délicieux, déclara-t-il. Je me sens mieux. Dois-je prendre la première garde ? Bien que je ne distingue pas grand-chose...

— La première garde ? répéta Arilyn, stupéfaite. Tu es un otage !

— Bien sûr, approuva-t-il, comme si ça avait peu d'importance, mais nous avons une longue route à faire, et tu dois dormir un peu.

Il avait raison. Arilyn devait prendre certaines précautions. Elle posa les yeux sur l'épée de Danilo, fixée à son fourreau rutilant par un nœud de sécurité. Plusieurs cités imposaient ce type d'attaches pour décourager les escrimeurs impulsifs. Dans le cas du dandy, cette loi semblait inutile. Arilyn avait du mal à l'imaginer dans une bagarre.

— Ton épée, s'il te plaît, dit-elle néanmoins, et tes autres armes.

Danilo défit le nœud et lui tendit son fourreau. Ensuite, il tira de sa botte une dague décorée de pierres précieuses.

— Prends-en soin, dit-il. En plus des gemmes – qui sont très belles, tu ne trouves pas ? – elle a une valeur sentimentale. Je l'ai acquise presque par hasard l'hiver dernier. C'est une histoire très intéressante...

— Je n'en doute pas, coupa Arilyn. Qui y a-t-il là-dedans ? demanda-t-elle en désignant le sac en cuir vert accroché à la taille du jeune homme.

— Des vêtements, des bijoux, des dés, du cognac... L'essentiel, quoi.

— Tout ça ! s'exclama Arilyn.

Elle regarda le sac d'un air sceptique.

Il semblait juste assez grand pour contenir une tunique et deux paires de bas de laine.

— C'est un sac magique, expliqua Danilo. Il contient plus de choses qu'il n'y parait.

— Vide-le.

— Si tu insistes.

Danilo sortit une chemise en soie blanche qu'il étala sur la paille, puis une tunique pourpre, des gants en fourrure, trois pantalons et des bas de laine. Suivirent assez de bijoux pour parer les pensionnaires d'un bordel, plusieurs jeux de dés et quatre fioles en argent. Trois chapeaux à plumes complétaient le tout.

— Ça suffit ! s'énerva la demi-elfe.

— J'ai presque fini, s'insurgea Danilo. J'ai gardé le meilleur pour la fin. Ah ! Voilà.

Il brandit triomphalement un grand objet plat.

Arilyn grogna. Ce fou avait sorti un livre de sorts des tréfonds de son sac. Elle avait enlevé un fichu mage !

— Ne me dis pas que tu jettes des sorts ? marmonna-t-elle.

— Je m'entraîne...

Avant que la jeune femme ait pu deviner ses intentions, il prit un morceau de silex et le pointa vers les bûches.

— Souffle de dragon, murmura-t-il.

Une étincelle jaillit. Puis la pierre disparut de ses doigts et un feu illumina la pièce.

Il se tourna vers Arilyn avec un sourire qui se figea aussitôt.

— Par les Neufs Enfers ! s'étrangla-t-il. Tu es une elfe.

— Eteins ce feu, ordonna Arilyn.

— Pourquoi ? Il fait sombre et froid, et cette flamme est particulièrement jolie.

Comment expliquer à ce dandy prétentieux qu'elle détestait les feux magiques ?

Il n'avait pas vu la boule de feu, ni entendu les cris de ses camarades ou senti leurs chairs calcinées alors qu'ils périssaient dans les flammes.

Luttant pour chasser le souvenir des Sept Hammerfell, Arilyn lâcha une demi vérité :

— Comme tu l'as deviné, nous avons été suivis. Je crois avoir semé nos poursuivants, mais je ne veux pas risquer de faire un feu si près d'Evereska.

Danilo la dévisageait sans l'écouter.

— Une elfe, répéta-t-il. Tu es une elfe. Et tes yeux ne doivent pas être vraiment verts...

Il avait un ton si triste qu'Arilyn en fut surprise.

— C'est un problème ?

— Non. Mais j'ai un faible pour le vert. Par Mystra, tu n'es pas du tout ce que tu laissais supposer !

Il continua à l'observer.

— Ça y est, j'y suis ! s'exclama-t-il. J'étais sûr de t'avoir déjà vue. Tu es la personne que ce lourdaud cherchait dans la taverne. Asilin Lame-quelque-chose, c'est ça ?

— Presque, admit la jeune femme, ravie de constater qu'il n'était pas complètement stupide.

— Palpitant ! Si tu me racontais ton histoire ?

Arilyn lui lança un regard noir et se leva pour éteindre le feu.

— Non, laisse-le ! implora Danilo. Nous sommes trempés et glacés, le feu nous fera du bien. Oublie ça et viens t'asseoir.

Il tapota la paille, à côté de lui.

— Viens. Détends-toi. Tu les as trompés avec cette tenue fantaisiste. Ces brutes ne nous auront pas suivis.

— Comme je te l'ai déjà dit, ce ne sont pas eux qui m'inquiètent.

— Qui alors ? s'étonna Danilo. Ecoute, puisque j'ai accepté de t'accompagner, ne crois-tu pas que je pourrais avoir une idée de ce que nous fuyons ? Et d'où nous allons, par la même occasion ?

*Pourquoi pas ?* songea Arilyn.

La vérité le terrifierait peut-être assez pour qu'il tienne sa langue.

— Très bien, commença-t-elle en s'asseyant. Puisque tu sembles connaître tous les potins du coin, tu as peut-être entendu parler de quelqu'un qui assassine systématiquement les Ménestrels.

— Une sale affaire, dit Danilo. Par les dieux, je ne suis pas sûr d'aimer ce qui va suivre. Le Tueur de Ménestrels serait-il à tes trousses ?

— Tu es plus malin qu'il n'y paraît, répliqua Arilyn.

— Merci, mais comment le sais-tu ? Pour le tueur, bien sûr.

— Depuis quelque temps, je suis suivie où que j'aille. Plusieurs de mes amis ont été tués, et j'étais près d'eux quand c'est arrivé.

— Mon dieu, c'est affreux !

L'émotion du jeune noble déconcerta Arilyn. Elle posa son regard sur les flammes magiques qui lui rappelaient des souvenirs si amers. Mais c'était toujours mieux que de croiser les yeux gris de Danilo. Elle avait mis sa vie en danger, et, si excentrique qu'il soit, il n'avait rien fait pour mériter pareil traitement.

— Je regrette de t'avoir impliqué dans cette histoire, murmura-t-elle. Crois-moi, je ne pensais pas t'entraîner si loin.

— Jusque-là, il n'y a pas de problème. De toute façon, c'est un honneur pour moi de rendre service aux Ménestrels. Tu es une des leurs, je suppose ?

— Non.

— Dans ce cas, pourquoi le tueur t'en veut-il ?

— Je travaille pour eux de temps à autre.

— Et que fais-tu à leur service ? demanda-t-il avec un regard polisson.

Arilyn leva les yeux sur le jeune noble. Une irrésistible envie de le tourmenter un peu l'envahit.

— Je suis une tueuse, déclara-t-elle.

— Bien sûr. Et tu as une propriété en face d'un lac, dans le Désert d'Anauroch, que tu voudrais me vendre...

— Souviens-toi, les apparences peuvent être trompeuses, répliqua Arilyn, amusée malgré elle. Dans certains cas...

— Je veux bien te croire. Mais depuis quand les Ménestrels emploient-ils des tueurs ?

— Ils ne le font pas, admit Arilyn. Je n'ai plus accompli ce genre de travail depuis des années, et jamais pour les Ménestrels. Maintenant, je retrouve des objets perdus, je dirige des groupes d'attaque ou des escortes de voyageurs. Je suis une forestière, une espionne et une vendeuse d'armes, selon les besoins.

— Ta versatilité est étourdissante, mais pour ma tranquillité d'esprit, revenons à tes talents de tueuse. Tu traques – oh, pardon ! tu traquais – les gens pour les abattre ?

— Non, répondit la demi-elfe. Je défiais des combattants capables pour les abattre dans un duel honorable.

— Je vois...

— En fait, expliqua Arilyn, très tôt dans ma carrière, *tueuse* est devenu un espèce de surnom. Si quelqu'un croisait le fer avec moi, il en mourait...

— Hum, je garderai ça en tête. Et ensuite ?

— Le surnom est resté. Etant considérée comme une tueuse, j'ai commencé à croire que j'en étais une, tout en restant honorable. Pendant des années, j'ai été une aventurière indépendante au service de la mort.

— Ça ressemble à la définition d'un tueur, constata Danilo.

— Oui, mais je n'ai jamais frappé quelqu'un de désarmé, pas plus que je n'ai versé le sang d'innocents.

— Etre aussi confiant dans son jugement doit être confortable...

— Pour le bien ou le mal, je n'ai pas besoin de me fier à mon jugement. Mon épée ne verse pas le sang d'innocents. Elle ne peut pas. Je l'ai appris quand j'étais adolescente, à l'Académie des Armes. Un des étudiants plus âgés, Tintagel Ni'Tessine, avait pris l'habitude de se moquer de mes origines. Un jour, j'ai perdu mon sang-froid et j'ai levé la lame sur lui.

— Que s'est-il passé ? encouragea Danilo.

— Mon bras s'est ramolli, et la lame de lune a glissé de ma main. Tintagel en a profité pour m'attaquer.

— Terrible ! Ce n'est pas vraiment le comportement d'un innocent. Je ne savais pas qu'il y avait de tels préjugés contre les elfes.

— Tintagel Ni'Tessine était un elfe.

— Une minute ! s'étonna Danilo. Aurais-je manqué quelque chose ?

— Un elfe doré, expliqua Arilyn. Moi je suis une elfe de lune, et une *demi*-elfe en plus. Tu ignorais qu'il y avait plusieurs races d'elfes ?

— Non, mais je ne pensais pas qu'il y avait des différences significatives.

Cette remarque, typiquement humaine, ébranla Arilyn.

— Ça ne m'étonne pas ! grogna-t-elle.

Son otage ne pouvait deviner que sa réaction dissimulait un profond désarroi. Depuis quand n'avait-elle pas bavardé comme une pie ? Avait-elle jamais raconté cette histoire à quelqu'un ? Ou admis qu'elle se sentait parfois dépassée par le pouvoir de sa lame ?

Quelque chose, chez le jeune noble, semblait briser sa réserve naturelle.

Danilo ne parut pas choqué par sa saute d'humeur.

— Tu partages ma passion des gemmes, je vois, dit-il, changeant de sujet.

— Qu'est-ce qui te fait dire ça ?

— La pierre sertie dans la garde, répondit-il en désignant la lame de lune. C'est une topaze, non ?

— Je suppose, pourquoi ?

— Simple curiosité. L'épée semble ancienne, mais la pierre est récente.

— Fine observation, reconnut Arilyn.

— Comme je te l'ai dit, j'ai une passion pour les pierres précieuses. Je connais un peu le sujet, c'est tout.

— Tu as raison, la pierre est relativement récente.

— L'originale a été perdue ? Quel genre était-ce ?

— Une pierre de lune...

— Une pierre blanche semi-précieuse, souvent teintée de bleu. Un conducteur naturel de la magie. Pourquoi l'avoir remplacée par une topaze ?

— Quand j'ai commencé l'entraînement, mon professeur l'a posée pour équilibrer la garde.

— Peu d'enseignants prêtent autant d'attention aux détails... ou à leurs étudiants, remarqua Danilo. Le mien tentait de m'éviter autant qu'il le pouvait. Tu as eu de la chance.

— C'est vrai, approuva Arilyn. Etudier avec Kymil Nimesin était un honneur, et...

Elle ne termina pas sa phrase.

— Et ?

*Damnation,* songea-t-elle, *ça recommence.*

Cet homme allait connaître toute sa vie avant qu'elle ait pu se débarrasser de lui.

Incroyable ! Une amitié se nouait entre elle et un étranger superficiel, un peu fou et couvert de fanfreluches !

Elle se souvint de Rafe Eperondargent. Le destin qui guettait ses proches renforça son désir de se taire.

Mais de nouveau, la voix chaleureuse de Danilo Thann l'arracha à ses pensées.

— Je viens de réaliser que tu ne m'as toujours pas dit ton nom. Est-ce celui que le barbare beuglait dans la taverne. Arilyn ? Arilyn Chantelune. Non, Lamelune. Oui c'est ça !

Arilyn se leva et piétina le feu de Danilo.

— Il faut dormir, dit-elle. Nous partirons à l'aube.

# CHAPITRE VII

Il faisait encore nuit quand Arilyn réveilla le jeune homme.

— Que se passe-t-il ? marmonna-t-il.

Il ouvrit les yeux sur le visage souriant de la demi-elfe.

— Oh. Je suppose que c'est l'heure de prendre mon tour de garde ?

— C'est l'heure de partir, répliqua Arilyn.

— Si tu le dis, lança le jeune homme en s'étirant. Et où va-t-on ?

— A Eau Profonde.

— Merveilleux. Nous pourrons rattraper une caravane de marchands et...

— Non, coupa Arilyn.

— Pourquoi ? s'étonna Danilo.

— Quelqu'un de très talentueux me suivait, expliqua-t-elle. Je me dirigeais vers l'ouest quand il a perdu ma trace. En supposant qu'il me connaisse assez bien pour considérer Eau Profonde comme ma prochaine destination, l'homme empruntera de préférence la route principale. Si nous voyageons avec une caravane de marchands, il nous rattrapera facilement. Donc nous prendrons la route du nord.

— Tu plaisantes ! En territoire troll ? Ne t'ai-je pas dit que je les détestais ?

— Ne t'inquiète pas. Nous contournerons les Hautes Landes.

— Pas de trolls ?

— Promis, affirma Arilyn. C'est plus risqué que la grand-route, mais nous arriverons plus vite à Eau Profonde. De plus, nous serons en rase campagne. Si quelqu'un tente de nous suivre, nous le repérerons plus facilement.

Elle préféra ne pas révéler au dandy, déjà nerveux, qu'elle *souhaitait* une confrontation.

— Il y a autre chose, ajouta-t-elle. Nous gagnerons du temps en coupant par les Marais.

— Les Marais de Chelimber ? Non merci ! Je crois que je vais prendre mon cheval et me diriger vers le sud, si ça ne change rien pour toi.

— Désolée, mais tu m'accompagnes.

— Pour repousser les importuns, c'est ça ?

— Oui. J'ai besoin d'atteindre Eau Profonde et de disparaître sans alerter le tueur. Si je te laisse rejoindre une caravane, tu raconteras cette histoire à qui voudra bien l'entendre, et je serai revenue à mon point de départ.

— D'accord, concéda Danilo.

Il rangea ses affaires dans le sac magique.

Sa docilité étonna Arilyn.

— Tu es d'accord ? Comme ça ?

— Ai-je le choix ?

— Non.

— Dans ce cas, il n'est pas nécessaire de perdre du temps à se battre pour des choses qu'on ne peut pas changer.

Quand il eut fini de remplir son sac, il se leva pour faire face à la demi-elfe.

— Voilà, les paquets sont terminés. Si tu attrapais quelque chose pour le déjeuner ? A ce stade, je dévorerais un dragon mariné. Pendant que tu chasseras, je me rafraîchirai un peu. On ne peut pas voyager dans cet état !

Son regard s'attarda sur Arilyn, vêtue comme à son habitude d'une simple tunique bleue, d'un pantalon, de bottes et d'une cape noire.

— Soit dit en passant, ajouta-t-il, cet ensemble est très... pratique. Mais je préférais ce que tu portais dans la taverne. Quoi qu'il en soit, laisse-moi t'offrir quelques bijoux pour rehausser ta tenue.

Arilyn soupira.

Le voyage allait être long jusqu'à Eau Profonde !

Le soleil touchait l'horizon quand elle se hissa en selle en compagnie de son otage repus et immaculé. Inquiète de prendre trop de retard, Arilyn lança sa monture à vive allure ; il était important qu'ils traversent les Marais de Chelimber avant la nuit.

Alors qu'ils laissaient les Montagnes Cimegrises derrière eux, les bois cédèrent la place à une vallée boueuse.

Arilyn ne fut pas mécontente que ce paysage lugubre cloue plus ou moins le bec de son otage.

— C'est quoi ? demanda-t-il cependant en désignant une dépression, dans le lointain.

— Quelqu'un a coupé les arbres, répondit la demi-elfe, le cœur battant.

— Pour quoi faire ?

— Du combustible. Ça brûle bien.

— Pourquoi un fou ferait-il tout ce chemin dans cette variante insipide des Abysses pour du combustible ? Il y a des arbres partout.

Danilo réfléchit.

— Attends une minute ! J'ai trouvé ! Nos amis bûcherons doivent faire partie d'une race non civilisée. Peut-être des orcs. Ou plutôt des gobelins, vu le terrain. Ai-je raison ?

— Tu n'as pas besoin de prendre cet air réjoui, lâcha Arilyn. Cette tourbière est récente. Tes « bûcherons » sont probablement encore dans le coin.

— Tu plaisantes ? répliqua Danilo avec une pointe d'espoir.

— Ça ne m'arrive pas très souvent... Nous approchons des Marais. Tiens ta langue jusqu'à ce que nous les ayons traversés.

Le dandy obéit. Bientôt la tourbière céda la place à un terrain à peine humide. Le soleil était au zénith quand ils atteignirent les Marais de Chelimber.

Le voyage se passa bien jusqu'en fin d'après midi.

Arilyn commençait à se détendre quand ils abordèrent la partie ouest des Marais. En dépit de leur retard matinal, ils seraient sortis de Chelimber avant la nuit.

Puis un grincement parvint aux oreilles d'Arilyn, qui l'associa aussitôt à un hoquet de dragon. Elle arrêta sa jument.

— Tu as entendu ? demanda-t-elle à Danilo.

Mais l'attention du jeune homme était ailleurs. Suivant son regard, la demi-elfe s'aperçut que sa lame de lune brillait d'un éclat bleuté.

— Quel est ce prodige ? s'étonna Danilo.

— Baisse le ton !

— Pourquoi ta lame est-elle bleue ?

— C'est de la magie. Il y a du danger...

— Etrange, très étrange, déclara le jeune noble. Une épée qui brille. Devient-elle verte à l'occasion ? Dans ce cas, j'en voudrais une.

Son insouciance énerva Arilyn.

— Tu te souviens des « bûcherons » ? C'étaient des gobelins. Je doute que tu les trouve amusants.

— Effectivement, il y avait ce petit homme au Cormyr...

— La ferme !

Tirant son épée, Arilyn dirigea son cheval vers l'ouest et fit signe au jeune noble de la suivre. A quelques pas se dressait une petite colline surmontée d'un donjon en ruine.

Le soleil couchant serait dans leur dos, désavantageant d'éventuels agresseurs.

*Nous ferons une pause là,* songea Arilyn, en jetant un coup d'œil au jeune noble.

Même s'il était capable de combattre, jamais il ne voudrait tacher de sang sa parure de citadin.

Pour la centième fois depuis le début de la journée, Arilyn se maudit de son goût malheureux en matière d'otage.

Ayant souvent combattu les gobelins, elle les connaissait assez bien pour ne pas être si confiante que ça.

Danilo Thann ne l'accompagnant pas de son plein gré, elle se sentait responsable de lui. Mais par tous les dieux, elle aurait préféré le remettre entre les mains des gobelins, qui auraient peut-être réussi à lui faire perdre son air suffisant !

Un cri perçant retentit. Effrayée, la jument se cabra et Arilyn dut s'accrocher au pommeau de sa selle.

Avant qu'elle n'ait pu reprendre les rênes, sa monture s'emballa.

— Tiens bon ! cria Danilo.

Il se plaça près de la demi-elfe.

*Qu'essaie-t-il de faire ?* se demanda-t-elle.

Sa jument ne semblait pas plus calme que la sienne. Luttant pour garder le contrôle de sa monture d'une main, Danilo s'empara des rênes de celle d'Arilyn.

*C'est ça,* songea la jeune femme, résignée, *comme ça nous tomberons tous les deux !*

Danilo obligea les bêtes à s'arrêter.

Arilyn le regarda, incrédule. Avec un sourire charmeur, le jeune noble lui tendit les rênes.

— Joli tour, pas vrai ? Tu as enlevé le capitaine de l'équipe de polo d'Eau Profonde ! La prochaine fois, ma chère, essaie de voler des chevaux aguerris au combat.

Un grognement tonitruant empêcha Arilyn de répondre. Elle brandit son épée et se concentra sur l'attaque.

D'un amas de rochers surgit un groupe d'énormes créatures couvertes d'écailles. Arilyn avait entendu des récits sur les lézards des Marais de Chelimber.

Devant la réalité, elle laissa échapper un cri d'horreur.

Grands comme des hommes, les monstres gris et vert se précipitaient sur eux en brandissant des épées et des marteaux de guerre.

— Tu as dis que c'étaient des gobelins, protesta Danilo. A mon avis, ça n'en est pas, mais je peux me tromper.

— Ce sont des hommes lézards, grogna Arilyn.

A cinq contre deux, fuir semblait la meilleure solution.

Derrière elle, Arilyn vit une petite bande de gobelins, probablement des chasseurs, sortir des broussailles, leur coupant ainsi toute retraite par le sud.

— Alors, on file ou on se bat ? demanda Danilo.

Les hommes lézards bloquaient le passage à l'est et au nord.

— Je me bats et tu files ! ordonna Arilyn en désignant le donjon en ruine.

Danilo tendit la main.

— Mon épée ?

Arilyn sortit sa lame du fourreau et la lui donna.

— Je m'occupe des gobelins, déclara Danilo.

— Va-t'en, crétin ! cria Arilyn.

Le jeune noble la salua et fit pivoter sa jument en direction des gobelins. A cheval, même Danilo Thann serait capable de vaincre trois gobelins, se rassura la demi-elfe. A sa grande surprise, passant devant des hommes lézards, plus à l'est, il les aiguillonna du bout de son épée comme s'il les défiait de le suivre.

*Bonne tactique,* songea Arilyn. *Si on les divise, ils ne pourront pas nous encercler facilement.*

Mais le temps n'était plus à la réflexion. Tous les hommes lézards se dirigeaient vers elle.

Ils s'attaquaient à l'adversaire qui avait l'air le plus faible des deux.

*Funeste erreur.*

Brandissant son épée, Arilyn chargea.

Le premier lézard s'élança en levant son cimeterre. La demi-elfe para le coup et lui trancha la gorge. Elle désarma le second en lui coupant la main. Ses hurlements firent reculer ses camarades. Cela laissa un instant de répit à la jeune femme. Elle en profita pour regarder Danilo.

Le jeune noble se débrouillait mieux qu'elle l'avait imaginé. Ayant tué deux gobelins, il s'acharnait sur le troisième.

En revanche, les hommes lézards semblaient concentrés sur la demi-elfe et ne se préoccupaient pas de Danilo. En un clin d'œil, Arilyn réalisa que son otage saisirait sûrement l'occasion de fuir, la laissant affronter les monstres seule.

Dans ce cas, elle allait combattre.

Elle leva sa lame pour défier les lézards.

Incertaines, les créatures firent claquer leurs longues langues entre leurs crocs acérés.

Puis la jument d'Arilyn hennit de terreur. Le son sembla balayer les doutes des monstres.

Ils attaquèrent.

Arilyn riposta en abattant trois lézards. Un quatrième sortit un couteau et voulut s'attaquer à la jument.

Arilyn tira sur les rênes de sa monture qui se cabra à temps pour éviter la lame.

La demi-elfe en profita pour mettre pied à terre. Du plat de la lame, elle frappa le flanc de la jument qui détala, esquivant ainsi cinq lézards affamés.

Privées de viande de cheval, les créatures entourèrent Arilyn.

Un monstre réussit à percer sa garde et la pointe de son épée lui toucha l'épaule.

Arilyn lui taillada le visage. Il tomba, entraînant un de ses camarades. La demi-elfe les acheva tous deux en leur plantant sa dague dans le cœur.

Il en restait trois. Bien que blessée et fatiguée, Arilyn était sûre de pouvoir les vaincre.

Alors qu'elle se battait, elle entendit un étrange hymne monter de derrière un rocher. C'était un air paillard, une chanson à boire bien connue, rendue encore plus incongrue dans ce décor par la voix d'un ténor enroué.

*Maudit humain !*

Arilyn évita de peu une hache de guerre.

A sa grande surprise, elle trouva que la chanson, pour stupide qu'elle fût, lui donnait plus de forces que le son aigu des cornemuses de guerre des Sélénæ.

Elle combattit avec un mélange de soulagement et d'irritation.

Peu impressionné par la musique, les trois lézards avançaient. Arilyn para l'attaque de l'un d'eux, lui planta sa lame de lune dans l'œil et le tua net.

Le suivant tenta de porter un coup de hache sur le genou droit de la jeune femme, qui bondit mais n'évita pas d'être touchée au flanc. Déséquilibrée, elle bascula la tête la première dans une mare boueuse.

Attirées par l'odeur du sang, les deux dernières créatures se précipitèrent. Sa lame tenue à deux mains, Arilyn se redressa et pivota pour leur faire face. L'épée brillait d'une lumière bleue qui éclairait le visage de sa propriétaire.

Les lézards reculèrent. Saisissant l'occasion, Arilyn s'apprêta à attaquer.

Un bruit de sabots détourna l'attention des monstres. Danilo Thann força sa monture à décrire des cercles autour des combattants ; de la pointe de sa lame, il harcela les lézards pour les obliger à se détourner de la jeune femme.

*Et maintenant ?* songea Arilyn, exaspérée.

Ce fou allait être pris de vertiges et il tomberait de sa monture avant d'avoir accompli quelque chose d'utile.

Une créature fit tournoyer une long morceau de chaîne rouillée pour écarter le gêneur.

Le premier coup désarma Danilo Thann. Triomphant, le lézard voulut frapper de nouveau.

Arilyn tira le couteau dissimulé dans sa botte et le lança dans la gueule grande ouverte du lézard. Avec un grognement étranglé, il s'arrêta net.

Dans son élan, la chaîne s'enroula autour de son bras avec un bruit d'os broyé.

A la grande surprise de la demi-elfe, la créature changea simplement son arme de main.

Dans le même temps, Danilo s'approcha trop près de la hache du deuxième lézard, qui le blessa à l'avant-bras. Il s'écarta et regarda sa chemise déchirée d'un air dégoûté.

— Puisque c'est comme ça, me voilà vraiment en colère ! lança-t-il aux lézards.

Les créatures se dirigèrent vers lui.

— Quand tu doutes, cours ! cria Danilo en lançant sa monture vers le nord des Marais.

Les lézards le suivirent.

— Ah non ! cria Arilyn aux monstres.

Elle ramassa une pierre et leur lança dessus.

— Restez et battez-vous !

Le projectile atteignit la tête du lézard armé de la hache. Il pivota pour s'élancer sur Arilyn, toutes dents dehors. La jeune femme s'écarta au dernier moment ; le monstre dut lutter pour conserver son équilibre.

Arilyn en profita pour lui trancher la gorge. Satisfaite, elle courut en direction de Danilo et du dernier monstre.

Elle sauta sur sa queue pour détourner son attention du jeune noble.

Le lézard se retourna. Ignorant Arilyn, il lâcha la chaîne et ramassa sa queue pour l'enrouler autour de son bras blessé. Puis il observa tristement le bout de l'appendice en poussant de petit cris plaintifs.

Arilyn baissa le bras droit.

Le monstre se raidit et s'écroula, la lame de Danilo plantée dans la nuque. Sans savoir pourquoi, Arilyn se sentit furieuse.

— Où sont les gobelins ? lança-t-elle.

Danilo désigna les six membres du groupe de chasseurs – tous morts !

Arilyn leva sa lame de lune et constata qu'elle ne brillait plus, signe que tout danger était écarté. Elle rengaina son arme puis se tourna vers le jeune noble.

Ils se regardèrent un moment en silence au-dessus du corps du lézard.

— Tu étais obligé de le tuer comme ça ? demanda Arilyn.

— Duquel parles-tu ? s'étonna Danilo. Il y a beaucoup de morts ici, tu sais. Et de mortes, je suppose, bien que je ne sois pas un expert en anatomie reptilienne.

— Oublie ça ! lâcha Arilyn. Où est ma jument ?

— Elle ne doit pas être bien loin.

Il récupéra sa lame dans le cou du monstre. Après l'avoir essuyé dans l'herbe, il partit à la recherche de la monture manquante.

Arilyn lui emboîta le pas.

Ils retrouvèrent la jument dans les ruines du donjon. Danilo lui donna un morceau de sucre.

— Ça devrait t'adoucir le caractère, ma belle, dit-il.

La jument hennit.

— Ça marche ! s'exclama-t-il.

Avec un coup d'œil ironique sur Arilyn, il lui tendit un sucre en souriant.

D'abord surprise, la demi-elfe éclata de rire.

— Je prendrai ça comme des excuses, dit Danilo. Belle bagarre, hein ?

Son approche insouciante du combat ne cadrait pas avec l'image qu'Arilyn avait de lui. Danilo Thann n'était pas un simple dandy superficiel. Il était dangereux, et ce, pour de multiples raisons. Le sourire d'Arilyn céda la place à un regard méfiant.

— Les gobelins sont morts, dit-elle.

— Tu as un bon coup d'œil, railla Danilo.

— Comment sont-ils morts ? insista Arilyn.

— Tu connais les gobelins, répondit le jeune noble en haussant les épaules. Ils se battent toujours entre eux et...

— Assez ! Je ne suis pas stupide et je déteste être traitée comme une idiote. Tu sais te battre. Où as-tu appris ?

— J'ai cinq frères plus âgés...

— Très drôle mais ça n'explique pas ton assurance au combat.

— Dans ce cas, si je te disais que j'en ai *six* !

— Ce bavardage ne nous mènera nulle part, murmura la jeune femme. Très bien, tes secrets t'appartiennent. Tu m'as sauvé la vie, et je te suis redevable. Tu as gagné ta liberté.

— Magnifique ! ricana Danilo. Maintenant que je ne te sers plus à rien, tu te débarrasses de moi. En compensation, je n'ai qu'à passer un moment dans les Marais de Chelimber, pour apprécier la vue et papoter avec les autochtones. Et dis-moi, dois-je effectuer cette traversée suicidaire à pied ?

— Bien sûr que non ! répliqua Arilyn.

Danilo posa une main sur sa poitrine.

— La dame me fait un beau cadeau ! La liberté pour moi et un de *mes* destriers. Au passage, ces juments m'appartenaient. Mais vraiment, je suis touché.

— A l'aube, nous irons vers le sud, expliqua Arilyn. Ensemble. Quand nous croiserons une caravane de marchands, je te laisserai avec eux. Ça te va ?

— Merci... Mais non !

Exaspérée, la demi-elfe s'assit et se prit la tête entre les mains.

— Je suppose que tu as une meilleure idée ? demanda-t-elle.

Danilo prit place sur un rocher, face à elle, en faisant attention de ne pas tacher sa tunique avec le sang du lézard qui gisait à ses pieds.

— Oui, je reste avec toi. A partir de maintenant, nous serons partenaires et compagnons de voyage.

— C'est impossible !

— Pourquoi ?

— Je travaille et je voyage seule. Et je n'ai aucun désir que ça change.

— C'est pourtant ce que nous faisons depuis deux jours, dit Danilo. ( Il leva une main pour couper court aux objections de la demi-elfe. ) Je sais. Fuite, otage, secret, ce genre de choses... Tout ça mis à part, tu prétendais vouloir me garder en vie jusqu'à Eau Profonde. La parole d'Arilyn Lamelune, donnée avec tant de ferveur, serait-elle reprise si facilement ?

Il sourit en voyant la colère obscurcir le regard de la jeune femme.

— Non, je ne crois pas, continua-t-il. D'après tes propos, tu m'es redevable. Comme récompense pour t'avoir sauvé, je choisis de rester avec toi, jusqu'à Eau Profonde et peut-être même un peu plus longtemps.

Arilyn se massa les tempes pour tenter de s'éclaircir les idées.

— Pourquoi ?

— Je suis un barde amateur, et, en toute modestie, assez apprécié dans certains cercles. Tu m'as entendu chanter la *Ballade des Attaquants Zhentilars* tout à l'heure dans les Marais ?

Il attendit des louanges qui ne vinrent pas.

— Oui, bon.... Ce voyage devenant une véritable aventure, j'ai décidé de saisir l'occasion pour écrire une ballade sur le Tueur de Ménestrels. Ma gloire est assurée ! Tu figureras dans le récit, bien entendu. J'en ai déjà composé une partie. Veux-tu l'entendre ?

Sans attendre de réponse, il s'éclaircit la voix et chanta les vers les plus infâmes qu'Arilyn eût jamais entendus.

Elle supporta deux strophes avant de pointer son couteau sur la gorge de Danilo.

— Chante une autre note et je te tranche la gorge, menaça-t-elle.

Grimaçant, Danilo écarta la lame.

— Miséricordieuse Milil ! Et moi qui croyais que les critiques d'Eau Profonde étaient sévères ! Qu'attendais-tu d'un amateur talentueux ?

— Une réponse honnête.

— D'accord, soupira Danilo. En clair, je suis inquiet pour ma survie. Je ne souhaite pas rester seul, et tu es le meilleur garde du corps que je connaisse. Pour être franc, je ne me sentirais pas en sécurité avec des marchands.

Arilyn étudia la question. Il semblait sérieux et s'il désirait une protection, elle ne pouvait pas la lui refuser. Elle remit le couteau dans sa botte et accepta l'inévitable.

— Très bien, concéda-t-elle. Nous chevaucherons à mon rythme et nous partagerons les tours de garde, la chasse et la cuisine. Et il n'y aura ni bavardages, ni magie, ni chanson.

— Rien de tout ça, promit Danilo. Amène-moi sain et sauf à Eau Profonde, ma chère, et je polirai tes armes... Par Tempus, elles ont besoin d'un bon coup de torchon !

Il tendit la main vers la poignée ternie de la lame de lune.

Immédiatement, une lumière bleue jaillit. Danilo recula en secouant la main. Puis, incrédule, il observa son index. La peau avait été brûlée par l'épée magique.

— Qu'ai-je fait de mal ? balbutia-t-il. Pourquoi cette lame est-elle si prompte à m'agresser ? N'as-tu pas dit qu'elle ne versait pas le sang d'innocents ? Ah, oui, je comprends... pas *le sang*.

— Il y a une autre condition à notre « partenariat », dit Arilyn. Tu ne devras jamais toucher cette arme.

— Ça va sans dire, approuva Danilo en soufflant sur son doigt blessé.

— En route ! déclara la demi-elfe en se levant.

— Ne faudrait-il pas soigner nos blessures d'abord ?

Il regarda avec inquiétude la chemise tachée de sang d'Arilyn.

Pensant qu'il parlait de son doigt, la jeune femme lui lança un regard plein de mépris.

— Tu es en vie, dit-elle. Estimes-toi heureux de ne pas avoir tiré la lame de son fourreau.

— Que se serait-il passé ?

Arilyn se maudit en silence. Personne n'avait jamais touché la lame de lune sans sa permission.

Pourquoi avait-elle baissé sa garde ?

— La nuit va tomber, dit-elle, éludant la question. Tu dois avoir remarqué que nous sommes toujours dans les Marais de Chelimber. Tu préfères en sortir ou discutailler ?

— Ne pouvons-nous pas faire les deux ?

— Non, lâcha la jeune femme en enfourchant sa jument.

Résigné, le dandy l'imita.

— Je suppose que nous chasserons bientôt pour le dîner ? demanda-t-il.

— Nous prendrons des tours pour la chasse, rappela Arilyn.

D'un coup de talon, elle lança sa jument vers l'ouest des Marais.

Danilo la suivit.

— As-tu déjà mangé du lézard ? demanda-t-il. J'ai entendu dire que ça avait le goût du poulet.

Arilyn pivota sur sa selle pour lui jeter un regard glacial.

— Si je pensais que tu étais sérieux, je te laisserais ici.

— Je chasserai ! C'est juré !

Ils chevauchèrent en silence. La brume se dissipait et les silhouettes lointaines des arbres indiquaient que Chelimber n'était plus qu'un souvenir.

— Je me demande si nous sommes encore loin d'Eau Profonde ? cria Danilo.

— Beaucoup trop loin, répondit Arilyn.

— Tu viens de m'insulter, ou est-ce juste mon imagination ?

— Oui.

— Oui, quoi ? C'est mon imagination ?

— Non.

— Oh...

Cet échange coupa le sifflet de Danilo. Arilyn fit avancer sa jument vers un cours d'eau avec l'intention d'y établir un camp.

Ils se nourrirent de deux lapins dodus miraculeusement tombés dans les pièges de Danilo. Bien que ce dernier jurât que c'était dû uniquement à son talent, Arilyn n'en crut pas un mot. Mais elle était trop fatiguée et affamée pour polémiquer.

Après le repas, partagé en silence, ils se couchèrent sous la protection de la lame de lune.

A l'aube, ils repartirent.

Le soleil se levait quand une silhouette se glissa hors de sa cachette entre les arbres. Elle regarda le couple se mettre en selle et prendre la direction de l'ouest.

A son avis, avec les Hautes Landes au sud et les Montagnes Cimegrises au nord, la demi-elfe n'avait qu'un itinéraire logique pour gagner Eau Profonde.

Bien qu'elle l'eût surpris en choisissant de braver les dangers des Marais de Chelimber, la silhouette sombre doutait qu'Arilyn Lamelune s'aventure dans la lande des trolls ou sur le territoire des tribus d'orcs et de dragons noirs qui peuplaient les Cimegrises.

L'homme la suivait depuis qu'elle avait quitté le Val de Sombregarde, et elle semblait connaître cet endroit aussi bien que lui. Elle devait savoir qu'une seule route était sûre.

Il attendit, laissant l'aventurière et son compagnon prendre de l'avance.

Elle avait failli le repérer plusieurs fois, et il ne voulait prendre aucun risque avant d'être prêt.

Au milieu de la matinée, il lança sa monture en avant. Sans efforts, il suivit la trace des deux juments.

Avec une sorte de répugnance, il traquait sa dernière proie...

# CHAPITRE VIII

Le vent d'est en provenance de la mer soufflait par rafale. Parfois, une bourrasque capricieuse mouchait une des lanternes de la route qui menait vers Eau Profonde.

Malgré le temps pluvieux, les voyageurs massés devant la porte sud semblaient d'humeur joyeuse. La fête de la Lune commencerait le matin suivant et la foule attendait avec impatience les divertissements promis. Dix jours durant, les rues d'Eau Profonde grouilleraient de vendeurs et d'artistes itinérants.

La garde de la porte sud avait été doublée pour faire face à l'affluence, et les soldats vérifiaient les identités des visiteurs. L'un d'eux ayant reconnu le fils cadet du seigneur Thann, il le salua au passage.

Il remarqua à peine la silhouette drapée d'une cape noire qui l'accompagnait.

— La notoriété a des avantages, fit remarquer Danilo à sa compagne.

Sans répondre, Arilyn le suivit le long de l'artère principale du côté sud de la cité, bordée d'écuries et de tavernes.

Prête à accueillir un flot de visiteurs, la cité bruissait d'activité.

Danilo et Arilyn dépassèrent les premières tavernes sans s'arrêter, car elles étaient déjà prises d'assaut. Vers le nord, la situation ne s'arrangeait pas.

S'écartant de la foule, le jeune noble s'engagea dans une série de ruelles étroites qui abritaient de petites échoppes.

Au sommet d'une colline, ils s'arrêtèrent devant un bâtiment en bois aux murs revêtus d'argile. Au-dessus de la porte d'entrée, une enseigne indiquait : la *Maison des Spiritueux*.

— Occupons-nous des chevaux, proposa Danilo.

Arilyn acquiesça et le suivit. La demi-elfe avisa avec satisfaction la propreté des écuries ; les juments avaient mérité un repos de qualité.

Le jeune palefrenier qui accourut reconnut Danilo. Il l'accueillit avec déférence et promit un traitement de faveur pour ses bêtes.

*Par les dieux,* songea Arilyn, *n'y a-t-il aucun endroit dans cette ville où Danilo Thann n'est pas connu ?*

Après avoir laissé un généreux pourboire au garçon d'écurie, Danilo prit Arilyn par la main et traversa la cour de l'auberge.

Quand ils furent entrés, la demi-elfe libéra sa main.

Danilo enleva sa cape et l'accrocha à un porte-manteau. Galant, il aida Arilyn à retirer la sienne.

— C'est agréable et chaleureux ici, dit-il.

Il ôta son chapeau et se recoiffa en attendant patiemment qu'Arilyn soit prête.

Même sans miroir, la jeune femme savait que son visage était bleu par le froid. Elle glissa ses boucles mouillées derrière ses oreilles et les attacha avec un foulard pour paraître moins dépenaillée. Diplomate, Danilo s'abstint de tout commentaire.

— Ce n'est pas la *Cruche de Jade*, s'excusa Danilo, citant l'auberge la plus huppée d'Eau Profonde, mais c'est habitable. Plus important encore, c'est le quartier général de la Guilde des négociants en vins, des brasseurs et des distillateurs. J'y suis venu plusieurs fois. Il n'y a ni ambiance, ni style, mais on trouve ici la meilleure sélection d'alcools de la cité.

Arilyn s'irrita. La *Maison des Spiritueux* ne correspondait peut-être pas aux standards d'un noble. Après des jours de voyage difficile, *elle* la trouvait paradisiaque.

La salle était chaude et faiblement éclairée. Le plafond bas et des rangées de box donnaient une impression de confort et d'intimité.

Quelles que soient les réserves de Danilo sur cet endroit, il était fort animé. Des serveuses souriantes et des jeunes gens vigoureux portaient de grands plateaux lestés de verres et de plats simples mais appétissants.

— J'ai vu pire, répliqua Arilyn.

— Louée soit la Dame de Minuit ! s'exclama Danilo. C'est un miracle ! Elle parle !

Après lui avoir jeté un regard noir, Arilyn avança dans la salle. Elle avait tenté d'ignorer le dandy pendant presque deux semaines. Mais Danilo ne semblait pas offensé par ses silences. Il continuait de bavarder comme s'ils étaient de vieux amis.

— Si tu veux bien trouver une bonne table, je m'occupe des chambres, dit-il en la suivant.

Arilyn se retourna vivement.

— Nous sommes à Eau Profonde. Nous nous quittons cette nuit. Ton but semble être de boire un verre. Moi, je suis ici pour coincer un tueur, tu te souviens ?

Imperturbable, Danilo la gratifia de son plus beau sourire.

— Sois raisonnable, ma chère. Ce n'est pas parce que nous sommes arrivés à Eau Profonde qu'il faut prétendre ne pas nous connaître. Dans une auberge aussi petite, faire mine de s'ignorer peut être difficile. Regarde.

La salle était déjà pleine de marchands et de nobles. Tous des buveurs avertis qui connaissaient les mérites du lieu. Il ne restait que quelques places libres.

— Tu vois ? conclut Danilo. Tu es collée à moi pour la soirée. L'heure du dîner est presque passée, et ce serait une folie de s'aventurer sous la pluie à la recherche d'une autre auberge. A vrai dire, je doute qu'il reste beaucoup de chambres libres à Eau Profonde. De plus, je suis un habitué, et si je puis m'exprimer ainsi, un client estimé. Nous serons bien servis.

Devant les hésitations d'Arilyn, il insista :

— Allez, viens ! Nous sommes trempés, glacés et nous avons besoin d'une bonne nuit de sommeil. Pour une fois, j'aimerais manger quelque chose que je n'ai pas chassé !

— D'accord, capitula Arilyn.

— Parfait ! Voilà le propriétaire. Simon !

Il approcha d'un homme grassouillet qui portait un tablier.

*Ne m'en débarrasserai-je jamais,* songea la demi-elfe, en s'écartant de la cheminée pour trouver une place.

Une série de petites tables dissimulées dans l'ombre attira son attention.

— Amnestria ! *Quefirre soora kan izzt ?*

La voix mélodieuse rappela un flot de souvenirs à Arilyn. Depuis quand n'avait-elle pas entendu ce langage ?

Elle se tourna pour faire face à un grand elfe de lune aux cheveux d'argent. Vêtu de noir, l'allure élégante, il portait les armes bien entretenues d'un guerrier expérimenté. Il parlait la langue officielle du palais des elfes de lune, un idiome qu'Arilyn n'avait jamais vraiment maîtrisé.

Avec un pincement au cœur, la demi-elfe se souvint de l'enfant agitée qu'elle était, rétive aux efforts de sa mère dès qu'elle voulait lui enseigner autre chose que l'art de manier une épée.

— Je suis désolée, dit-elle, mais il y a des années que je n'avais pas entendu ce dialecte.

— Bien sûr, répliqua le beau *quessir* en commun. C'est une vieille langue. Mais notre race est si peu représentée ici que je me suis laissé emporter par la nostalgie.

Son sourire était à la fois mélancolique et charmeur.

— Que me disiez-vous ? s'enquit Arilyn.

— De nouveau, je dois m'excuser, répondit l'elfe. Un instant, vous m'avez rappelé quelqu'un que j'ai connu.

— Je suis navré de vous avoir déçu.

— Oh, vous n'y êtes pour rien. Mais je suis ravi d'avoir commis cette erreur.

— Vous êtes toujours aussi galant avec les étrangères ?

— Toujours, répondit l'elfe. Mais je n'ai pas souvent la chance d'en rencontrer d'aussi charmantes. Me ferez-vous l'honneur de vous joindre à moi ? C'est un des rares endroits d'Eau Profonde où on trouve de l'Elverquisst et je viens d'en commander une bouteille. Peu de gens savent en apprécier les saveurs.

Arilyn se détendit. La surprise de croiser un elfe de lune dans cet endroit et de l'entendre parler le langage de sa mère avait fait fondre sa réserve naturelle.

— Une telle offre ne saurait être refusée, dit-elle, en tendant la main. Je suis Arilyn Lamelune d'Evereska.

Le *quessir* lui serra la main en s'inclinant.

— Je connais ton nom, et je suis très honoré, murmura-t-il d'un ton respectueux.

Des bruits de pas les interrompirent.

— J'ai de bonnes et de mauvaises nouvelles, Arilyn, annonça gaiement Danilo. Bonsoir ! Qui est ton... ami ?

Avant que la jeune femme ait trouvé une réponse, l'elfe de lune déclara :

— Un instant, j'ai confondu l'*etriel* avec une vieille connaissance.

— Par les dieux, voilà un truc original ! s'exclama Danilo. Je m'en servirai la prochaine fois que je voudrai séduire une fille.

Le *quessir* se renfrogna, mais le visage souriant de Danilo n'affichait aucune ironie.

Ils se jaugèrent un instant puis l'elfe inclina la tête pour signifier qu'il prenait congé. Tournant le dos au dandy, il escorta Arilyn vers une table près de la cheminée.

La demi-elfe fit signe à Danilo de les laisser seul. Mais le dandy ignora l'avertissement. L'air désinvolte, il leur emboîta le pas en direction d'une table d'angle conçue pour accueillir deux clients. Avec un grand sourire, il prit une troisième chaise et s'installa confortablement.

— Danilo, qu'est-ce qui te prend ? chuchota Arilyn.

— Je te retourne la question. Vraiment, ma chère, accepter une invitation de ce... gentilhomme – ou dit-on gentilelfe ? –, sans présentation en règle... Comment pourrais-je t'introduire dans la bonne société aquafondaise ?

Irritée par l'arrogance de Danilo, Arilyn soupira.

*C'est vrai que je ne connais même pas son nom,* songea-t-elle.

Elle se tourna vers le *quessir*.

— Je ne fais pas secret de mon identité, dit-il à la demi-elfe. Nous avons été interrompus avant d'avoir fini les présentations. Je suis Elaith Craulnobur, pour te servir.

— Par les dieux ! s'exclama Danilo. J'ai entendu parler de toi ! N'es-tu pas connu sous le sobriquet de « Serpent » ?

— Dans certains cercles douteux, oui, admit froidement l'elfe.

Elaith Craulnobur, dit le Serpent. Arilyn avait aussi entendu parler de l'aventurier elfique. Sa cruauté et sa perfidie étaient légendaires. Kymil lui avait souvent dit de rester loin de l'elfe de lune. Son mentor avait souligné que sa réputation, déjà ternie par son passé de

tueuse, serait ruinée si elle frayait avec Elaith Craulnobur.

Arilyn refusait de se laisser influencer par la rumeur
ou les exagérations de Kymil. Elle jugerait par elle-
même.

— Enchanté, Elaith Craulnobur, dit-elle. Accepte
mes excuses pour la remarque inopportune de mon
compagnon.

— Ton compagnon ? s'étonna l'elfe.

— Je te remercie, Arilyn mais je peux m'exprimer
tout seul, protesta Danilo.

— C'est bien ce qui me gêne, murmura la demi-
elfe. Vraiment, Danilo, je sais que les sièges sont rares
mais voudrais-tu nous excuser ? J'ai accepté de boire
un verre avec Elaith. Je te rejoindrai plus tard, si tu le
souhaites.

— Quoi ? Tu veux que je te laisse ? Pour rater l'occasion de rencontrer une légende vivante ? Jamais de
la vie. Quel genre de barde crois-tu que je sois ?

Il se pencha vers l'elfe.

— Connaissez-vous les ballades qui content vos
exploits ?

— Pas du tout, répliqua Elaith, sur un ton qui n'en-
gageait pas à continuer la conversation.

— Vous n'avez jamais entendu : *Le serpent frappe
en silence* ? insista Danilo. C'est un air assez entraînant. Voulez-vous que je vous le chante ?

— Une autre fois.

— Danilo..., marmonna la demi-elfe.

— Arilyn, ma chère, je m'oublie, n'est-ce pas ?
Faites comme si je n'étais pas là, continuez votre
conversation. Je serai aussi silencieux qu'un escargot.

*Crétin !* songea Arilyn, en soupirant.

Elle savait qu'argumenter envenimerait les choses.

— Avec ta permission, dit-elle à l'elfe, il semblerait que nous soyons trois ce soir.

— Si ça te fait plaisir, dit Elaith. ( Il se tourna vers le jeune noble. ) Je ne crois pas que nous ayons été présentés.

— C'est Danilo Thann, dit Arilyn.

— Ah... Le jeune maître Thann. Ta réputation t'a précédé...

Elaith entreprit de décanter l'Elverquisst.

Quand il eut terminé, il tendit un gobelet à Arilyn. Elle le but lentement, avec le respect d'usage, puis inclina la tête vers le *quessir* en signe de remerciement.

— Un autre gobelet, s'il vous plaît, commanda Elaith au serveur. (Puis il se tourna vers Danilo.) Ou peut-être deux ?

— Merci, mais je préfère le zzar, répondit le jeune homme.

— Bien sûr, alors un gobelet de ce breuvage pour notre jeune ami, et un dîner pour trois, ordonna-t-il.

Il se tourna vers Arilyn :

— Qu'est ce qui vous amène à Eau Profonde ? La fête de la Lune, je suppose ?

— C'est ça, mentit la demi-elfe.

— Un événement assez pittoresque pour attirer les foules... Comme cette auberge, la cité regorge de visiteurs. Un peu trop à mon goût, bien que l'affluence soit bonne pour le commerce. Avez-vous trouvé un endroit confortable pour la nuit ?

Arilyn regarda Danilo.

— Tu as trouvé des chambres ? demanda-t-elle.

— Une seule, répondit-il d'un air penaud. Tout est complet.

*Une autre nuit avec Danilo Thann,* songea la demi-elfe, accablée.

Sa réaction n'échappa pas à Elaith.

— Ce doit être la mauvaise nouvelle dont tu parlais, dit-il à Danilo.

— Etrange que tu penses ça, riposta le jeune noble. Partager une chambre avec une belle femme ne me semble pas une épreuve.

— Elle ne paraît pas aussi enthousiaste que toi...

— Arilyn est simplement d'une grande discrétion, souffla Danilo, d'homme à homme.

A cet instant, le serveur revint avec leurs boissons. Arilyn prit le gobelet de zzar sur le plateau et le posa devant Danilo.

— Bois ça, suggéra-t-elle. Je suis occupée.

Saisissant l'autre gobelet, elle répéta le cérémonial lié à l'Elverquisst. Puis la conversation tourna sur les potins locaux, la politique et les affaires.

Malgré sa promesse de rester muet, Danilo continua sa joute verbale avec le *quessir*.

Arilyn sirotait son verre, prenant la mesure de son étrange compagnon de dîner. Elaith se montrait charmant avec elle et restait poli en dépit des attaques de Danilo. Pour quelqu'un qui avait une réputation de sauvage, il semblait mesuré et de bonne humeur.

*Après tout, ces rumeurs sont peut-être exagérées.*

— Enfin le dîner, annonça Elaith en voyant apparaître deux serveurs.

L'elfe observa les mets qu'ils disposèrent sur la table.

— J'ai bien peur que ce soit le mieux qu'ils aient à offrir dans cette taverne, lâcha-t-il. J'espère avoir l'occasion de vous offrir un meilleur repas.

— C'est parfait, assura Arilyn. Après les rigueurs d'un long voyage, la nourriture la plus simple est un régal.

Danilo et elle se jetèrent sur les plats. Manger sembla améliorer l'humeur du jeune noble qui reprit sa confrontation avec Elaith Craulnobur en faisant montre un enthousiasme nouveau.

Trop lasse pour prendre part à cette prise de bec, Arilyn observa la salle. Elle entendit des bribes de conversations qui mentionnaient le Tueur de Ménestrels et s'étonna de constater avec quelle rapidité les nouvelles se répandaient.

Des applaudissements retentirent quand deux serveurs installèrent une harpe au centre de la taverne. Un homme grand et mince fit son entrée.

— Maintenant, nous allons entendre un vrai barde, lança Elaith.

— Vraiment ? s'enquit Danilo. Qui est-ce ?

— Rhys Ventcorbeau, répondit Arilyn.

Elle l'avait connu au cours d'un voyage à Suzail.

— Hum..., songea Danilo. Je me demande s'il serait d'accord pour faire un duo avec moi, après... aïe !

Il se pencha pour masser la cheville où Arilyn lui avait tiré un coup de pied.

Le spectacle commença.

Pendant la deuxième ballade, elle remarqua l'entrée d'un homme qui, après avoir jeté un coup d'œil dans la salle, prit place à une table, près de la leur.

La demi-elfe observa l'inconnu, mais son comportement n'avait rien de nature à éveiller les soupçons. Assis dans l'ombre, il se contentait d'écouter le barde en sirotant une bière. Pourtant, Arilyn se sentit soulagé quand le spectacle s'acheva et que l'homme quitta la taverne.

*Je vois le danger partout,* songea-t-elle. *J'ai vraiment besoin de repos.*

Cette idée lui arracha un bâillement qui interrompit Danilo et l'elfe, de nouveau en grande conversation.

— Ça a été un long voyage, dit-elle pour s'excuser.

— C'est ma faute, fit Elaith. Je vous ai gardée trop longtemps. Pour me faire pardonner, laissez-moi régler la note.

— Merci, dit Arilyn.

— J'espère que nous nous reverrons ? insista Elaith.

— Oui...

Elle inclina la tête et joignit les mains – l'au-revoir elfique traditionnel. Prenant Danilo par un bras, elle l'entraîna avant qu'il n'ait pu ajouter un mot.

— Où est cette chambre ? demanda-t-elle, résignée.

Danilo la conduisit vers un petit escalier, au fond de la salle.

— Ce n'est pas la meilleure de l'auberge. Ne t'attends pas à quelque chose de luxueux.

— Tant qu'il y a un lit, marmonna-t-elle.

— C'est drôle que tu mentionnes ça..., souffla Danilo alors qu'ils grimpaient les marches.

Elaith les regarda partir, haussa les épaules et se leva. Il songea à laisser quelques pièces pour payer le repas puis se ravisa. Pourquoi s'inquiéter ? Ne pas régler l'addition était le genre de choses que les gens attendaient de sa part.

Pour faire bonne mesure, il s'empara de la carafe à moitié vide, la reboucha et l'emporta.

Après avoir salué le patron, qui pâlit, Elaith sortit de la taverne pour regagner les écuries.

Il récupéra son cheval et prit la direction du Chemin du Dragon, où se trouvait une des nombreuses propriétés qu'il possédait à Eau Profonde.

Mettant pied à terre devant le portail de la clôture en fer qui entourait la maison de granit noir, il tendit les rênes au jeune palefrenier venu l'accueillir.

En entrant, il salua les serviteurs – un couple d'elfes de lune en qui il avait toute confiance – puis s'engagea dans l'escalier pour rejoindre une pièce du dernier étage. Il referma la porte, et lança un charme contre toute irruption possible

La pièce était sombre et vide, à l'exception d'un unique piédestal. Soulevant le tissu qui le couvrait, Elaith dévoila un globe de cristal sombre qui flottait au-dessus de son support.

L'elfe l'effleura en murmurant des incantations.

Une brume sombre tourbillonna dans les profondeurs du globe. La lumière augmenta jusqu'à emplir la pièce alors qu'une image se matérialisait.

— Bienvenue, seigneur Nimesin, dit Elaith avec une touche d'ironie.

— Il est tard. Que veux-tu, elfe gris ?

La voix rauque avait prononcé *gris* avec une inflexion subtile qui transformait le terme de commun en un mot elfique qui signifiait crasse.

Ignorant l'insulte, Elaith sourit. Ce soir, il pouvait se permettre d'être tolérant.

— Si tu paies toujours un bon prix pour des informations, dit-il, j'ai quelque chose qui devrait t'intéresser.

— Quoi donc ?

— J'ai rencontré Arilyn Lamelune à la *Maison des Spiritueux* ce soir. Elle est très belle et étrangement familière...

— Quoi ? s'exclama l'elfe doré, le visage livide. Je t'avais prévenu de rester loin d'elle.

— C'était une rencontre fortuite, dit Elaith. Il m'était impossible de l'éviter.

— Je ne veux pas la voir s'associer avec quelqu'un comme toi ! cracha Kymil. Je refuse que sa réputation soit ternie.

— Allons, grogna Elaith. Ternie ? Elle est charmante et certainement douée, mais on ne peut nier qu'Arilyn Lamelune est une tueuse.

— Elle *était* une tueuse, corrigea l'elfe doré.

— Comme tu voudras. Elle était accompagnée d'un fou de la noblesse aquafondaise. Danilo Thann. Les raisons de leur association ne sont pas très claires. Ce crétin a tout d'un animal domestique.

— Oui, oui, s'impatienta Kymil. Je suis au courant...

— Mais comme nous le savons tout deux, les apparences peuvent être trompeuses. Je suis convaincu qu'il est plus malin qu'il n'y paraît. Savais-tu qu'il est le neveu de Khelben Arunsun ?

— Blackstaff ?

Pour la première fois, Kymil marqua un signe d'intérêt. Mais il se reprit aussitôt.

— Et alors ?

— Cela ne signifie peut-être rien, avoua Elaith. Mais Lamelune est réputée pour dissimuler son identité et ses desseins. Est-il inconcevable que son compagnon fasse de même ?

Dans le globe, le visage afficha un air contrarié.

— Ton effronterie est inqualifiable. Tu oublies, elfe gris, que je peux observer Arilyn Lamelune. Danilo Thann t'a défié verbalement et vous avez fait partie nulle.

— C'est le neveu de Blackstaff, insista Elaith.

— Tu l'as déjà dit. Je n'y vois aucune signification particulière.

— Il est mieux placé et plus intelligent qu'il ne le prétend. Etant donné ses antécédents, les Ménestrels doivent soupçonner Arilyn d'être responsable de la dernière vague de meurtres. Il est possible que Danilo Thann soit un espion envoyé pour déterminer si elle est coupable ou innocente.

— Bah ! Danilo Thann n'est pas plus un Ménestrel que toi et moi.

— Peut-être, mais si c'était le cas, ne serait-il pas amusant qu'il soit victime du Tueur de Ménestrels ?

— Tu as un sens de l'humour très particulier.

— On me l'a déjà dit. Alors, qu'en fait-on ?

— Si tu veux le voir mort, vas-y. Un humain de plus ou de moins ne me dérange peu.

Dans le globe, le visage commença à se dissoudre.

— J'ai aussi croisé Bran Skorlsun ce soir, lança négligemment Elaith.

Instantanément, l'image réapparut.

— Je savais que ça attirerait ton attention, murmura l'elfe gris. Imagine ma surprise de revoir notre ami commun au bout de tant d'années. Bien sûr, je ne l'ai pas reconnu tout de suite. Les humains vieillissent beaucoup en quarante ans.

— Bran Skorlsun était à la *Maison des Spiritueux* ?

— Une coïncidence fascinante, non ?

Perdu dans ses pensées, Kymil ne répondit pas.

— Tu as bien fait de me prévenir, avoua-t-il enfin. Je t'envoie ta récompense habituelle.

Elaith avait contacté le seigneur Nimesin pour le contrarier, mais sa curiosité était éveillée.

Il décida d'oublier l'attitude condescendante de l'elfe doré et insista pour en savoir plus. Le châtiment des insultes de ce soir viendrait plus tard.

— Puis-je encore t'aider ? demanda-t-il.

— Non, répondit Kymil. Ah si. Reste loin d'Arilyn Lamelune.

— Bien sûr. C'est tout ?

— Oui.

Le ton de Kymil indiquait qu'il voulait avoir le dernier mot, mais Elaith ne l'entendait pas ainsi.

— Comme tu voudras. En revanche, je ne souhaite pas être rétribué en argent, cette fois.

— C'est-à-dire ?

— Je veux Danilo Thann.

— Vendu ! conclut Kymil Nimesin. Comme je te l'ai dit, peu m'importe qu'il vive ou qu'il meure. Considérant l'or que tu refuses, j'en déduis que ton orgueil se négocie fort cher.

*Tu t'en apercevras très vite à tes dépens,* songea Elaith Craulnobur.

# CHAPITRE IX

— On peut partager ? hasarda Danilo.

— Comment ? s'enquit Arilyn en désignant l'unique lit de la chambre. Même un couple de jeunes mariés le trouverait trop étroit. Je vais dormir par terre.

Danilo la regarda s'installer sur une couverture, à côté du feu.

— Je devrais me conduire en gentilhomme et insister pour que tu prennes le lit, mais je suis trop fatigué pour argumenter, dit-il.

— Parfait, marmonna Arilyn.

Danilo se laissa tomber sur le lit. Qu'y pouvait-il si c'était la chambre la plus minable d'une auberge de seconde zone ? Après les rigueurs du voyage, ils devaient s'estimer heureux d'avoir trouvé un toit pour dormir.

Bien après qu'Arilyn se fut endormie, il s'allongea sur le matelas bosselé.

Sa rencontre avec l'elfe de lune l'avait troublé. A Evereska, le jeune noble avait reconnu l'emblème de Perendra sur la tabatière en or. Le bandit l'ayant obtenu auprès d'un elfe d'Eau Profonde, il n'était pas illogique que cet elfe soit une des clés permettant de retrouver le Tueur de Ménestrels. Et il pouvait s'agir de l'escroc Elaith Craulnobur ! Surpris par la confiance que lui avait spontanément accordée Arilyn, d'ordinaire si farouche, Danilo décida de rester vigilant.

Il jeta un coup d'œil à sa compagne allongée sur le sol. Elle devait faire une confiance illimitée à sa lame de lune pour dormir aussi bien.

Au cours de leur voyage, il avait pu constater que l'épée avait de multiples pouvoirs. Il l'avait vu briller dans les Marais de Chelimber ; une autre fois, ils avaient échappé à des ourshiboux parce qu'Arilyn avait été prévenue en rêve par sa lame.

Danilo se tourna vers la fenêtre ouverte et contempla la nuit étoilée en écoutant le carillon du temple de Torm.

Puis il sombra dans un sommeil agité.

Un silhouette traversa le hall de l'auberge en direction de la chambre la plus éloignée. Sur la porte s'affichait l'inscription : « Chambre du Roi Rhigaerd », qui commémorait une visite de cet ancien souverain du Cormyr.

La chambre était toujours louée au client le plus honorable. Cette nuit ne faisait pas exception.

La porte s'ouvrit avec un craquement habituel et l'intrus se faufila dans la pièce.

Rhys Ventcorbeau était enroulé dans une épaisse couverture, une main amoureusement posée sur la harpe couchée à ses côtés.

La silhouette avança jusqu'au lit, prit la main de Rhys et mit un petit objet dans sa paume. Un grésillement de chair qui brûle s'éleva. Quand il cessa, le tueur ouvrit la fenêtre et se glissa dans la nuit.

Le souffle du vent fit vibrer les cordes de la harpe, comme pour un dernier adieu à son propriétaire.

Arilyn s'agitait sur sa couche de fortune.

D'ordinaire quand sa lame lui envoyait un avertissement, elle se réveillait immédiatement, prête à affronter tous les dangers. Cette fois, elle eut du mal à s'arracher au sommeil.

Respirant difficilement, la demi-elfe se retrouva assise sur le sol de la plus modeste chambre de la *Maison des Spiritueux*. Groggy, elle se frotta les yeux pour s'éclaircir les idées. Elle s'étira puis enfila ses bottes. Certaine de ne plus se rendormir après un tel cauchemar, elle décida d'aller faire un tour.

Soudain, elle frissonna en se demandant si elle était vraiment réveillée. La pleine lune illuminait une silhouette noire penchée sur la forme endormie de son compagnon.

*Danilo !*

Sans hésiter, Arilyn sortit sa dague de sa botte et bondit pour poignarder l'intrus. A sa grande stupéfaction, la lame qui aurait dû se planter dans le cœur de l'agresseur s'enfonça dans l'oreiller du jeune noble en soulevant un nuage de plumes.

Danilo s'éveilla en sursaut ; ses bras se refermèrent sur son agresseur.

— Lâche-moi ! cria Arilyn.

Stupéfait de découvrir une dague dans la main de la demi-elfe, il resserra sa prise.

— Par les dieux, ne t'ai-je pas dit que tu n'avais pas besoin de ça ? Tu es la bienvenue !

Arilyn accueillit sa plaisanterie avec un juron et lutta pour se dégager.

En un éclair, Danilo la fit basculer sur le sol. Alors qu'ils luttaient au milieu des plumes, il lui prit le poignet et le serra jusqu'à ce qu'elle lâche la lame.

— Laisse-moi ! cria Arilyn.

— Pas avant que tu ne m'aies expliqué ce qui se passe.

La jeune femme ne voulait pas perdre de temps en explications. Son instinct lui soufflait que l'intrus était le Tueur de Ménestrels. Jamais elle n'avait été si près de l'atteindre.

Elle cessa de lutter et Danilo relâcha un peu sa prise.

C'est tout ce qu'il lui fallait. Elle se raidit de nouveau et fit basculer son adversaire sur le côté.

Contre toute attente, il ne lui lâcha pas le poignet.

Arilyn se releva et lui flanqua un coup de pied dans le bras qui eut l'effet escompté.

Elle se rua vers la porte en dégainant sa lame de lune.

Danilo l'attrapa par la cheville. Arilyn s'écroula et lâcha l'épée qui tomba hors de sa portée.

Furieuse, elle lança un pied dans la mâchoire de son adversaire.

Arilyn se releva tandis que le jeune homme frottait sa mâchoire endolorie. Satisfaite, la demi-elfe se pencha pour récupérer son épée.

Le jeune noble en profita pour se jeter sur elle. Ils roulèrent sur le sol, chacun mobilisant toutes ses forces pour prendre l'avantage.

— Arrête, dit finalement Arilyn. Il est parti de toute façon.

— Qui ? s'étonna Danilo.

— Le tueur.

Danilo parut sceptique. Arilyn voulait à tout prix le convaincre avant qu'il soit trop tard.

— Il était ici, expliqua-t-elle. Je l'ai vu à côté de ton lit, se pencher sur toi et...

Elle ne put terminer sa phrase. Où était-il passé ? Un instant, elle l'avait vu dans la pièce ; le suivant elle se battait avec Danilo. Avait-elle rêvé ?

— Raconte-moi tout.

— J'ai fait un rêve. A mon réveil, il y avait quelqu'un à côté de toi. C'était le tueur.

— Tu es sûre ?

— Je ne peux pas expliquer pourquoi, mais j'en suis persuadée. J'ai saisi ma dague et j'ai attaqué.

Avant que Danilo ait pu répliquer, quelqu'un frappa à leur porte.

— Seigneur Thann ? Tout va bien ?

— Par les Neufs Enfers, c'est le propriétaire, murmura le jeune noble. Oui, Simon, tout va bien, désolé pour le raffut. C'était un mauvais rêve.

— Il y a eu beaucoup de bruit pour un cauchemar, messire...

— Eh bien, improvisa Danilo, après que ma compagne se fut réveillée, elle avait besoin de... hum... réconfort. Une chose en entraînant une autre... Veuillez accepter mes excuses si nous avons dérangé quelqu'un.

— Vous êtes sûr que tout va bien ? insista le propriétaire.

— Ça ne peut pas aller mieux.

Un court silence précéda un petit rire.

— Considérant que mes autres clients, moins chanceux, doivent dormir, seigneur Thann, pourriez-vous être un peu plus discret ?

— Je vous assure que nous ne réveillerons plus personne.

— Très bien. Bonne nuit ! lança le patron en s'éloignant.

Danilo regarda la demi-elfe, qui semblait outrée par son explication.

— C'était juste un rêve, dit-il, en écartant quelques boucles de son visage.

— Non, assura Arilyn. C'était plus qu'un rêve et même plus qu'un avertissement.

— Tu es un peu surmenée, c'est tout. C'est parfaitement compréhensible, d'ailleurs. Avec ce que tu as subi ces derniers temps... Ne serait-ce que les ourshiboux...

Il ne termina pas sa phrase. A l'évidence Arilyn ne l'écoutait pas.

— Ce n'était pas un rêve, murmura-t-elle.

Danilo suivit son regard. Dans sa main, brillant d'une faible lueur bleue, étaient imprimés la harpe et le croissant de lune, symbole des Ménestrels.

Sous les rayons de lune, deux silhouettes escaladaient la façade de l'immeuble. L'une progressait vite tandis que l'autre peinait à la suivre.

— J'en conclus que tu as dû accomplir un paquet de missions acrobatiques, murmura Danilo.

— Quelques-unes, dit Arilyn, concentrée sur son but.

— J'espère que ce troubadour a laissé sa fenêtre ouverte. A propos, sais-tu crocheter les serrures ? Mais bien sûr que tu le sais, oublie la question. Dans ce cas, tu dois aussi savoir crocheter les portes, ce qui nous aurait évité cette escalade...

— Tais-toi ! souffla Arilyn.

Une fois encore, elle se maudit d'avoir choisi Danilo Thann, qui se montrait tour à tour un combattant rusé, un ami compréhensif et un imbécile insupportable.

La dernière option étant la plus fréquente !

Arilyn se glissa jusqu'à la fenêtre tandis que Danilo trébuchait. L'agrippant par la cape, la demi-elfe le ramena en sécurité.

— Attention ! lança-t-elle. Tu es sûr que Rhys Ventcorbeau occupe la chambre du fond ?

— Certain, haleta Danilo en se cramponnant au mur. J'ai demandé la chambre du roi au propriétaire – j'ai l'habitude d'y séjourner après un dîner trop arrosé – mais il m'a informé qu'un Ménestrel l'avait déjà louée. Imagine mon désarroi !

Ils arrivaient près de la dernière fenêtre ; Arilyn lui indiqua de se taire. Ils entrèrent sans bruit dans la pièce.

Arilyn se dirigea vers le lit et posa la main sur la nuque du barde.

— Trop tard, murmura-t-elle.

— Il est mort ?

— Oui, répondit Arilyn. ( Elle désigna la paume du Ménestrel. ) Je vais tuer ce monstre !

— Je n'en doute pas, mais sûrement pas cette nuit, dit Danilo. Il faut filer d'ici.

— Non ! Je suis trop près du but.

— *Beaucoup* trop près à mon goût. Peut-être n'as-tu pas peur du Tueur de Ménestrels, mais je ne m'aime pas en bleu...

Il brandit sa main gauche.

— Tu es libre de partir, dit Arilyn.

Danilo se passa la main dans les cheveux ; ce simple mouvement sembla lui faire perdre l'équilibre. Il se raccrocha au montant du lit.

— Partir ? Rien ne me ferait plus plaisir. Ne t'es-tu pas demandé si j'en étais capable ?

— De quoi parles-tu ? s'étonna Arilyn.

— Réfléchis ! Qu'est-ce qui a tué le barde ? Tu vois du sang ? Des signes de lutte ?

— Non. C'est une partie du problème. Les malheureux sont tous morts pendant leur sommeil, mais...

Soudain, elle réalisa.

— Du poison ! Les victimes n'ont pas été marquées après leur mort, comme nous l'imaginions. Elles ont été tuées par magie ! Une brûlure empoisonnée !

— C'est aussi mon sentiment, approuva Danilo. Et nous ne sommes pas équipés ni l'un ni l'autre pour lutter contre un tueur un peu sorcier, même si nous le trouvons. Ce dont je doute.

Arilyn lui prit la main et la regarda comme si elle pouvait effacer la marque.

— Par les dieux, tu as aussi été empoisonné. Ça va ?

— Je crois que je survivrai. Tu l'as interrompu avant qu'il m'ait inoculé trop de poison, mais je me sens un peu faible. C'est en dérapant tout à l'heure, que j'ai compris. Mais ce n'est pas le problème. Tu m'as entraîné dans cette aventure, au péril de ma vie. Maintenant tu dois me conduire dans un endroit sûr.

Arilyn acquiesça. Elle se sentait frustrée de ne pouvoir se lancer à la poursuite du tueur, mais elle s'inquiétait pour Danilo. Malgré ses dénégations, le jeune noble était très pâle. Dans cet état, il ne pourrait jamais quitter la taverne tout seul.

— On y va. Vu les circonstances, peut-être devrions-nous passer par la porte.

— Bonne idée, répliqua Danilo.

Arilyn regarda le sac accroché à la ceinture du jeune homme et se souvint du livre de sorts. Elle n'aimait pas utiliser la magie, mais elle n'avait pas d'autre choix.

— Ne connaîtrais-tu pas un sort d'invisibilité ?

— Non, mais si tu fredonnes quelques mesures, je ferai semblant, répondit Danilo, un peu hébété.

— Tu as reçu plus de poison que tu ne le crois, s'inquiéta Arilyn. Cette plaisanterie est aussi ancienne que Myth Drannor.

Avec un léger sourire, Danilo lança le sortilège et fit signe à la demi-elfe d'approcher.

— A cet instant, je ne me sens pas très jeune non plus. Sortons d'ici.

Quelques minutes plus tard, Danilo et Arilyn, invisibles, chevauchaient vers la maison de l'aventurière Loene. C'était l'endroit le plus sûr auquel ait songé Arilyn.

La demeure de Loene, sur la Route d'Eau Profonde, était une véritable forteresse à portée de vue des sentinelles du château.

Avec tous les cadavres qu'elle laissait derrière elle, Arilyn n'aimait pas l'idée d'impliquer la jeune femme.

L'énergie de Danilo avait été drainée par le sort qu'il avait lancé pour les rendre invisibles avec leurs montures, et il semblait de plus en plus faible. Arilyn craignait qu'il perde connaissance. Elle décida de lui parler pour le maintenir éveillé.

— Tu es sûr que l'aubergiste ne nous soupçonnera pas de la mort du Ménestrel ? demanda-t-elle.

Danilo acquiesça.

— Pourquoi ?

— J'ai laissé une illusion magique dans notre chambre. Avant d'aller dans celle du troubadour. Juste au cas où. La serveuse verra une bouteille de zzar sur la table, et deux silhouettes endormies enlacées sur le lit de camp.

— J'imagine qu'elles nous ressemblent, soupira Arilyn, résignée.

— Bien sûr. L'illusion tiendra jusqu'au milieu de la matinée. Le corps du barde sera découvert avant.

— Pas étonnant que tu sois presque tombé de la fenêtre. Ce sort a dû te coûter beaucoup d'énergie.

— Oui, mais c'était drôle, marmonna Danilo, penchant dangereusement sur un côté.

Arilyn approcha et le remit droit.

— Tiens encore un peu. La maison de Loene est à l'angle de la rue. Tu vois l'immense orme, devant nous ? Il est planté dans la cour, derrière sa maison.

— Parfait. Je ne me sens pas très bien...

Entourée d'une enceinte aussi décorative qu'impénétrable, la demeure de Loene ressemblait à un fortin.

*Nous serons en sécurité ici,* songea Arilyn en mettant pied à terre.

Elle aida Danilo à en faire autant, puis crocheta la serrure du portail avec un petit couteau.

— Tu fais ça souvent ? marmonna le dandy. Et maintenant ? Vont-ils nous cribler de flèches ou appeler les gardes ?

— Ni l'un ni l'autre, assura Arilyn. Loene me connaît.

Ils étaient toujours invisibles, ce qui pourrait poser problème. Il était difficile de convaincre quelqu'un de ses bonnes intentions quand il ne vous voyait pas.

Et elle ne pouvait pas demander à Danilo d'utiliser ses dernières forces pour annuler le sort.

Arilyn aida le jeune homme à marcher jusqu'à la porte et frappa en utilisant le code donné par Nain Sifflefrères, un membre de la Compagnie des Aventuriers Fous. Loene avait été sauvée de l'esclavage par Nain ; pendant des années, elle avait voyagé avec lui.

La porte s'entrebâilla.

— Oui ? demanda Elliot Graves, le serviteur de Loene.

— C'est moi, Graves. Arilyn Lamelune.

— Où es-tu ? demanda-t-il en passant la tête dans l'ouverture.

Arilyn ne douta pas qu'il avait sa massue à portée de main.

— Ici, Graves, mais invisible, répondit la demi-elfe. Je suis avec un ami blessé. Laissez-nous entrer.

L'urgence de son ton parut le convaincre.

— L'un après l'autre, dit-il.

Arilyn poussa Danilo devant elle. Il tomba face contre terre sur le tapis calimshite.

— En voilà un, plaisanta-t-il.

La demi-elfe passa devant Graves pour aller le relever.

Le serviteur referma la porte.

— Que signifie tout ça ? demanda une voix sur un ton impérieux.

Arilyn leva les yeux sur Loene qui se tenait en haut de l'escalier. Vêtue d'une robe de nuit en soie dorée, elle tenait une épée dans chaque main. Ses cheveux blonds cascadaient sur ses épaules et ses grands yeux verts sondaient le hall vide.

Après avoir été libérée de sa condition de « fille de plaisir », la belle était devenue une guerrière et une aventurière.

Malgré les années, elle restait magnifique... et très dangereuse.

— C'est Arilyn Lamelune, bredouilla la demi-elfe. J'ai avec moi un ami qui a été empoisonné.

— Donne-moi mon coffret de potions, ordonna Loene au serviteur, sans quitter le tapis des yeux. Eh bien, Arilyn Lamelune, depuis quand utilises-tu un sort d'invisibilité ?

Elle descendit et posa ses lames sur une table en marbre, au pied des marches.

— Je n'avais pas le choix, répondit Arilyn.

— Je l'aurais parié.

Loene fit tourner l'anneau magique passé à son index et dissipa l'enchantement de Danilo.

Les silhouettes d'un homme allongé et d'une aventurière demi-elfe apparurent sur le coûteux tapis.

— Te voilà ! lança Loene. Tu as une mine épouvantable.

Elle s'agenouilla à côté d'Arilyn et prit le pouls du jeune noble.

— Son cœur est régulier, constata-t-elle. Sa respiration est normale et il a de bonnes couleurs. Que lui est-il arrivé ? Tu parlais de poison ?

— C'est une longue histoire, répondit Arilyn, le regard rivé sur son compagnon.

— Hum, j'aimerais bien l'entendre. Ah, merci, Graves, dit-elle en prenant le coffret. Qui est-ce ?

— Danilo Thann.

— Dan..., commença Loene avant d'éclater de rire. Ma fille, tu as fait un choix curieux en matière de sorcier. Ses tours foirent encore plus souvent que les pétards du festival. En plus, il est lourd ! Aide-moi.

Les deux aventurières le firent rouler sur le dos. Loene lui souleva les paupières. Après réflexion, elle sélectionna une fiole bleue qu'elle tendit à Arilyn.

— Voilà un antidote, dit-elle. Très rare. Il fonctionne étonnamment vite.

La demi-elfe déboucha la fiole, souleva la tête de Danilo et porta la potion à ses lèvres.

Le jeune homme ouvrit les yeux.

— Imagine que c'est du vin, dit Arilyn.

La mention de son breuvage préféré ranima assez Danilo pour qu'il avale le liquide. Requinqué, il se souleva sur un coude.

— Je me sens mieux, déclara-t-il quelque peu surpris.

— Tu es sûr ? insista Arilyn.

— Presque comme neuf.

Il désigna sa paume.

La brûlure s'estompait. La demi-elfe soupira de soulagement.

Loene connaissait Arilyn depuis des années, et elle ne l'avait jamais vue aussi bouleversée. Aucun antidote n'agissait si vite, elle aurait dû le savoir. En clair, ses sens elfiques d'ordinaire si aiguisés auraient dû reconnaître la liqueur d'abricot que contenait la fiole.

— Je suppose que les explications peuvent attendre demain, dit-elle à regret. Graves, veux-tu conduire nos invités dans leurs chambres ?

— Une seule suffira, corrigea Arilyn.

— C'est espérer un peu trop de cette potion, souffla Danilo.

Arilyn lui lança un regard noir avant de s'expliquer :

— Avec ta permission, Loene, je te laisse prendre soin de Danilo. J'ai une affaire urgente à régler.

— Oublie ça ! Je m'occuperai de ton ami, mais pas question de partir sans me dire ce qui se passe.

— D'accord... Au point où j'en suis, un petit retard ne changera rien. Mais tu ferais mieux de sortir du cognac, car nous en avons pour un moment.

— J'ai toujours une bouteille pleine sous la main pour tes visites surprises. Occupe-toi de notre invité, Graves.

— A vos ordres, ma dame.

Loene prit Arilyn par le bras et l'entraîna dans son bureau.

Danilo les regarda s'éloigner, notant avec plaisir le regard inquiet que lui lança la demi-elfe avant de quitter la pièce. Puis il se laissa conduire par le serviteur dans une chambre richement meublée.

— Souhaitez-vous quelque chose ? demanda Graves.

— Dormir suffira, assura Danilo.

Le serviteur referma la porte derrière lui.

Le jeune noble attendit quelques instants avant de sortir de son sac le livre de sorts et un rouleau de corde.

Il étudia rapidement les runes pour mémoriser le sortilège complexe dont il avait besoin. Quand il fut satisfait, il rangea l'ouvrage.

Les effets du poison avaient disparu bien avant qu'ils atteignent la maison de Loene, mais il avait joué la comédie pour décider Arilyn à quitter l'auberge et à s'éloigner d'un tueur qui pouvait disparaître d'une chambre fermée à clé.

Danilo ouvrit une fenêtre, attacha la corde à une colonne du lit et descendit dans la cour.

Après son expérience de l'auberge, il n'avait pas l'intention de lancer un sort de lévitation à partir d'un deuxième étage, antidote ou pas.

*Au fait*, songea-t-il, *je me demande quels étaient les composants de cette potion. Elle avait un goût très agréable.*

Il jeta son sort.

S'élevant dans la nuit, il flotta au-dessus du mur d'enceinte et se retrouva dans la rue.

Ensuite, il alla devant la maison et dissipa le sort qui rendait son cheval invisible.

Les premières lueurs de l'aube pointaient quand il partit vers l'est, en direction de la tour de Blackstaff.

# CHAPITRE X

En chemin, Danilo se remémora les événements de la nuit passée. Il aurait aimé entendre la version d'Arilyn, même s'il supposait qu'il n'y figurerait pas d'une façon positive.

Il avait pourtant l'habitude de passer pour un fou. Au sein de sa famille, il endurait la froide désapprobation de son père et le mépris de ses frères aînés. Jusque-là, il avait accepté de jouer ce rôle, mais son reflet de dandy affecté, dans le regard d'Arilyn, le poussait à changer d'apparence.

Chevauchant à vive allure, Danilo atteignit rapidement la demeure de l'archimage.

La tour de Blackstaff semblait impénétrable pour les non-initiés. Une série de champs de force magiques, ainsi qu'un mur en pierre de vingt pieds de haut protégeaient l'édifice. En apparence, il ne possédait ni portes ni fenêtres aux niveaux inférieurs.

Danilo mit pied à terre devant l'enceinte et lui jeta un sort qui retiendrait son cheval.

Un autre sort ouvrit la porte. Danilo pénétra dans la cour intérieure. Après avoir frappé au mur et murmuré son nom, il traversa une ouverture invisible pour se retrouver dans le hall de réception.

Khelben « Blackstaff » Arunsun descendait l'escalier en spirale à la rencontre de son neveu.

— Je vois que tu as enfin trouvé la porte, dit-il.

Danilo grimaça en frottant une bosse imaginaire sur son front.

— Je l'ai manqué assez souvent, hein ?

— En effet. J'attends ton rapport...

Il indiqua à Danilo de le suivre au salon.

— Je n'ai pas beaucoup de temps, expliqua le jeune noble en s'asseyant. Arilyn est dans la maison de Loene, près du château. Je dois y retourner avant que mon absence soit remarquée.

— Bien sûr, approuva Blackstaff en prenant place face à son neveu. As-tu appris quelque chose sur le tueur ?

— Non, pas encore. De retour à Evereska, Arilyn a été suivie par un bandit d'Eau Profonde qui détenait une tabatière aux armes de Perendra. Il prétendait l'avoir obtenu d'un elfe, mais il a été tué par magie avant d'avoir révélé le nom du félon.

— Perendra a été une des premières victimes, dit Khelben. Contrairement aux autres, elle ne portait pas de brûlure. Il est possible que sa mort ne soit pas imputable au même tueur. Parle-moi de l'épée maintenant.

— C'est une arme elfique très ancienne, travaillée dans une sorte de métal que je n'ai pas reconnu. Il y a des runes inscrites sur la lame et le fourreau – de l'espruar, je suppose – ainsi qu'une grosse gemme sur la garde, et...

— Il y a une pierre de lune sur la garde ! s'exclama Blackstaff. Es-tu sûr ?

— Non, c'est une topaze.

— Arilyn a-t-elle dit quelque chose sur cette pierre ? insista le mage.

— Pas vraiment, hormis que Kymil Nimesin l'avait placée sur la garde pour équilibrer la lame.

— Je vois. Parfait, j'ignorais qu'Arilyn avait été entraînée par Kymil Nimesin, mais ça se tient. C'est un des meilleurs maîtres d'armes des Royaumes, et il travaille pour les Ménestrels de temps à autre. Continue.

— Cette épée transperce le métal et les os. D'après Arilyn, la lame ne peut pas répandre le sang d'innocents. Comment évalue-t-elle l'innocence, je l'ignore. Elle prévient du danger en s'illuminant. Elle brille aussi quand Arilyn la tient, mais je n'en connais pas la raison.

— Et si quelqu'un d'autre la dégaine ?

— Il est frit comme un carrelet !

— Bien sûr, murmura Khelben. C'est une lame *héréditaire*, après tout. Tu as appris tout ça comment ?

— J'ai essayé de saisir l'arme... Par bonheur, je l'ai à peine effleurée.

— Rien d'autre ? demanda le mage en réprimant un petit rire.

— Elle prévient également Arilyn du danger en lui envoyant des rêves prémonitoires.

— Intéressant. C'est tout ?

Danilo lui raconta ce qui était arrivé depuis l'auberge d'Evereska jusqu'à l'agression mystérieuse dans la *Maison des Spiritueux*.

— Du poison, murmura Khelben, contrarié de ne pas y avoir pensé plus tôt. C'est évident... Pourquoi crois-tu que le tueur s'en est pris à toi ? As-tu des raisons de penser que ton appartenance aux Ménestrels est connue ?

— Non, mais on a dû surestimer ma galanterie, répondit Danilo, l'air chagriné. Il n'y avait qu'un lit et je l'ai pris. La chambre était très sombre. Je suppose que le tueur présumait qu'un gentilhomme aurait dormi sur le sol.

— Je vois... Tu vas bien ?

— Oui, je n'ai pas absorbé beaucoup de poison. Si tu le permets, j'ai quelques questions à te poser. Pourquoi es-tu si intéressé par l'épée d'Arilyn ? Qu'a-t-elle à voir avec le tueur ?

— Il est possible qu'il n'y ait aucun lien, admit Blackstaff. Toutefois, avec l'histoire de cette lame, c'est quelque chose qu'on ne peut pas exclure.

— Un petit cours s'impose. J'ai maintenant un intérêt personnel dans cette affaire.

Le jeune homme leva sa main brûlée.

— Tu as raison, il est temps que tu saches. Bien avant ta naissance, les parents d'Arilyn avaient par inadvertance utilisé la magie de l'épée pour ouvrir un portail entre nos montagnes et le royaume elfique d'Eternelle-Rencontre. La porte étant restée ouverte, il nous a fallu l'obstruer et la déplacer. Les elfes ordonnèrent à Z'beryl de démonter l'épée et au père d'Arilyn d'emporter la pierre de lune avec lui. Aujourd'hui, la lame a un terrible potentiel magique. Avec la pierre d'origine, elle pourrait être utilisée pour localiser et rouvrir le portail d'Eternelle-Rencontre.

Khelben conclut son récit par un soupir.

— Si quelqu'un connaît l'existence de ce portail et traque Arilyn pour lui dérober sa lame, nous devons en être informés.

— Je vois, dit Danilo.

Le royaume elfique d'Eternelle-Rencontre regorgeant de richesses, un portail serait une invitation au pillage. Les elfes d'Eternelle-Rencontre vivaient en reclus. L'île était protégée par la marine de la reine Amlaruil, par des récifs mortels, une armée de mystérieuses créatures aquatiques et des champs de force capables de réduire un navire en cendres.

Comparé à ces défenses, n'importe quel garde posté devant le portail magique serait un obstacle dérisoire. Le secret était la meilleure protection du portail ; si son existence venait à être dévoilée, le dernier bastion des elfes serait compromis, menaçant l'existence même de la race.

Danilo se demanda quelle serait la réaction d'Arilyn si elle savait qu'elle était la gardienne du fabuleux royaume.

— Pourquoi ne m'avoir pas dit qu'Arilyn était une elfe ? demanda-t-il.

— Une demi-elfe, corrigea Khelben. Son père était humain. Chaque fois que je l'ai vue, elle se faisait passer pour une femme.

— C'est vrai, elle jouait à la courtisane sembienne quand je l'ai rencontrée. Je l'ai reconnue grâce à l'anneau de Rafe Eperondargent, et, crois-le ou pas, à ton portrait.

Blackstaff sourit.

— A ce propos, d'après ta mère, mon estimé beau-frère est loin d'être ravi que son fils ait pris pour maîtresse une fille de joie. Tu feras bien de le détromper, le moment venu.

— Un autre sermon paternel en perspective. Les dieux savent que j'ai été un réel fardeau pour lui.

— Tu penses arrêter ?

— Quoi, d'être un fardeau ?

— Non, de jouer les crétins au service des Ménestrels.

— Ai-je le choix ?

— On a toujours le choix, affirma Khelben. Après cette mission, si tu le souhaites, saisis l'occasion. Tu es un bon agent. Les Ménestrels t'accueilleront certainement.

Danilo se leva pour partir, affichant l'air le plus songeur que Blackstaff lui ait jamais vu.

— J'espère que tu pourras honorer ta proposition, mon oncle.

Traversant le portail magique, Danilo quitta la tour. Il enfourcha son cheval et reprit le chemin de la demeure de Loene. A l'est, le soleil pointait au-dessus des toits de la cité ; des ombres s'étiraient dans les rues encore tranquilles.

Soudain, l'une d'elle emboîta le pas à Danilo Thann.

Loene était lovée comme un chat au milieu des coussins en soie de sa couche.

— C'est une histoire intéressante, dit-elle.

— Elle vaut le prix de ce cognac ?

Arilyn désigna la carafe à moitié vide posée sur une table entre le lit de Loene et le siège plus spartiate qu'elle avait choisi. Arilyn tenait toujours son premier verre entre les mains tandis que son hôte, renommée pour sa capacité à tenir l'alcool, avait consommé le reste.

— A une fin heureuse ! répliqua Loene en levant son quatrième gobelet pour porter un toast.

— Que les dieux t'entendent, approuva Arilyn.

Graves choisit ce moment pour entrer.

— Vous serez deux pour le petit déjeuner, mes dames ?

— Tu restes ? demanda Loene à Arilyn. Graves fait les meilleurs beignets d'Eau Profonde.

La demi-elfe rechignait à retarder encore ses recherches, mais elle devait se nourrir.

— Oui, merci. Mais je partirai très vite.

— Je comprends, dit Loene. ( Elle s'adressa au serviteur. ) Nous serons trois, à moins que notre invité masculin préfère un plateau.

— Il est déjà parti, ma dame, annonça Graves.

— Quoi ! s'exclama Arilyn en se levant. Danilo est parti ? Vous êtes sûr ?

— Oh, oui, répondit l'homme en brandissant un rouleau de corde. Par la fenêtre.

— Le fou ! cria Arilyn.

— Laisse-le donc partir ! dit Loene. Et qu'il aille au diable !

— Il n'est pas assez en forme pour voyager, répliqua Arilyn.

— Ne crois pas ça. Ce jeune homme était parfaitement normal – quoi que ça puisse signifier dans son cas.

— Je ne comprends pas...

— Ma chère, il allait bien la nuit dernière. Il n'avait pas besoin de cette potion.

— Comment le sais-tu ?

124

— Contrairement à toi, je n'ai rien contre utiliser le poison quand l'occasion se présente. Et je connais ses effets.

— Dans ce cas, pourquoi lui avoir administré un antidote ? s'étonna Arilyn.

— C'était de la liqueur d'abricot. Je me doutais qu'il n'était pas vraiment empoisonné, et sa guérison miracle me l'a prouvé.

— Et la brûlure ?

— Oui, bien sûr..., concéda Loene. Peut-être a-t-il reçu une dose de poison quand il a été brûlé. Mais les effets ont dû se dissiper bien avant qu'il n'arrive ici. Tu étais trop inquiète pour le remarquer.

Arilyn hocha la tête. Ça semblait logique. Danilo était anxieux de se retrouver en sécurité et il voulait mettre le plus de distance possible entre le tueur et lui. Elle ne pouvait le blâmer, surtout après l'agression dont il avait été l'objet. Mais pourquoi se sentait-elle trahie ?

— C'est un poltron, déclara-t-elle. Je me débrouillerai mieux toute seule.

— Tu as raison, approuva Loene. Oublie-le et viens goûter les beignets de Graves.

— J'ai peur de ne pas pouvoir. Je dois partir tout de suite. Danilo Thann a la langue bien pendue. Avant le coucher du soleil, toute la cité connaîtra cette histoire. Si j'ai une chance de trouver le tueur, c'est maintenant.

— Tu reviendras me raconter comment les choses ont tourné ?

— Ai-je le choix ?

— Il est si plaisant d'être compris par ses amis, déclara Loene en souriant.

Elle avança pour serrer l'avant-bras d'Arilyn – l'adieu traditionnel des aventuriers.

Dès que Loene l'eut lâchée, la demi-elfe fouilla dans son sac à la recherche d'un pot de crème et d'un peigne. Elle appliqua sur son visage un onguent sombre qui lui donna un teint bronzé et se coiffa. Puis une main sur son épée, elle ferma les yeux et imagina un palefrenier. Le rire de son amie lui indiqua que la transformation était parfaite.

— Tu es charmante en garçon, plaisanta Loene. Tu me fais presque regretter de ne pas avoir dix ans de moins.

— Seulement dix ? s'étonna Graves.

— Sois prudente, Loene, dit Arilyn. Une simple visite de ma part peut attirer le tueur. Fais attention à toi.

— Je serai sur mes gardes, promit Loene.

— Moi aussi, répliqua le serviteur.

Arilyn le remercia d'un regard. Elliot Graves avait tout d'un majordome. En réalité, c'était un combattant redoutable.

Alors qu'Arilyn traversait la cour, elle songea qu'il devait être rassurant d'avoir un ami aussi dévoué que Graves. Elle avait toujours été seule, et elle n'était pas convaincue qu'il puisse en être autrement.

Il était évident que son comportement avec Danilo n'inspirait pas la loyauté.

A maintes reprises, elle avait souhaité être débarrassé du jeune noble et son désir était enfin exaucé.

La demi-elfe contourna la maison et escalada la partie de la clôture qui donnait sur la rue des Gemmes, une petite voie peu fréquentée.

Après avoir vérifié qu'elle était seule, elle sauta dans la ruelle. Soulagée, elle mit les mains dans ses poches et imita le pas assuré d'un jeune homme.

Quand Danilo Thann arriva chez Loene, la Route d'Eau Profonde bruissait déjà d'activités. Il contourna la maison et mit pied à terre dans la rue des Gemmes.

Se crachant dans les mains, il s'apprêta à escalader la clôture. Mais dès qu'il la toucha, un flot d'énergie magique le fit sursauter. Il s'écarta en jurant.

Levant la tête, il s'aperçut que la corde qu'il avait utilisée pour sortir ne pendait plus de la fenêtre de la chambre des invités.

Graves avait dû remarquer son départ et Danilo doutait qu'il tienne sa langue. Il faudrait qu'il trouve une explication pour Arilyn.

Les premières branches de l'orme qui ombrageait la cour intérieure étaient hors de portée. Par bonheur, Danilo avait escaladé bon nombre d'arbres dans sa jeunesse.

Il lança un sort destiné à faire bouger les objets. Une des branches s'inclina vers la clôture, se rendant ainsi accessible. D'un bond, Danilo s'y accrocha. Puis il annula le sort. La branche reprit sa position initiale.

Danilo atterrit au milieu des feuilles et s'agrippa de justesse à une autre branche. En écartant une mèche de cheveux, il s'aperçut qu'il s'était égratigné le visage.

— Peut-être que tous les gens qui me prennent pour un fou n'ont pas tout à fait tort, murmura-t-il.

Ayant retrouvé son équilibre, il atteignit la fenêtre sans autre incident.

De l'étage inférieur montaient des bruits de vaisselle qui le firent se hâter.

Il se rafraîchit et se recoiffa sommairement. Puis, affichant son sourire le plus innocent, il descendit dans la salle à manger.

A sa grande surprise, il découvrit Loene assise seule à une longue table en bois.

Elle regardait son gobelet de cognac d'un air absent.

— Bonjour, lança Danilo en entrant dans la pièce. Aurais-je battu Arilyn ? Elle est toujours au lit ?

Loene posa son gobelet et observa Danilo.

— Une nuit difficile ?

— Je me suis coupé en me rasant...

— Vraiment ? Tu te rases avec quoi ?

— Une lame émoussée ! lança le jeune noble. Tu allais me dire où trouver Arilyn ?

— Crois-tu ? Assieds-toi, veux-tu ? Sinon, je vais attraper un torticolis.

Le jeune noble s'exécuta.

— Au fait, reprit Loene, voudrais-tu encore un peu de liqueur d'abricot ?

Danilo blêmit.

— La potion ? Je me disais bien qu'elle avait un goût familier.

Il leva les mains en soupirant.

— Tu as gagné. Maintenant si tu me disais où se trouve Arilyn. Serait-elle partie ?

— Oui.

— Damnation ! J'aurais dû la connaître assez pour ne pas la quitter des yeux. Tu as idée où elle est allée ?

Loene s'étira en souriant.

— C'est possible, et je pourrais même me laisser convaincre de te le confier.

En digne fils de marchand, Danilo ne manqua pas l'allusion de la jeune femme. Avec un soupir, il croisa les mains sur la table.

— Quel est ton prix ?

Avant de répondre, Loene servit un gobelet de cognac qu'elle posa devant son invité.

— Arilyn m'a raconté sa version de l'histoire, roucoula Loene. Pourquoi ne pas me raconter la tienne ?

# CHAPITRE XI

Bran Skorlsun était accroupi dans l'ombre de la cheminée d'un immeuble qui surplombait la maison de Loene.

Serrant sa cape contre lui, il frissonna. La matinée était fraîche et il se sentait las. Le voyage depuis le Val de Sombregarde avait été long, et sa mission – suivre Arilyn Lamelune pour découvrir si elle était responsable de la mort des Ménestrels – se compliquait plus qu'il ne l'avait cru.

La porte d'entrée s'ouvrit sur le compagnon humain d'Arilyn. Il semblait furieux.

Bran se leva avec l'intention de le suivre en passant par les toits.

— Tiens, mais c'est le Corbeau. Comment vas-tu, Bran ?

Le Ménestrel se retourna pour faire face à une belle femme qu'il connaissait bien...

Pour Bran, le plaisir de revoir une vieille amie fut un peu gâché par le fait d'avoir été découvert si facilement.

Les yeux brillant de satisfaction, Loene leva sa main gauche ornée d'un anneau d'argent.

— Pour répondre à la question qui te brûle les lèvres, je vole ! Un anneau magique est un adjuvant très utile. Un cadeau de Blackstaff, bien sûr. Je suppose que tu a déjà vu notre vieil ami ?

— Non.

— Eh bien, tu devrais passer chez lui. Il sera ravi de ta visite.

— C'est peu probable.

— Je donnerais cher pour connaître la raison de votre brouille, commenta l'aventurière.

— Une autre fois, Loene. Je dois partir !

— Attends ! Si tu t'inquiètes de perdre la trace de Danilo Thann, je peux te dire où il va. Par les dieux, Bran, il est si bon de te revoir après toutes ces années. J'ai entendu parler de quelques-unes de tes aventures, mais je n'espérais pas que tu remettrais les pieds à Eau Profonde. Je suppose que ta réapparition est liée aux assassinats de Ménestrels ?

— J'ai été chargé de trouver le coupable, en effet. Maintenant dis-moi où est allé le jeune homme.

— Dans le quartier des docks, soupira l'aventurière. Une taverne de la rue Pointue. Mais comment as-tu découvert qu'Arilyn était la cible du tueur ?

— La cible ?

— Quoi d'autre ? s'étonna Loene. Ne me dis pas que tu penses qu'elle *est* la tueuse ? Tu ne la connais pas assez bien.

— En effet...

— Qui t'a mis sur sa piste ?

— Les Ménestrels.

Le rire de Loene se teinta d'ironie.

— Ignores-tu que Danilo Thann est le neveu de Blackstaff ? Son cher oncle Khelben l'a chargé d'aider Arilyn à démasquer le tueur.

— Ce jeune fou ?

— Il n'est pas vraiment idiot, tu sais. Le mois dernier, Blackstaff m'a confié un secret : depuis des années, il forme un jeune mage et il en a assez d'en faire mystère. Je crois que notre cher ami est assez vaniteux pour vouloir exhiber son protégé. Il prétend que son élève a le potentiel pour devenir un vrai mage. Avec ce que j'ai appris ce matin, je parierais une caisse de saphirs qu'il s'agit du seigneur Thann.

— Je croyais que tu avais renoncé au jeu !

— Je ne considère pas ça comme un jeu. D'ordinaire, Arilyn porte un excellent jugement sur les gens et pourtant, je crois qu'elle s'intéresse de trop près à cet elfe... Autant que tu le saches : Arilyn est en route pour rencontrer Elaith Craulnobur.

Quand Arilyn arriva dans la rue Pointue, il y régnait une activité de fourmilière. Le quartier des docks était le plus peuplé d'Eau Profonde, et le commerce, légal ou pas, y prospérait à toute heure. Elle descendit la rue sans trouver trace de l'établissement mentionné par Loene.

Finalement, elle arrêta un passant et lui demanda où était l'*Auberge de l'Hippocampe*.

— Elle était là, répondit l'homme en désignant un grand bâtiment en bois. Mais elle n'existe plus.

Arilyn avança vers la maison et jeta un coup d'œil à l'intérieur. Les chaises étaient posées sur les tables et une petite armée d'employés nettoyait la salle de fond en comble. Des livreurs allaient et venaient avec des cargaisons de nourritures et de boissons. Au centre de l'agitation, Elaith Craulnobur donnait des ordres.

— Rue Pointue. Une adresse appropriée pour un établissement elfique, non ?

Arilyn sursauta en entendant la voix familière de Danilo Thann.

— Bonjour, ajouta-t-il d'un ton détaché.

Il la détailla avec un dégoût non dissimulé.

— Je préférais la courtisane sembienne, bien que tu sois très convaincante. Un instant, je t'ai confondu avec mon garçon d'écurie.

— Que fais-tu ici ?

— Eh bien, quel accueil ! Quand je pense à tous les efforts que j'ai dû consentir pour te retrouver.

— Pourquoi t'être inquiété ?

— C'est ce que je me demande, murmura-t-il. Tu ne sembles pas contente de me voir.

En réalité, Arilyn aurait préféré être *moins* heureuse de le revoir.

— Comment m'as-tu trouvée ? demanda-t-elle. Tes dons de limier dépassent de loin tes talents de barde.

— Ma chère, tu devrais réserver ton jugement jusqu'à ce que tu aies entendu ma dernière composition. Elle est...

— Assez ! coupa Arilyn. Pour une fois, fais-moi la courtoise d'une réponse courte. C'est Loene qui t'a renseigné ?

— Eh bien...

— C'est elle. Je m'en souviendrai ! Pourquoi me suis-tu ? Je veux la vérité !

— D'accord, concéda Danilo, mais tu ne vas pas l'aimer.

— Tant pis.

— Comme tu le sais, j'ai quitté la maison de Loene la nuit dernière. J'étais absent d'Eau Profonde depuis des dizaines de jours et j'ai dû effectuer une visite de la plus haute importance.

— Dans la Maison des Plaisirs de la mère Tathlorn ?

Danilo haussa les épaules sans faire de commentaire.

— Depuis, je suis suivi. J'aperçois une ombre, mais quand je me retourne il n'y a rien. C'est plutôt déconcertant.

Arilyn avait souvent éprouvé le même sentiment. Depuis qu'elle avait quitté la *Maison des Spiritueux*, ça ne s'était plus reproduit.

— Je suppose que tu reconnais ma description de cette ombre...

Arilyn acquiesça.

— Parfait... Mais laisse-moi te dire que je n'ai pas l'intention de régler ça tout seul. J'ai supposé que si je te suivais assez longtemps, cette fichue ombre retournerait vers sa proie originale. Ça te convient ?

132

— Je suppose, grogna Arilyn. On entre ! Reste tranquille, si c'est possible...

— Je te suis.

Arilyn pénétra dans la taverne et se heurta à un paquet de muscles.

— Ce n'est pas ouvert ! déclara l'homme qui gardait la porte.

— Nous cherchons Elaith Craulnobur..., commença Arilyn.

— S'il voulait te voir, il se serait déplacé ! cracha le géant. Maintenant, file avant que je te jette dehors.

— J'ai peur de devoir insister, dit la demi-elfe en saisissant sa lame.

L'homme éclata d'un rire tonitruant qui attira l'attention du propriétaire des lieux.

Arilyn ôta la cape qui lui couvrait les cheveux ; Elaith Craulnobur la reconnut.

— Ça va, Durwoon, dit le *quessir*. Ta méfiance est louable, mais nous ne devons pas effrayer les clients.

Vexé, l'homme disparut.

— Quelle agréable surprise, dit Elaith à Arilyn. Bienvenue dans mon nouvel établissement. Je l'ai acquis il y a deux nuits. Le précédent propriétaire, certainement trop soûl, m'a défié aux dés. Nous prévoyons la réouverture ce soir, pour la première nuit du festival.

Il prit la main gantée de la demi-elfe et s'inclina.

— Excuse-moi. Je doute que tu sois ici pour parler affaires. Puis-je t'être utile ?

— Je l'espère. Tu sais que Rhys Ventcorbeau a été tué la nuit où nous nous sommes rencontrés à la *Maison des Spiritueux*.

— Une tragédie, murmura Elaith. En quoi cela me concerne-t-il ?

— Tu y étais, fit remarquer Danilo.

— Comme toi, répliqua l'elfe. Mais je te rassure, les gardes ont déjà émis la même hypothèse, et ils sont persuadés de mon innocence.

— Pouvons-nous parler en privé ? intervint Arilyn.

— Ce sera un plaisir, répondit Elaith avec un regard méprisant pour Danilo.

Il prit l'elfe par le bras et l'entraîna dans la taverne. Refusant d'être exclus, le jeune noble leur emboîta le pas.

— Je n'ai pas la prétention de te dire comment agir, ma chère *etriel*, mais tu devrais te débarrasser de ce dandy...

— Ne crois pas que je n'ai pas essayé, répliqua Arilyn.

Ils entrèrent dans une remise aménagée en bureau. Arilyn prit place dans un des deux fauteuils tandis que Danilo s'appuyait au mur, derrière elle.

— Que sais-tu de la mort du barde ? demanda la demi-elfe à Elaith.

— Pas grand-chose. J'ai quitté l'auberge peu après vous. Pourquoi me demander ça ?

— Il ne faut jamais négliger un indice, comme je le dis toujours, lança Danilo.

— Jeune homme, n'éprouve pas ma patience ! Je ne suis pas le Tueur de Ménestrels comme tu sembles le suggérer. Mais pour te dire la vérité, ça ne m'aurait pas déplu. Il, ou elle, est vraiment très doué.

— La prochaine fois que nous le croiserons, nous lui ferons part de tes louanges, répliqua Danilo. Je suis certain que ton estime lui réchauffera le cœur.

Ignorant son compagnon, Arilyn s'adressa à Elaith :

— J'ai des raisons de croire que le tueur est un Ménestrel.

— Vraiment ? s'étonna le jeune noble.

— Oui, et maintenant tu peux m'excuser un moment ? ( Elle se tourna vers Elaith. ) Ça rend les investigations difficiles pour moi. Je ne peux pas enquêter directement sans craindre d'alerter la mauvaise personne.

— Exact... Je serais ravi de te rendre service, mais puis-je savoir pourquoi tu t'adresses à moi ?

— J'ai besoin d'informations et je me doute que tu as des relations à Eau Profonde. Je paierai ce que tu demanderas.

— Ce ne sera pas nécessaire. Les Ménestrels ne se risquent pas à échanger des secrets devant moi, mais j'ai d'autres sources de renseignements. Je vais enquêter.

Il sortit un parchemin et une plume d'un tiroir.

— Parle-moi de ce tueur. Commence par la liste des victimes.

La liste des victimes.

Arilyn frémit de la facilité avec laquelle il prononçait ces mots. Peut-être était-elle imprudente de vouloir s'associer avec Elaith Craulnobur. Alors qu'elle hésitait, Danilo s'installa dans le deuxième fauteuil. Il sortit une tabatière de son sac magique, s'offrit une prise généreuse, éternua plusieurs fois puis tendit la boîte à Arilyn et à Elaith.

— Non, merci, répondit froidement ce dernier.

Arilyn le regarda sans répondre. Ses intentions étaient claires : en exhibant la tabatière de Perendra, il lui conseillait de ne pas faire confiance à Elaith. Elle ne l'aurait pas cru capable d'une telle subtilité. Un instant, elle fut tentée de tenir compte de sa mise en garde. Puis elle décida de raconter à Elaith ce qu'il pouvait tout aussi bien apprendre ailleurs.

Elle lui décrivit brièvement les méthodes du tueur et sa macabre signature. Ensuite, elle lui dicta les noms des victimes et la date approximative de leur mort.

— Très impressionnant, dit Elaith. Ça devrait suffire pour commencer. Je te ferai signe dès que j'aurais appris quelque chose.

Il se leva et tendit une main, paume ouverte.

Reconnaissante, Arilyn mit sa main contre la sienne.

— J'apprécie ton aide.

— Ma chère, sois sûre que je ferai mon possible.

— Pourquoi ? demanda Danilo.

Elaith le regarda avec un sourire amusé.

— L'*etriel* et moi avons beaucoup en commun. Maintenant, si vous voulez bien m'excuser, il me reste du travail si je veux ouvrir la taverne ce soir.

Arilyn le remercia et entraîna Danilo vers la sortie.

— Comment interprètes-tu cette dernière remarque : « Nous avons beaucoup en commun » ? demanda Danilo en sortant. Je ne sais pas combien d'autres preuves il te faut.

— De quoi parles-tu ?

— De preuves ! « Beaucoup en commun », ça signifie : tu es une tueuse et moi un tueur. A mon avis, c'était une confession.

Arilyn balaya cette hypothèse d'un geste.

— Je constate que tu n'es pas d'accord...

— Qui que soit Elaith Craulnobur, dit Arilyn, c'est d'abord un *quessir*. Tu ne peux pas comprendre ce que ça signifie.

— Explique-moi !

— *Quessir* est un terme qui implique le respect d'un code d'honneur. L'équivalent en commun pourrait être *gentilhomme*.

— J'ai du mal à le considérer comme tel, avoua Danilo.

— Tu l'as clairement montré. Au fait, depuis quand prises-tu ?

— Ah ! Tu as compris mon message.

— Il n'était pas très fin, grogna Arilyn. Qu'est-ce qui te fait croire que le bandit d'Evereska tenait la tabatière d'Elaith ? Il n'est pas le seul elfe d'Eau Profonde, tu sais.

— Je n'ai pas confiance en lui et je n'apprécie pas que tu sois d'un avis contraire.

— Qui a dit que je lui faisais confiance ? Pourtant, je le devrais peut-être. Les elfes de lune ont un grand sens de la loyauté vis-à-vis de leurs frères.

— Pourquoi as-tu dis que le tueur pouvait être un Ménestrel ?

— Parce que c'est très probable. Les Ménestrels sont une organisation *secrète*. Le tueur connaît trop bien ses victimes ! Maintenant, on y va.

— Où ? s'étonna Danilo.

— Dénicher l'elfe qui détenait la tabatière de Perendra.

Dans l'allée bordée d'arbres, derrière la taverne, une ombre s'apprêtait à suivre Danilo et Arilyn.

— Allons, mon vieil ami. Où cours-tu ?

Un frisson glacé courut le long de l'échine de Bran Skorlsun. Pour la première fois depuis des années, il se retourna et fit face au Serpent.

Elaith Craulnobur n'avait guère changé depuis des décennies : un guerrier elfique dans la fleur de l'âge. Appuyé avec grâce contre la clôture, il affichait un sourire éclatant et son regard était d'un calme trompeur.

Bran le connaissait trop pour se fier aux apparences.

— La matinée est fraîche pour un serpent.

— Ce n'est pas un accueil très chaleureux, considérant les aventures que nous avons partagées dans ta lointaine jeunesse.

— On n'a rien partagé, répliqua Bran. A part le service dans la Compagnie des Griffes. Et nombre de ses membres ont péri de ta main.

— Une accusation qui n'a jamais été prouvée. Mais je constate que des années d'errance dans des régions inconnues ont effacé le peu d'amabilité que tu avais.

— Contrairement à toi, je suis ce que j'ai l'air d'être.

— Il n'y a pas de quoi s'en vanter ! lâcha Elaith. Mais je dois confesser ma curiosité : qu'est-ce qui te ramène dans la Cité des Splendeurs ?

Son expression moqueuse prouvait qu'il le savait déjà. N'ayant aucun goût pour les petits jeux elfiques, Bran se détourna.

— Tu t'en vas si vite ! On n'a pas eu le temps de parler.

— Je n'ai rien à te dire.

— Mais moi si ! Et pas besoin de te dépêcher, le couple que tu suis est facile à repérer... A moins que tes dons de forestier soient aussi émoussés que ta sociabilité.

— Les insultes d'un type comme toi ne signifient rien...

— Nous ne sommes pas si différents ! Tu es tombé aussi bas que moi, mais tu refuses de l'admettre. Regarde-toi ! Tu as été exilé dans les plus lointaines contrées du monde. Aujourd'hui, tu dois te cacher pour trouver des preuves contre la fille d'Amnestria.

Bran se rembrunit.

— Tu ne mérites pas de prononcer son nom.

— Pourquoi ? La princesse Amnestria et moi étions amis depuis notre adolescence à Eternelle-Rencontre, bien avant que tu viennes au monde. Arilyn ressemble à sa mère : elle a sa grâce, son talent, son potentiel... et un esprit beaucoup plus retors. C'est une combinaison fascinante. Amnestria aurait été fière de sa fille.

— En quoi t'intéresse-t-elle ?

— Il est rare – même durant la très longue vie d'un elfe – que quelqu'un se voit accorder une deuxième chance. Si tout s'était déroulé comme prévu, Arilyn aurait été ma fille... Pas la tienne !

Le Ménestrel se renfrogna. Elaith, content de sa réaction, arbora un sourire maléfique.

— Oui, ta fille ! railla-t-il. Le destin est parfois cruel : le Ménestrel si honnête est le père de la meilleure tueuse des Royaumes !

— Arilyn n'est pas une tueuse, assura Bran.

— Peut-être mais elle est bien ta fille !

Il venait de lire la vérité dans les yeux de Bran.

— Arilyn le sait-elle ? demanda-t-il soudain. Je détesterais devoir lui révéler l'identité de son père quand il fournira des preuves contre elle à une cour de justice.

— Ça ne te concerne pas.

— On verra... Au fait, comment va Amnestria ? Où a-t-elle passé ces dernières années ?

Bran hésita avant de répondre.

— Tu es son lointain parent... Il n'y a pas de raison que tu l'ignores. Amnestria s'est exilée après la naissance d'Arilyn. Elle s'est fait appeler Z'beryl d'Evereska. Mais elle est morte depuis près de vingt-cinq ans.

— Non !

— C'est la vérité. Elle a été attaquée par deux voleurs.

— Ça parait impossible... Personne ne se battait comme elle. Rien n'a été fait pour venger sa mort ?

— Les coupables sont passés devant la justice.

— Pas tous , déclara Elaith. Une autre arme a peut-être tué Amnestria, mais c'est *toi* qui l'as assassiné. Tiens-toi loin d'Arilyn. Elle a sa vie !

Il se pencha vers le Ménestrel.

— Sais-tu qu'Arilyn a pris le nom de Lamelune ? Reniant sa famille et son rang, elle s'est forgé un code personnel. Elle a développé des dons qui mettraient au supplice son Ménestrel de père. Pour répondre à ta précédente question, mon intérêt est aussi professionnel que personnel.

— Je n'ai aucun goût pour les devinettes, dit Bran.

— Ni de talent pour trouver la solution. En clair, Arilyn aurait pu être ma fille mais elle ne l'est pas. Mais quelle remarquable partenaire elle ferait. Nous accomplirions du bon travail, côte à côte.

Bran saisit Elaith par le col de sa tunique.

— Tu serais mort avant !

— Garde tes menaces, Ménestrel. Arilyn Lamelune n'a rien à craindre de moi. Je veux simplement l'aider et guider sa carrière.

— Alors, elle est vraiment en danger...

— C'est de toi qu'elle doit se méfier !

Vif comme un serpent, il sortit une dague.

Sans se démonter, le Ménestrel le lâcha. Elaith se dégagea, prêt à planter sa lame dans le cœur de son vieil ennemi.

Mais Bran Skorlsun avait disparu.

— Pas mal, admit l'elfe en rengainant sa lame. Mais surveille tes arrières, mon vieil ami !

Il se tourna vers son nouvel établissement. Aussi enrichissante qu'ait été cette rencontre, il avait une myriade de détails à régler avant que la taverne n'ouvre.

Il avisa l'enseigne en chêne, livrée le matin même et posée contre le mur du bâtiment.

*Je dois trouver quelqu'un pour l'installer,* songea-t-il.

Il laissa courir ses doigts sur les lettres qui orneraient bientôt la façade de la *Lame Cachée*.

# CHAPITRE XII

Au début de l'après-midi, le Square de la Vierge grouillait d'activité sous le soleil automnal.

Selon la légende, un autel se dressait jadis sur le site et des vierges y étaient sacrifiées aux dieux des dragons. Mais ce sombre passé semblait lointain.

La foule se pressait entre les stands qui proposaient des produits frais ou des armes exotiques. Dans un coin du square se tenait la foire à l'embauche ; deux cents personnes, toutes races confondues, s'y pressaient avec l'espoir de trouver du travail.

Les maîtres de caravanes s'arrêtaient au Square des Vierges pour recruter des gardes ou des éclaireurs. Depuis l'interdiction de l'esclavage à Eau Profonde, les marchands et les dignitaires des contrées du Sud et de l'Est venaient fréquemment y recruter des serviteurs.

Blazidon Unœil était un des intermédiaires les plus fameux de la profession.

— Voilà Blazidon, dit Arilyn à son compagnon. Si quelqu'un connaît notre homme, c'est bien lui.

— Ma famille a souvent recours à lui. Pourquoi ne pas me laisser lui parler ?

Arilyn hésita puis réalisa que, vêtue comme un palefrenier de second ordre, elle n'était pas dans la position idéale pour mener une enquête. L'élégant Danilo pourrait poser des questions sans attirer les soupçons.

Acceptant sa proposition, elle endossa le rôle du serviteur d'un riche négociant.

— De quoi s'agit-il ? lança Blazidon.

— Nous espérons que vous nous aiderez à trouver un employeur, annonça Danilo.

L'homme les observa.

— Pour le garçon, pas de problèmes, s'il sait utiliser l'arme qu'il porte. Des négociants en gemmes ont besoin d'un garde. Pour toi, j'ai entendu dire qu'une dame de Thay cherchait une escorte. Je ne m'occupe pas de ce genre de choses, mais je peux te dire où la trouver.

— Vous vous méprenez, dit Danilo, stupéfait. Je ne cherche pas un employeur *pour moi*. Nous sommes en quête d'informations sur un...

Arilyn le poussa et tendit un portrait au fusain de l'homme qui détenait la tabatière de Perendra.

— Vous le connaissez ?

— On dirait Barth, bien que je ne l'aie pas vu depuis quelque temps. Mais avec qui suis-je en affaire, garçon ? Toi ou ton maître ?

— Moi, affirma Arilyn. Que savez-vous sur lui ?

— Pas grand-chose. Son partenaire, Hamit, pourrait vous en dire plus.

— Où le trouverons-nous ?

— Dans la Cité des Morts, répondit Blazidon, utilisant le nom qu'employaient les Aquafondais pour désigner le grand cimetière du nord-ouest. Il a été retrouvé avec une dague dans le dos.

— Vous savez par qui Barth et Hamit ont été employés récemment ?

— C'est exactement ce que je voulais demander, expliqua Danilo sans que personne n'y prête attention.

— Peut-être..., répliqua Blazidon.

Danilo lui mit une pièce en or dans la main. Après l'avoir examinée, l'homme l'empocha.

— Ils se faisaient embaucher par quiconque avait de l'argent, expliqua-t-il, comme gardes du corps, gros bras, ou tueurs. Barth travaillait parfois seul. Sa spécialité était le vol à la tire. Il était en cheville avec un receleur. Son nom vous coûtera un petit supplément.

Danilo s'exécuta.

— Jannaxil Serpentil. Un marchand qui tient une boutique dans la rue du Livre. Il est un peu imbu de lui-même, mais si vous voulez de beaux ouvrages, c'est l'endroit où aller. Vous avez besoin d'autre chose ?

— Je ne crois pas, répondit Arilyn, en glissant le portrait de Barth dans sa manche.

Puis incapable de résister, elle s'adressa à Danilo :

— A moins que tu ne veuilles reconsidérer l'offre de la dame de Thay ?

— Elle n'aurait pas les moyens de s'offrir mes services.

Vêtue d'une robe de soie, Loene regardait son vieil ami, le mage Nain Sifflefrères. Autrefois, ils avaient travaillé ensemble dans la Compagnie des Aventuriers Fous. Et aujourd'hui, ils discutaient commerce et politique.

— Ton plan me paraît bon. Je marche ! dit Loene.

— Tu ne le regretteras pas, répondit l'homme, satisfait.

— Parfait. Tu es ici depuis midi. As-tu mangé ? Non ? Moi non plus. On pourrait parler autour d'un bon repas.

— J'en serais ravi.

Loene se leva pour tirer sur le cordon de sonnette.

— Je vais prévenir Graves.

Le serviteur ne répondant pas, elle sonna une deuxième fois...

— Graves est si prompt d'ordinaire. Je vais voir ce qui se passe.

Elle alla vers la cuisine et jeta un coup d'œil dans la pièce méticuleusement rangée.

Graves était effondré sur le plan de travail, près d'un bol de pommes à éplucher. La massue du serviteur pendait toujours à sa ceinture et un couteau était posé à portée de sa main.

Loene entra dans la pièce comme une somnambule. Elle prit la main gauche de Graves. La paume glaciale de son plus vieil ami portait la marque de la harpe et du croissant de lune.

Loene s'agenouilla près de la table et serra le corps du serviteur dans ses bras...

— Bienvenue chez toi, Jannaxil !

Le marchand sursauta et lâcha le livre précieux qu'il portait.

Assis sur une chaise, Elaith Craulnobur jouait avec une petite dague.

— Je t'en prie, ramasse-le, dit le Serpent, amusé.

Jannaxil Serpentil, le propriétaire de *Serpentil Livres et Manuscrits*, obéit. Ebranlé, il posa le volume sur le bord d'une table.

Jusqu'à ce jour, il s'était toujours senti en sécurité malgré ses activités illicites.

Mais l'elfe avait désamorcé les défenses magiques que tout bon receleur utilisait pour protéger sa boutique.

Dans son sanctuaire, Jannaxil n'avait aucune protection.

Espérant maîtriser la situation, il contourna son bureau et prit place dans son fauteuil.

— Comment es-tu entré ? demanda-t-il.

— Mon cher, dans tes affaires comme dans les miennes, il y a des questions à ne pas poser. J'ai cru comprendre qu'une lettre du commandement zhentilar concernant une série d'assassinats est en ta possession ?

— C'est exact...

— J'aimerais la voir.

— Avec plaisir.

Jannaxil prit une pile de parchemins posée sur une étagère et la tendit à l'elfe.

— Le prix est de dix pièces d'argent, annonça le receleur.

Il aurait pu réclamer le double mais son avidité habituelle était tempérée par la réputation de son client. Il regrettait même d'avoir parlé de ces documents au messager de l'elfe. Elaith avait fait courir le bruit qu'il cherchait des informations contre une forte récompense, mais un bon receleur aurait réalisé que certains risques ne valaient pas la peine d'être courus.

Elaith posa les parchemins sur le bureau.

*Intéressant,* songea-t-il.

Selon son habitude, il jouait avec sa dague en réfléchissant.

Jannaxil suivit la lame des yeux avec une fascination horrifiée.

Pourtant il garda les mains posées sur la table en l'attente de son paiement.

*Parfait,* songea Elaith qui appréciait ce type de comportement chez les humains.

Le meilleur receleur d'Eau Profonde avait de nombreuses qualités. Il pouvait commercer avec la racaille des docks et parler de livres rares avec les sages des Royaumes. Elaith le considérait comme un contact de valeur et il faisait souvent appel à lui. Il avait l'intention de payer, mais avant il voulait s'amuser un peu.

— Ce sont des documents très précieux, souligna Jannaxil.

— Pour qui ? demanda l'elfe. La Guilde des Assassins ?

Jannaxil pâlit.

— C'est une communication de Château-Zhentil !

— Une curiosité, concéda Elaith.

— Une *affaire*, qui vaut plus que dix pièces d'argent, insista Jannaxil.

— Je ne vois pas pourquoi.

— Eh bien, il y a certainement une récompense à la clé.

— Qui l'offrirait ? s'enquit l'elfe.

— Les seigneurs d'Eau Profonde aimeraient savoir que quelqu'un, dans la cité, envoit au Réseau Noir une facture concernant les services d'un *liquidateur*.

— Les seigneurs d'Eau Profonde ? répéta Elaith en éclatant de rire. Tu leur en parleras ou dois-je le faire moi-même ?

L'homme rougit.

— Très bien, prends les documents. Tu as plus de contact avec les Zhentilars que moi.

Jannaxil réalisa aussitôt son erreur. Trop tard !

La lame fendit l'air.

Un cri résonna dans la boutique déserte.

Elaith était connu pour son mépris des chefs de Château-Zhentil et des membres du Réseau Noir. Pour l'elfe, il s'agissait moins d'une affaire de conscience que de style : les Zhentilars ne possédaient ni l'un ni l'autre.

— Je prends ces documents, dit-il sans se départir de son sourire. Merci.

Il s'empara des feuilles avant qu'elles ne soient souillées par le sang qui coulait sur le bureau. Il les dissimula sous sa cape et se leva pour partir.

Puis, comme s'il l'avait presque oublié, il saisit la garde de son arme.

Profondément enfoncée dans le bois, la lame avait épinglé la main gauche de Jannaxil sur la table.

Sous le regard horrifié du receleur, Elaith récupéra une dague et glissa une pièce d'or entre deux doigts de sa main estropiée.

— Tu en auras besoin pour te payer un guériseur ! lança-t-il.

Ravi de son jeu cruel, il sortit.

Un second cri de douleur retentit dans la boutique.

— C'est ici ! lança Danilo en désignant l'enseigne de *Serpentil Livres et Manuscrits*.

Arilyn approcha et frappa à la porte.

— C'est fermé ! cria-t-on. Revenez un autre jour.

— Ça ne peut pas attendre.

— Eh bien, ça le devra !

Arilyn frappa de nouveau.

— Partez !

— Pas question !

En grommelant, un homme élégant à la main bandée ouvrit la porte. Il jeta un regard méprisant sur Arilyn, toujours déguisé en palefrenier.

— Qu'y a-t-il de si important ? demanda-t-il.

— Je cherche Jannaxil.

— Que me voulez-vous ?

La demi-elfe sortit le portrait de Barth.

— Vous connaissez cet homme ?

— Il ne semble pas être du genre à s'intéresser aux livres, répondit Jannaxil. Ni vous non plus d'ailleurs. Partez, et ne me faites pas perdre mon temps.

— Cher ami, intervint Danilo en jouant avec le pendentif aux armes de sa famille, nous avons d'excellentes raisons de chercher cet homme, et je vous suggère de coopérer.

Le jeune noble avait emprunté le ton d'un homme habitué à se faire obéir. Jannaxil les invita à entrer en murmurant des excuses.

Il les conduisit dans son bureau. Arilyn refusa un rafraîchissement et prit place face à la table en chêne.

Danilo préféra rester debout.

— Je vais feuilleter quelques ouvrages, si ça ne vous gêne pas, dit-il.

— Bien sûr, répondit le receleur en s'asseyant derrière son bureau.

Arilyn remarqua un petit trou dans le bois ciré de la table. D'un geste désinvolte, le receleur poussa un encrier dessus et posa sa main bandée sur sa cuisse.

— Que puis-je faire pour la famille Thann ? demanda-t-il.

Arilyn sortit la tabatière en or et la posa devant Jannaxil.

— Vous avez déjà vu cet objet ?

— C'est possible. Les tabatières de ce type sont assez courantes.

— Peu d'entre elles portent cette marque, dit Arilyn, en désignant la rune gravée sur le couvercle. Vous la reconnaissez ?

— Mon domaine, c'est les livres et les documents rares, bougonna Jannaxil. Je ne prétends pas connaître les emblèmes de tous les mages des Royaumes !

— Vous êtes un homme instruit, commença Arilyn.

Le receleur inclina modestement la tête.

— Sinon, vous ne sauriez pas que c'est le symbole d'un mage !

— Hum... En y réfléchissant, je crois que ce client cherchait un livre, il y a quelques mois... Il m'a donnée la tabatière en échange.

— Vraiment ? s'étonna Arilyn.

— Ces livres sont très chers, intervint Danilo. Je doute que vous ayez bénéficié de ce marché.

— C'est un objet inhabituel, se défendit Jannaxil.

Il ouvrit la tabatière, prit une pincée de tabac et le savoura.

— Ah... c'est le meilleur que j'aie jamais goûté.

Il déplia un parchemin sur la table et versa dessus le contenu de la tabatière.

Puis il la tendit à Arilyn.

— Prenez-en un peu...

La demi-elfe baissa les yeux.

La tabatière était de nouveau pleine.

— Vous voyez ! s'exclama le receleur. C'est un objet de valeur. L'enchantement est très puissant.

— Il peut l'être, répliqua Arilyn. Cette tabatière appartenait à la magicienne Perendra.

Jannaxil feignit la surprise.

148

— Je suppose que vous n'avez reçu aucun autre de ses biens en échange ? demanda Arilyn.

— Puisque j'ignorais que cet objet avait été volé, il est possible qu'une autre chose appartenant à la magicienne soit passée entre mes mains. Et, comme le soulignait le seigneur Thann, mes livres sont extrêmement chers. A l'occasion, j'échange des ouvrages contre des objets, en particulier avec des étudiants à court de liquidités.

— Je doute que vous ayez pris Barth pour un étudiant, dit Danilo.

— La soif de connaissances peut animer le plus humble des hommes, déclara pieusement Jannaxil. J'ai appris à ne pas me fier aux apparences.

— C'est un comportement avisé, approuva le jeune noble en feuilletant un ouvrage à la reliure en cuir. Quelle est cette langue ?

— Du turmish, répondit le receleur avec un regard noir. Ce livre n'est pas à vendre.

Danilo le replaça sur l'étagère et en prit un autre.

— Comment cet homme s'était-il procuré la tabatière ? intervint Arilyn.

— Qui peut le dire ?

— Il a prétendu la tenir d'un elfe, lança Danilo. C'est vraiment étrange. Il allait nous donner son nom quand il a été tué.

— Un elfe ? s'étonna Jannaxil.

— C'est ce qu'il a dit. Encore plus étrange, il avait un partenaire nommé Hamit qui est mort lui aussi.

Jannaxil écarquilla les yeux.

— Oh, je suis navré, s'excusa Danilo. C'était un de vos amis ?

— Non, lâcha le receleur. Perendra a été tuée par le Tueur de Ménestrels, n'est-ce pas ?

— C'est possible, répondit Arilyn.

— Qu'arrivera-t-il à ce tueur, si vous le trouvez ?

Arilyn le dévisagea froidement. Il sembla intrigué, puis son expression s'assombrit et il baissa les yeux sur son bureau.

— J'ai peur de ne pas pouvoir vous aider. Maintenant, si vous voulez m'excuser...

Arilyn se leva et sortit. Danilo posa le livre qu'il feuilletait et la suivit.

— Nous n'avons pas obtenu grand-chose, conclut la demi-elfe alors qu'ils descendaient la rue du Livre.

— Je ne dirais pas ça...

— Qu'avons nous découvert ?

— Ça, répondit Danilo en brandissant un cahier relié de cuir. Le livre de comptes de Jannaxil !

# CHAPITRE XIII

— Tu as volé le livre de comptes de cet homme ? explosa Arilyn.

— Et pourquoi pas ? A qui va-t-il s'en plaindre ? Allons y jeter un coup d'œil devant un bon repas, veux-tu ? Il y a tout près d'ici une taverne qui offre le meilleur poisson frit de la cité.

— C'était un risque stupide !

— Tu es jalouse parce que tu n'en as pas eu l'idée la première.

— C'est possible... Comment as-tu fait ?

— Oh, c'était enfantin. Mais voilà la taverne !

Danilo l'entraîna dans l'établissement, où flottait une forte odeur de bière et de poisson frit. Le jeune noble passa commande. Après avoir mangé, il s'essuya les doigts et sortit le livre. Les pages, divisées en colonnes, étaient surchargées de pattes de mouches.

— Tu peux lire ça ? s'étonna Arilyn.

— Pas encore.

Il lança un sort de traduction. Les lignes se transformèrent en commun.

— Ça marche ! s'exclama-t-il.

— Tu es plein de ressources, commenta Arilyn.

— Souvent par hasard..., murmura Danilo.

Il feuilleta rapidement le livre puis leva la tête.

— Je doute que tu aimes ça...

— Quoi ?

Danilo poussa le livre devant elle.

— Regarde cette page. Elaith Craulnobur, à la recherche de vingt saphirs bruts. Son nom figure plus loin, en tant que vendeur d'un livre de sorts. Ici, il a acheté une statue cledwyll. A cette date, il était vraiment d'humeur à dépenser de l'argent. Sur la dernière page, il y a une annotation concernant une enquête menée par Elaith Craulnobur. Il semble que cet elfe soit un client régulier de la boutique.

— Ça ne prouve pas qu'il est celui que nous cherchons, fit remarquer Arilyn.

— N'en sois pas si sûre, dit Danilo. Ce jour-là, le receleur a reçu un chargement de pièces rares pour Elaith Craulnobur. Elles ont été livrées par un homme appelé Hamit à qui Jannaxil a donné un reçu. Dois-je dire : « je t'avais prévenu » tout de suite, ou vaut-il mieux attendre que tu sois sans armes ?

— Tu marques un point, concéda Arilyn.

— Ah ! Ecoute ça ! Ça confirme l'affaire, si j'ose dire.

Danilo lut une liste d'objets, livrés par Hamit, qui incluait une tabatière enchantée.

La demi-elfe se leva et jeta une poignée de pièces sur la table.

— Que fait-on ? s'enquit Danilo.

— Nous allons rendre visite à Elaith Craulnobur.

Le jeune noble se leva d'un bond et la suivit hors de la taverne.

— Arilyn, ce n'est pas une bonne idée. Il n'appréciera pas ce que tu vas lui dire, et il n'est pas surnommé le Serpent pour rien.

— J'ai affronté de pires ennemis !

— Attends ! J'ai une meilleure idée. Pourquoi ne pas le dénoncer aux autorités ?

— Avec quelle preuve ?

— Les hommes, Hamit et Barth... Ils ont été assassinés tous les deux.

— Rien ne prouve qu'Elaith soit responsable de leur mort.

— Qu'est-ce qui pourrait te convaincre ? Des aveux signés ?

— Ça suffit ! Je n'ai pas le temps de discuter. J'y vais. Si tu as peur, reste ici.

— Je ne crains pas ce type. Mais je ne souhaite pas être associé à pareille canaille, c'est tout.

— Tu fréquentes pourtant une tueuse notoire. Moi !

— Il y a un monde entre les deux ! Un honorable tueur est un personnage haut en couleurs, et de ce fait, presque respectable. Cet aventurier n'inspirerait à personne une chanson intéressante !

— Revoilà le barde ! se moqua Arilyn.

— J'espère vivre assez longtemps pour mettre en musique cette histoire...

— Tu t'es efforcé de me délivrer de l'espion qui me suivait, et je t'en remercie. Mais ne te sens pas obligé de rester avec moi.

— Tu sembles oublier que j'ai aussi un intérêt à trouver ce tueur. Il a déjà tenté de me tuer et il pourrait être du genre obstiné.

— La dernière fois, tu préférais le fuir, répliqua Arilyn. Et te voilà avide de te confronter à lui ?

— En fait... non. J'espère simplement être là quand *tu* lui mettras la main dessus. Ce sera un fameux spectacle. Et il faudra bien quelqu'un pour le raconter aux générations futures. Imagines-tu mieux qu'une ballade chantée par une personne aussi bien habillée que moi ?

— Oui.

Se sentant insulté, Danilo suivit la demi-elfe en silence. Ils retournèrent dans la rue Pointue. Arrivés devant la taverne d'Elaith, ils remarquèrent l'enseigne fraîchement posée.

— *La Lame Cachée*, murmura Danilo. Très rassurant.

Sans répondre, Arilyn entra dans l'établissement – cette fois, le cerbère n'essaya pas de la retenir – et ouvrit la porte du bureau de l'elfe.

Elaith examinait des factures. Il accueillit les intrus avec un regard glacial qui se transforma aussitôt en un charmant sourire de bienvenue.

Arilyn jeta la tabatière sur ses papiers.

— Voilà où elle était ! s'exclama l'elfe. Où l'as-tu trouvée, si ce n'est pas indiscret ?

— Connais-tu un homme appelé Barth ? demanda Arilyn.

— Bien sûr, et j'ai toujours cru qu'il m'avait volé cette boîte. Barth était friand de tabac et très mécontent que son partenaire veuille la vendre. Il est mort, je suppose ?

— Tout à fait.

— Parfait, j'ai déboursé une somme considérable pour le sort qui l'a tué. Il est toujours rassurant de savoir que son argent a été bien dépensé.

Déconcertée, Arilyn soupira.

— Tu lui as jeté un sort qui le tuerait s'il voulait prononcer ton nom. Pourquoi ?

— Ma chère, je croyais que c'était évident. On peut employer un homme comme Barth sans avoir pour autant envie que ça se sache.

— Pourquoi me suivait-il ? demanda Arilyn.

— C'est une longue histoire. Veux-tu t'asseoir ?

— Non.

— Très bien. Je crois que tu connais un nommé Harvid Beornigarth ?

— En quelque sorte...

— J'ai fait appel à ses services par le passé, dans des cas où la finesse n'était pas essentielle. Il y a plusieurs mois, je l'ai entendu parler d'une elfe qui combattait en tenant son épée à deux mains. Il voulait te dénicher pour régler de vieux comptes. Etant curieux d'en savoir plus sur toi, j'ai chargé un de mes hommes de s'infiltrer dans sa bande.

— Barth.

— Oui.

— Pourquoi ?

Elaith hésita.

— Je n'ai connu qu'une *etriel* qui se battait de cette façon. J'ai cru que tu étais Z'beryl.

La demi-elfe recula. Elle ne s'attendait pas à une telle réponse. Danilo l'aida à s'asseoir.

— Tu ferais mieux de me dire ce que signifie tout ça...

— J'ai grandi avec Z'Beryl sur l'île d'Eternelle-Rencontre, déclara Elaith en se levant. Nous étions de lointains parents. Mais nous avons perdu le contact il y a de nombreuses années. J'ai quelque chose à te montrer.

Il ouvrit un coffre-fort scellé dans un mur et en sortit deux objets enveloppés de soie. Il en déballa un et le tendit à la jeune femme, qui laissa échapper un cri.

Elle saisit le petit cadre.

— Ta mère ? s'enquit Danilo.

Arilyn acquiesça. C'était le portrait d'une jeune elfe de lune aux longues tresses de soie saphir et aux yeux bleus mouchetés d'or. A côté d'elle se tenait une version plus jeune et plus gaie d'Elaith Craulnobur. Tous deux portaient des robes de cérémonie argent et bleu – sans doute des robes de fiançailles.

Arilyn leva un regard incrédule sur l'elfe.

— Il y a ça aussi, dit-il en sortant une épée qu'il posa sur la table.

Des runes couraient le long de la lame, et une pierre blanche aux reflets bleus brillait sur la garde.

— Une lame de lune ! s'exclama Danilo.

— Ne sois pas si surpris, jeune homme. Ces épées sont assez répandues dans mon peuple. Beaucoup d'elfes en possèdent une. Mais j'admets que la plupart vivent très loin, à Eternelle-Rencontre ou au fin fond des Vaux, près de l'ancien site de Myth Drannor.

— Pourquoi ne la portes-tu pas ? s'étonna Arilyn. Je croyais qu'un elfe et sa lame ne pouvaient pas être séparés.

— C'est le cas, mais celle-ci est *endormie*. La magie qu'elle possédait est perdue.

— Je ne suis pas sûre de comprendre, avoua la demi-elfe.

— Z'beryl ne t'a pas tout expliqué sur les lames de lune ? Apparemment non. Il y a des siècles, la première lame de lune a été fabriquée à Myth Drannor. Etant une épée magique, elle avait le pouvoir de juger le caractère de son propriétaire. Transmise d'une génération à l'autre, elle était la propriété d'une seule personne à la fois. Selon les besoins ou la nature du nouveau maître de l'arme, un pouvoir s'ajoutait aux précédents. Ça te dit quelque chose ?

Arilyn acquiesça.

— Connais-tu le but caché derrière la création des lames de lune ?

La demi-elfe secoua la tête.

— Ça ne m'étonne pas. Tu as été entraînée par Kymil Nimesin, n'est-ce pas ?

— Et alors ?

— Ma chère *etriel*, pour de nombreuses raisons, le seigneur Nimesin appartient à une race éteinte. Il porte toujours le deuil de Myth Drannor. Comme ceux de sa race, il est incapable d'accepter les changements qu'ont subi les Royaumes, transformant la destinée des peuples elfiques. Si Kymil connaît le rôle qu'ont joué les lames de lune, je doute qu'il s'autorise à en parler.

— Je n'étais pas une étudiante classique et Kymil le savait. Mon seul intérêt était la pratique de l'escrime.

— C'est dommage, soupira Elaith. Mais continuons. Le Conseil de Myth Drannor avait établi une hiérarchie pour assurer la continuité des peuples elfiques des Royaumes. Les elfes de lune sont presque semblables à l'homme. De tous, nous sommes les plus adaptables et les plus tolérants. Cela nous permet de maintenir un lien entre les plus isolés d'entre nous et les humains dominants. Il fut décidé qu'une famille d'elfes de lune serait anoblie et gouvernerait Eternelle-Rencontre. Les lames de lune ont été utilisées pour choisir cette famille. Un processus qui a duré des siècles.

Elaith prit l'épée endormie.

— Un simple système d'élimination... Comme tu le sais, une lame de lune peut approuver ou refuser chaque nouveau propriétaire. La lignée qui a conservé le plus longtemps sa lame de lune est devenue une famille royale.

— Que se passe-t-il quand une lame refuse quelqu'un ? demanda Danilo.

— Souviens-toi de ce qui est arrivé à ton doigt quand tu as tenté de toucher ma lame, répondit Arilyn.

— Un héritage risqué..., conclut Danilo.

— Précisément, approuva le *quessir*. Et le risque augmente au fil du temps. Plus l'épée gagne en puissance, plus elle devient difficile à garder. Cela dit, peu d'héritiers indignes sont morts. S'il s'agit du dernier membre d'une lignée, la mission de la lame – tester la noblesse du sang – est achevée et elle se met en sommeil.

D'un air absent, il effleura la pierre blanche de la garde.

— Comme celle-là, dit Danilo.

— C'est ça... Je suis le dernier des Craulnobur. La lame de lune est entrée en ma possession peu après que cette petite toile eut été peinte. Et il semble que cette arme me connaissait mieux que je me connaissais moi-même à cette époque.

— Je suis navrée, souffla Arilyn.

— Moi aussi. A cause du choix de la lame, mes fiançailles ont été annulées. Plutôt que de rester à Eternelle-Rencontre, j'ai choisi de m'établir à Eau Profonde.

— Tout ça est très touchant, dit Danilo. Ça explique ton intérêt pour Arilyn, mais rien d'autre.

— Que voulais-tu savoir ?

Danilo prit la tabatière de Perendra.

— Comment as-tu eu cet objet ?

— Je l'ai acheté à un receleur.

— Jannaxil ?

— Très bien, jeune homme ! Je suppose que tu sais aussi de qui il la tenait ?

— D'Hamit... Eau profonde est une petite cité.

— Je ne peux qu'approuver... A ma demande, Hamit et Barth sont allés chez la magicienne pour voler un livre de sorts. Elle les a surpris et ils l'ont tuée. Mais ils ont commis l'erreur de piller la maison et de vendre les objets. Je l'ai appris quand j'ai vu la tabatière de Perendra dans la boutique de Jannaxil. Je l'ai achetée. Ensuite je me suis occupé d'Hamit.

— Tu l'as *tué*, précisa Danilo.

— Bien sûr. J'aurais fait de même avec Barth, mais pendant que je m'occupais de son partenaire, il a récupéré la tabatière et il s'est enfui à Evereska. Toutefois, le sort semble avoir été efficace.

Il marqua une pause.

— Depuis, plusieurs Ménestrels ont été victimes d'un meurtrier. Bien que Perendra n'ait pas eu la paume brûlée, je ne voulais pas qu'on m'accuse d'être le tueur en série.

— Tu es rudement franc sur le sujet, observa le jeune noble, un peu surpris.

— Tu as certainement entendu parler du code d'honneur des bandits. Les tueurs en ont un similaire. ( Il se tourna vers Arilyn. ) Au fait, j'ai quelques-unes des informations que tu cherchais.

Il sortit des parchemins du coffre-fort et les lui tendit.

— J'ai acheté ce matin quelque chose qui t'appartient. Tu n'aimerais pas que ça tombe entre n'importe quelles mains.

Sans comprendre, Arilyn étudia les documents.

— Ça vient de Château-Zhentil, dit-elle.

— Oui. J'ai trouvé ces documents lors de mes recherches sur le Tueur de Ménestrels.

Arilyn tressaillit. Elaith eut un sourire amusé.

— Peut-être pouvons-nous nous dispenser des faux-semblants, dit-il.

— Faux-semblants ?

— Allons ! lança l'elfe. Vraiment, je t'admire ! Une idée pareille ne me serait pas venue : te faire payer par les Ménestrels *et* les Zhentilars.

— De quoi parles-tu ? s'étonna Arilyn.

— De ton double-jeu, bien sûr. C'est brillant bien que risqué. Un agent des Ménestrels travaillant pour les Zhentilars ! Mais quels que soient ses autres défauts, le Réseau Noir est connu pour être bon payeur. Tu lui fournis un service de valeur : débarrasser ses rangs des insoumis, des gêneurs et des incapables. Les Ménestrels doivent être heureux de te voir dominer le monde de la vermine. Les Ménestrels et les Zhentilars enfin unis ! Quelle délicieuse ironie !

Son amusement fut de courte durée, car la pointe de la lame d'Arilyn se plaqua sur sa gorge.

— Je ne travaille pas pour les Zhentilars. Où as-tu pris une telle idée ?

— Ça alors ! s'étonna Danilo. J'ai peut-être accusé la mauvaise personne...

Arilyn lui lança un regard furieux.

— Danilo, ce n'est pas le moment de...

— Tu ne comprends pas ? insista le jeune homme. L'elfe que tu t'apprêtes à égorger est innocent. Ce qui revient à dire...

— Sors d'ici ! cria Arilyn.

— Elaith Craulnobur pense que tu es la Tueuse de Ménestrels ! explosa Danilo. Ça signifie que ce n'est pas lui !

# CHAPITRE XIV

Lentement, Arilyn écarta sa lame.

Elaith essuya le sang qui perlait sur sa gorge.

— Merci d'avoir pris ma défense, dit-il à Danilo.

Puis il s'inclina devant Arilyn.

— Il semble que j'aie commis une grave erreur. Oublie ce malentendu, fille de Z'beryl. Puis-je t'expliquer pourquoi j'en suis arrivé à cette conclusion ?

— Je t'en prie.

Elaith désigna les documents qu'elle tenait toujours.

— J'ai cru que cette lettre était écrite de ta main.

— Pourquoi ? demanda Danilo.

— Une facture détaillée y était jointe, expliqua l'elfe en posant deux parchemins sur la table. La voilà. L'autre est la liste des Ménestrels morts que tu m'as dictée.

Arilyn se pencha sur le bureau pour les lire.

Danilo fit de même par-dessus son épaule.

Sur la facture figurait une liste de noms. Tous connus d'Arilyn. Le dernier était celui de Cherbill Nimmt, le soldat qu'elle avait tué à Sombregarde.

— Ça récapitule la plupart de mes missions de ces dernières années, murmura la jeune elfe.

— Je sais, dit Elaith.

La demi-elfe compara les listes. Comme les deux colonnes d'un livre de comptes, les dates et les lieux étaient alignés avec un équilibre parfait.

Arilyn frissonna.

Equilibre.

Pour chaque Ménestrel tombé sous les coups du tueur, un agent du Zhentarim était tué par son épée.

— Par les dieux ! Quelqu'un se donne beaucoup de mal pour comploter contre toi, dit Danilo.

— Avec succès, ajouta Elaith. J'ai des raisons de croire que les Ménestrels te soupçonnent et qu'ils ont envoyé quelqu'un sur ta piste. S'ils apprennent ton lien *supposé* avec les Zhentilars... Sois prudente !

— Je ferai attention, dit Arilyn. Merci de ton aide.

— A ton service...

La demi-elfe se dirigea vers la porte. Avant de sortir, elle se retourna vers Elaith.

— Une dernière chose ! Quand nous nous sommes rencontrés à la *Maison des Spiritueux*, tu m'as prise pour Z'beryl.

— Exact...

— Pourtant tu m'as appelée par un autre nom.

— Vraiment ? s'étonna Elaith comme si la chose n'avait aucun intérêt. ( Il s'adressa à Danilo. ) Au fait, j'ai pris des dispositions pour te faire éliminer. Au cas où je serais incapable d'annuler ma commande, tu devras prendre des précautions supplémentaires.

Danilo ouvrit de grands yeux ébahis.

— J'ai suggéré cette idée à une de mes vieilles relations qui a semblé l'approuver, ajouta l'elfe, amusé par la réaction du jeune homme.

— J'imagine que tu ne veux pas nous révéler son nom ? demanda Arilyn.

L'elfe de lune secoua la tête.

— Juste un point, insista Arilyn. C'est un Ménestrel ?

— Pas du tout !

— Pourquoi voulais-tu faire assassiner Danilo ?

— Je ne l'aime pas particulièrement, répondit l'elfe, désinvolte comme si c'était une raison suffisante. Maintenant, si vous voulez bien m'excuser, j'ai beaucoup de travail.

Arilyn prit Danilo par le bras et l'entraîna hors de la *Lame Cachée*.

— Tu crois qu'il était sérieux ? demanda le jeune homme quand ils furent dans la rue.

— Bien sûr, mais je suis certaine que nous ferons face à tout ce que cette *vieille connaissance* mettra sur notre route.

Devant l'expression de détresse de Danilo, elle ajouta :

— Pourquoi es-tu si inquiet ? Personne n'a jamais tenté de te tuer ?

— Bien sûr que oui. Mais je n'avais jamais été si peu apprécié ! Bon, et maintenant ? On va vérifier chez le vieil ami de l'elfe, je suppose.

— Non, un aventurier comme Elaith ne vivrait pas longtemps s'il révélait le nom de ses associés. Ça ne servirait pas à grand-chose, de toute façon. Le tueur appartient probablement aux Ménestrels.

— Tu l'as déjà dit, nota Danilo. Pourquoi ?

*Parce que les Ménestrels et leurs alliés travaillent à maintenir l'Equilibre,* songea Arilyn.

— Comme je te l'ai déjà expliqué, dit-elle, les Ménestrels sont une organisation secrète, et le tueur connaît ses victimes.

— Il semblerait qu'il en sache aussi beaucoup sur toi. Je ne comprends pas pourquoi un membre des Ménestrels ferait ça. Ni pourquoi il mettrait autant d'énergie à te faire passer pour le tueur.

— Moi non plus, dit Arilyn.

— Alors que fait-on ?

— Nous allons nous assurer que le tueur revienne sur nos traces.

Un mage en tunique noire passa devant Danilo.

Le regard de la demi-elfe s'éclaira.

— Tymora est peut-être avec nous, murmura-t-elle. Tu vois ce jeune homme qui porte un énorme livre ? On va le suivre.

— Pourquoi ? demanda Danilo.

— Pour indiquer au tueur où il peut me trouver.

— Si c'est ce que tu veux, pourquoi gardes-tu ce déguisement ?

— Elaith a dit que les Ménestrels me soupçonnaient. Je devrais me cacher jusqu'à ce que j'ai déniché le tueur.

— Très bien. Et que devrais-je faire ? s'enquit Danilo.

Le mage entra dans une taverne appelée *Le Dragon Ivre*.

Arilyn et Danilo le suivirent.

— Dîner, suggéra la demi-elfe.

Obéissant, le jeune homme s'installa près de la porte.

Arilyn regarda le mage, qui s'asseyait à une table. Il sortit un encrier et une plume de son sac et commença à écrire.

Arilyn se dirigea vers lui. Au passage, elle prit deux chopes de bière sur le plateau d'une serveuse.

— Puis-je me joindre à vous ? demanda-t-elle au mage.

— Pourquoi pas ? La compagnie et la bière sont toujours les bienvenues.

Il prit la chope que lui tendait la demi-elfe et désigna le livre ouvert devant lui.

— J'ai bien besoin d'un peu de distraction, dit-il. Mon travail n'avance pas beaucoup.

— Sur quoi travaillez-vous ? s'enquit Arilyn. Un livre de sorts ?

— Non. C'est un recueil de mes poèmes.

Arilyn feuilleta l'ouvrage et découvrit les vers les plus exécrables qu'elle ait jamais lus.

— Ce n'est pas le meilleur de mon oeuvre, déclara modestement le mage.

— Je n'y connais pas grand-chose, mentit la demi-elfe, mais cette ballade, là, semble émouvante. Si vous décidez de mettre ces poèmes en musique, je connais un barde convenable.

Elle jeta un bref coup d'œil à Danilo, occupé à charmer une serveuse.

— Une ballade, disiez-vous ? s'émerveilla le mage. Je n'y avais jamais pensé.

Il réfléchit un moment à cette possibilité puis tendit la main à Arilyn.

— Merci pour la suggestion. Je m'appelle Coril.

— Enchanté, Coril, je suis Thomas, mentit Arilyn.

Elle connaissait ce jeune homme.

En plus d'être un poète pathétique et un mage peu doué, c'était un agent des Ménestrels. Connu pour être un fin observateur, Coril était chargé de collecter des informations.

— Eh bien, Thomas, qu'est-ce qui t'amène ? s'enquit le mage en levant sa chope.

— Le festival, bien sûr, répliqua Arilyn.

— Non, je parlais de cette table.

— Je cherche des informations.

Le mage se rembrunit.

— Des informations ? Je ne suis pas sûr de pouvoir t'aider.

— Mais si ! affirma Arilyn. Tu es un mage, n'est-ce pas ?

— C'est vrai... De quoi as-tu besoin ?

Arilyn déboucla sa ceinture et posa la lame de lune sur la table. Ce qu'elle avait l'intention de lui demander dépassait certainement les capacités limitées du jeune homme.

— Il y a quelque chose d'écrit sur le fourreau. C'est censé être magique... Sais-tu ce que ça dit ?

Coril examina les runes avec intérêt.

— Non, mais si tu le souhaites, je peux lancer un sort qui rendra le texte compréhensible.

— Une telle chose est possible ?

— Pour un bon prix, bien sûr !

La demi-elfe sortit quelques pièces de sa poche. La somme, peu élevée, représentait cependant une petite fortune pour « Thomas ».

— Ça suffira ?

Coril hésita, puis empocha l'argent. Ensuite, il sortit une étrange poudre de sa poche et la répandit sur l'épée en incantant.

Arilyn attendit, persuadée qu'il allait échouer.

Durant son apprentissage, Kymil Nimesin avait cherché en vain à déchiffrer les runes. Si sa magie elfique avait échoué, le sort de Coril n'avait aucune chance de succès.

Le propos d'Arilyn, en lui montrant l'épée, était d'envoyer un message au tueur. Puisque Coril était un Ménestrel et que le tueur faisait aussi partie de l'organisation, le nom de *lame de lune* le remettrait sur la piste de la demi-elfe.

Elle avait semé le tueur à la *Maison des Spiritueux* à cause de la couardise simulée de Danilo. Maintenant elle voulait le faire sortir de sa tanière avec une de ses propres ruses.

Etonné, Coril leva la tête.

— Je ne peux rien faire, admit-il.

— Quoi ?

— Il y a de très puissantes défenses magiques sur les runes. Je ne peux déchiffrer que celle-là...

Il désigna une petite marque.

— *Portail des Elfes*, traduisit-il. Et celle-là, dessus, signifie : *Ombre de l'Elfe*. C'est tout ! Comment t'es-tu procuré une épée enchantée ?

— Je l'ai gagnée aux dés. Le précédent propriétaire m'a assuré que ces runes m'indiqueraient la cachette d'un grand trésor, si je trouvais un mage pour les lire. Es-tu sûr qu'aucune n'est un plan ?

— Aucune que je puisse lire, en tout cas.

— Alors, je me suis fait avoir ! La prochaine fois, je ferai attention...

Son explication sembla satisfaire Coril.

Etonnée par les révélations du mage, Arilyn le remercia et sortit de la taverne. Des questions tournaient dans sa tête. Qu'étaient le *Portail des Elfes* et *l'Ombre de l'Elfe* ? Pourquoi Kymil ne lui en avait-il jamais parlé ?

Elle s'engagea dans une ruelle sombre pour se débarrasser de son déguisement. Elle ôta sa cape et ses gants et se lava le visage dans un tonneau rempli d'eau de pluie.

Il était temps de changer d'apparence. Pour cela, elle sortit de son sac un pot de crème qu'elle étala sur son visage et ses mains. Sa peau prit la nuance bronze de celle d'un haut elfe. Elle dénoua ses cheveux et les glissa derrière ses oreilles pointues pour les mettre en évidence.

Saisissant la lame de lune, elle imagina une prêtresse de Mielikki, la déesse de la forêt. Sa tunique bleue devint un long tabard en soie rouge orné d'une tête de licorne, le symbole de la déesse. Son épée se transforma en bâton, l'accessoire indispensable d'une prêtresse.

Certaine que personne ne reconnaîtrait en elle le palefrenier qui était sorti quelques minutes plus tôt, elle retourna dans la taverne et prit place à la table voisine de celle de Coril sans lui jeter un regard.

Elle commanda un dîner accompagné d'un gobelet de vin.

Son attente ne fut pas longue. Shalar Sim Gulphin, un barde, membre notoire des Ménestrels, entra et se joignit à Coril.

Arilyn tendit une oreille indiscrète.

— Salutations, Coril. Qu'est ce qui t'amène ici ? demanda Shalar en s'asseyant.

— C'est un bon endroit pour observer..., répondit le jeune mage.

— Et qu'as-tu vu ?

— Tout et rien... En fait, je n'ai aucune idée de la signification de ce que j'ai vu.

Une bourse changea de main sous la table.

— Cela t'aidera peut-être, lâcha Shalar. Il y a un petit extra ce mois-ci.

— Ça tombe bien, les dépenses liées au festival sont élevées. Les pertes sont déjà exorbitantes.

— Je suppose que tu parles de Rhys Ventcorbeau ? soupira Shalar.

— Et des autres, dit Coril d'une voix sombre. Le tueur a encore frappé, peu après le lever du jour.

— Qui est la victime ?

— Un homme qui a utilisé plusieurs noms. Le dernier en date était Elliot Graves.

Arilyn lâcha son gobelet. Elle avait la mort de Graves sur la conscience aussi sûrement que si elle l'avait tué de ses mains...

— Graves était un aventurier passé au service de...

— Je le connaissais, coupa le barde. Comment est-ce arrivé ?

— Comme pour les autres, répliqua Coril. Toutefois, on relève quelques différences. L'attaque a eu lieu le jour et l'homme était réveillé. De plus, il devait connaître le tueur, car il n'y a aucun signe de lutte.

— C'est ce que nous craignons... Le tueur doit être un Ménestrel...

— Je le crois aussi.

— Rien d'autre ?

— Tu connais une aventurière nommée Arilyn Lamelune ?

— Oui. Elle est morte ?

— Je crois avoir vu son épée ce soir. Une arme ancienne, incrustée d'une grosse pierre jaune. Elle était en possession d'un jeune homme qui prétendait l'avoir gagnée aux dés.

— Je parierais que ce garçon était Arilyn Lamelune en personne, dit Shalar, soulagé. Elle est connue pour ses talents de transformation.

— Eh bien, elle a raison de se déguiser, surtout si elle a prévu de rester ici cette nuit.

— Vraiment ?

— N'y aura-t-il pas demain une séance du Conseil dans la salle privée de l'auberge ?

— Oui...

— Plusieurs Ménestrels ont loué des chambres ici. Si le tueur voulait frapper cette nuit, ce serait l'endroit rêvé.

Shalar acquiesça.

— Il est un peu tard pour prévenir la garde, mais je peux essayer, dit-il. Et les Ménestrels doivent être avisés.

Arilyn écouta Coril citer des noms. Six Ménestrels séjournaient dans l'auberge.

Comme elle avait été stupide ! Tendre un piège au tueur alors qu'il était certainement plus près d'elle que son ombre !

Elle avait cru avoir pris assez de précautions pour protéger la maison de Loene et Graves était mort. Si le tueur avait pu la suivre alors qu'elle était invisible, il avait certainement percé à jour ses différents déguisements. Allait-il la piéger en éliminant tous les Ménestrels de l'auberge du *Dragon Ivre* ?

La demi-elfe se leva. S'il lui était impossible de confondre le tueur, elle pouvait toujours l'attirer ailleurs.

Alors qu'elle atteignait la porte, Danilo la saisit par le bras.

— Excuse-moi, prêtresse de Mielikki, tes affaires sont-elles terminées ?

Arilyn regarda le dandy, qui en était à son deuxième verre de zzar. La serveuse était assise sur ses genoux.

— Je m'en vais. Mais tu peux rester ici pour t'amuser.

Danilo poussa gentiment la jeune femme et se leva.

— Je ne veux pas m'amuser, mais venir avec toi. Oh, mon dieu, quelle gaffe ! En fait, je voulais...

— Aucune importance. Je quitte Eau Profonde, cette nuit. Si tu veux m'accompagner, dépêche-toi !

— Tu aurais du mal à te passer de moi, n'est-ce pas ? s'enquit Danilo.

Elle lui jeta un regard noir, puis ouvrit la porte.

Devant l'auberge, deux hommes en uniforme noir et gris montaient la garde. Un des deux, qui portait un pendentif de Mielikki, salua respectueusement Arilyn.

La demi-elfe hocha la tête pour lui témoigner sa reconnaissance, puis se figea.

Elle avait reconnu les individus. L'un était Clion, un rouquin charmant et l'autre était son fidèle compagnon, Raymid de Voonlar. Une quinzaine d'années plus tôt, au début de leurs carrières, elle avait voyagé avec eux dans une compagnie d'aventuriers. Impressionnée par leurs talents, elle les avait présentés à Kymil Nimesin, qui les avait entraînés à l'Académie des Armes d'Eau Profonde.

Leur présence soulagea la demi-elfe.

— Il est rassurant de voir que la garde est présente, dit-elle à Clion. Plusieurs Ménestrels logent dans l'auberge, et je crains qu'ils soient en danger.

Les hommes échangèrent des regards inquiets.

— Vous parlez du Tueur de Ménestrels ? demanda Raymid.

La « prêtresse » acquiesça.

— Nous allons faire part de vos craintes à notre commandant, dit Clion. Un garde leur sera affecté.

— N'êtes-vous pas chargés de cette tâche ? s'étonna Arilyn.

— Non. Les funérailles de Rhys Ventcorbeau ont lieu ce soir, et nous faisons partie de la garde d'honneur.

— C'est une triste nuit... Eau Profonde fait bien d'honorer ce pauvre barde. Je suppose que son meurtrier a été traduit en justice ?

— Nous n'avons pas le droit d'en parler, ma dame, répondit Clion.

Arilyn soupira. A l'évidence, elle en apprendrait plus en dévoilant son identité.

— Clion, je suis surprise de voir que tu m'as si vite oubliée. Toi qui avais tant d'admiration pour mes charmes...

La stupéfaction qui se peignit sur le visage de l'homme était presque comique.

— Ma dame ? balbutia-t-il.

— J'ai été présomptueuse, soupira Arilyn, un homme dont la vie est remplie de femmes ! On ne peut pas espérer que tu te souviennes de toutes.

Puis elle se tourna vers l'autre garde, qui semblait ravi par l'embarras de son compagnon.

— Toi, tu dois te souvenir de moi, Raymid.

Son sourire disparut.

Il l'observa un moment puis secoua la tête.

— Nous avons un ami en commun, un maître d'armes...

— Arilyn ! s'exclama Clion.

— En personne. Je craignais que vous m'ayez oubliée.

— C'est impossible ! dit Clion en désignant une cicatrice sur sa main. J'ai ça pour me souvenir de toi... et de ne pas laisser traîner mes pattes n'importe où !

— Tu ne regrettes pas la leçon ?

— Qu'est-ce qui t'amène ici ? demanda Raymid.

— Je suis à la recherche du Tueur de Ménestrels, comme vous. Peut-être pourrions-nous travailler ensemble ?

— Arilyn, j'aimerais avoir quelque chose à te révéler, mais nous ne savons rien si ce n'est que nous sommes ici pour monter la garde aux funérailles.

Un bruit de pas retentit.

— Ah, voilà notre commandant, dit Raymid.

L'officier était un jeune elfe doré.

— Salutations, dame de Mielikki, dit-il.

Clion étouffa un petit rire.

— Capitaine, j'aimerais vous présenter une vieille amie. Arilyn Lamelune, une des meilleures aventurières que nous ayons croisées. Arilyn, voici Tintagel Ni'Tessine.

En un éclair, Danilo se souvint d'avoir déjà entendu ce nom. Tintagel Ni'Tessine était l'elfe qui tourmentait

Arilyn pendant ses études à l'Académie des Armes. Il observa son amie.

— Nous nous connaissons, dit-elle.

— C'est un blasphème ! s'exclama l'elfe doré. Comment oses-tu endosser l'habit d'une prêtresse de Mielikki ? Je peux comprendre que tu souhaites dissimuler tes origines, mais la dorure ne peut pas se changer en or.

— Ravie de te revoir, Tintagel, répondit la demi-elfe. Je dois admettre que ton apparence est également une surprise pour moi. Peu d'hommes de ta race portent cet uniforme.

L'elfe se rembrunit.

Danilo devina qu'il s'agissait d'une insulte.

— Ma présence dans la garde est une affaire d'honneur, répliqua Tintagel, sur la défensive.

— Vraiment ? Bien que j'aie un grand respect pour les gardes, je n'aurais pas imaginé que tu considères cela comme une position honorable.

— En règle générale, la garde est une farce pathétique. Mais quelqu'un doit s'assurer qu'elle fasse respecter l'ordre dans la poubelle que tu nommes une cité.

— Vous êtes ce *quelqu'un* ? s'enquit Danilo, amusé. Quelle chance pour Eau Profonde !

Tintagel dévisagea Danilo, puis se retourna vers Arilyn.

— Mon père a été tué dans les montagnes d'Eau Profonde. Je consacre ma vie à le venger en éliminant la vermine de cette cité.

— Une quête fort louable ! railla Danilo. Si ça ne vous gêne pas, nous allons prendre congé.

Il saisit Arilyn par le bras et l'entraîna vers les écuries.

— Je m'occupe des chevaux, proposa Danilo.

Arilyn acquiesça, l'air absent. Puis remarquant une pompe près de la porte, elle s'empara d'un seau et le remplit d'eau.

Ensuite, elle se lava le visage pour faire disparaître la teinture dorée.

Sans attendre que l'illusion disparaisse, elle déchira son tabard et le jeta au loin.

Elle avait repris son identité comme on brandit un étendard.

— C'est mieux, nota Danilo en lui tendant les rênes d'un cheval. Cette peau dorée ne t'allait pas du tout. Et à en juger par le spécimen que nous venons de croiser, les *quessirs* sont des gens peu sympathiques.

# CHAPITRE XV

Contre l'avis de Danilo, ils quittèrent Eau Profonde. La lune brillait dans le ciel quand ils atteignirent les falaises entourant Brisepointe, une petite péninsule qui protégeait la partie sud du port de la cité.

Bientôt, ils aperçurent le rivage et la promesse de sécurité incarnée par les murs de la cité qui s'étendaient vers le nord.

*Une promesse vide de sens,* songea Danilo, en repensant aux événements des trois derniers jours.

Il avait eu le temps de réfléchir pendant leur chevauchée nocturne, car Arilyn ne s'était pas montrée très loquace. Respectant son désir de solitude, il attendait le moment opportun pour lui parler.

S'ils voulaient trouver le tueur, il leur faudrait modifier la direction de leur enquête. La conversation avec Elaith Craulnobur avait convaincu Danilo. Son oncle Khelben avait raison : la lame de lune était la clé de voûte.

Danilo aurait pu raconter à la demi-elfe l'histoire de son arme, mais il ne souhaitait pas lui dévoiler sa véritable identité.

Quand ils atteignirent les pins de la forêt Ardeep, Arilyn arrêta sa monture.

— On va camper ici, dit-elle. Je chasserai pendant que tu t'occupes des chevaux.

Sans attendre de réponse, elle mit pied à terre, s'empara d'un petit arc et disparut entre les arbres.

Danilo soigna les bêtes puis entreprit de préparer un feu de camp. Les bribes d'informations qu'il avait recueillies sur Arilyn s'assemblaient comme un puzzle ; un feu magique lui fournirait la pièce finale.

Quand la demi-elfe revint avec deux perdrix, Danilo jeta quelques brindilles dans le cercle de pierre, puis fouilla dans son sac à la recherche d'un silex. Avec des mouvements lents, il s'accroupit et pointa le silex vers le petit bois.

Du coin de l'œil, il vit Arilyn couper une branche et la brandir comme si elle voulait l'arrêter.

— Souffle de dragon..., murmura le jeune noble.

Le silex disparut de sa main et les brindilles s'embrasèrent.

— Ne t'avais-je pas demandé de m'épargner ça ?

Danilo se redressa pour faire face à la demi-elfe.

— C'est possible, répondit-il, mais je ne vois pas pourquoi.

— Je déteste les feux magiques, c'est tout.

Elle s'assit en tailleur et commença à fabriquer une broche avec la branche.

— Puis-je t'aider ? demanda Danilo.

Arilyn lui lança les perdrix pour qu'il les plume.

Quand elle eut terminé la broche, elle lança d'un ton sec :

— Tu n'as pas encore fini ?

Danilo lui tendit une perdrix qu'elle embrocha et plaça sur le feu.

— Ma chère, ne crois-tu pas que ton aversion pour les feux magiques est un peu exagérée ?

— *Exagérée* ! s'exclama Arilyn. Tu es bien placé pour en parler ! Tout est un jeu pour toi. La magie alimente tes conversations de salon, et le Tueur de Ménestrels est un joli sujet pour tes ballades de troisième ordre.

— *Exagérée* n'était peut-être pas le mot juste, admit Danilo.

La seconde perdrix étant prête, Arilyn la lui prit des mains. Elle l'embrocha à la suite de la première et remit le tout sur le feu.

Puis elle se tourna vers le jeune noble.

— Les feux magiques ont fait des dégâts durant le Temps des Troubles, expliqua-t-elle. Beaucoup de gens sont morts...

— Des gens que tu connaissais ?

— J'ai voyagé un temps avec un groupe d'aventuriers appelé les Sept Hammerfell. Notre magicienne a tenté d'utiliser une boule de feu contre un ogre. Tout le groupe fut carbonisé. Sauf moi, bien sûr.

— Pourquoi ?

Arilyn ignora la question.

— Je suppose que tu n'as jamais vu de feu magique dans une bataille. Tu devrais voir ce que les Sorciers Rouges de Thay ont fait dans les régions de Rashemen, ou ce que l'Alliance des Mages a infligé aux Tuigans durant les croisades du roi Azoun contre les barbares. Mais aucun noble aquafondais ne jugerait les croisades importantes... Tu es si choyé, si protégé. Ne porte pas de jugement hâtif sur ce que tu ne peux comprendre.

— Tu as peut-être raison, concéda Danilo. Je connais mal la vie des aventuriers. Mais je fais autorité en ce qui concerne les femmes.

Son commentaire exaspéra Arilyn.

— Je n'en doute pas, grogna-t-elle. Pourtant ton expérience ne signifie rien pour moi, une *elfe*.

— Une demi-elfe. C'est presque une femme.

— Vraiment. Développe ton point de vue, je te prie !

— Si tu veux, répondit Danilo. Ton épée par exemple. Elle te fait un peu peur, n'est-ce pas ?

— Bien sûr que non ! Pourquoi dis-tu ça ?

— J'ai réfléchi aux propos d'Elaith Craulnobur. Il semble curieux que tu en saches si peu sur cette lame. D'après lui, elle a d'immenses pouvoirs et tu n'en fais presque pas d'usage. Pourtant, la magie est une partie de la vie. C'est un outil puissant et fiable.

— Fiable ? Ah ! Si tu avais vu tes amis périr par le feu, tu changerais d'avis.

— Eau Profonde n'a pas été épargnée par le Temps des Troubles, lui rappela Danilo. D'après ce qu'on dit, c'était assez désagréable. Il y a eu des combats de rues entre les citoyens et une partie de la cité fut détruite.

— D'après ce qu'on dit ? Où étais-tu ?

— Dans le sous-sol de la propriété familiale, occupé à boire, répondit Danilo. Ça semblait la seule chose à faire à l'époque.

Silencieuse un moment, Arilyn observa son compagnon, qui affichait un air inhabituellement perspicace.

— Même si tu n'es pas d'accord avec mes observations, permets-moi de te prouver que mon instinct est fiable.

— Vas-y, répliqua Arilyn.

— Enlève la broche et traverse le feu.

— Tu as perdu la tête !

— Non. Je suis presque certain que tu en es capable sans te blesser, sinon je ne te le proposerais pas. En réalité, j'en suis si sûr que je vais te faire une offre. Tu aimerais te débarrasser de moi, n'est-ce pas ?

— Quelle clairvoyance !

— Si je me trompe, je partirais, cette nuit même.

Il avait l'air sérieux. Arilyn acquiesça en se levant. Des bottes roussies seraient un prix acceptable pour avoir le plaisir de chevaucher seule.

Elle enleva la broche des braises et la tendit à Danilo. Ensuite, elle avança dans le feu. Des étincelles effleurèrent ses bottes et ses vêtements sans leur causer aucun dommage.

Se mettant à genoux, Arilyn posa ses mains sur les flammes.

— Tu as ensorcelé les flammes, dit-elle.

Pour toute réponse, Danilo sortit de son sac une paire de gants. Il en enfila un et mit la main dans le feu. Une odeur de cuir brûlé emplit l'air. Le jeune noble enleva le gant et le tendit à sa compagne.

— Tu me dois une nouvelle paire.

— Peux-tu me dire ce que tout ça signifie ?

— N'est-ce pas évident ? Tu es protégée contre le feu. La tragédie des Sept Hammerfell le prouve. Vraiment, ma chère, être si stupide ne te ressemble pas.

Arilyn éclata de rire.

— De ta part, c'est impayable !

— A l'évidence, ton épée a un pouvoir que tu n'as pas envisagé. Se pourrait-il qu'il y en ait d'autres ?

— Je suppose...

— Eh bien, tâchons de les découvrir, veux-tu ?

Arilyn replaça la broche sur le feu, déterminée à s'occuper de choses plus pratiques.

— J'ai des préoccupations plus urgentes, dit-elle.

— Comme de trouver le tueur ?

— C'est ça.

— Dans ce cas, pourquoi sommes-nous ici ?

— Qu'importe où je vais, il me suit partout. Pas pour me tuer – il aurait pu le faire une dizaine de fois –, mais pour m'utiliser comme un pion dans un jeu macabre. J'ignore ses motifs, mais jusqu'à ce que je le découvre, je ne veux pas être responsable de la mort d'autres Ménestrels. Il n'y en a aucun à tuer par ici.

— Il est possible que le tueur s'intéresse aux pouvoirs de ton épée, hasarda Danilo.

— Evidemment, nous sommes inséparables !

— Raison de plus pour enquêter sur les pouvoirs de la lame. Quand tu sauras de quoi elle est capable, tu auras une idée du but du tueur. Ça t'amènera à découvrir son identité.

Arilyn le regarda, étonnée. Il y avait du vrai dans ses propos, ainsi qu'une sagesse surprenante.

— Comment as-tu compris tout ça ? s'enquit la jeune femme.

— Assez facilement. Après tout, la magie est *ma* spécialité. Si tu me donnais ton avis sur un tueur, je

177

considèrerais tes propos comme ceux d'un expert. J'espère simplement que tu m'accorderas la même courtoisie.

— Très bien, Danilo, tu as gagné, soupira Arilyn. Je vais apprendre tout ce que je peux sur l'épée.

Elle se leva.

— On y va !

— Maintenant ? protesta Danilo, avec un regard attristé sur les perdrix.

— J'aime être occupée, répliqua la demi-elfe.

Et ils le furent pendant l'heure suivante. Après avoir éteint le feu, Danilo érigea un champ magique autour du camp pour protéger les chevaux des prédateurs nocturnes.

Ensuite les deux compagnons longèrent la péninsule vers le nord.

A l'extrémité de Brisepointe se dressait une formation naturelle de roches noires dont la partie basse était submergée. D'une anfractuosité, Arilyn sortit une boîte en cuir contenant une flûte de Pan en argent. Sous l'œil fasciné de Danilo, elle entonna quelques notes.

— Joli accord, observa Danilo. Que fait-on, maintenant ?

— On attend.

Arilyn désigna un monticule de rochers quelques pas plus loin. Danilo s'accroupit sans piper mot tandis que la demi-elfe contemplait la mer avec une patience elfique.

Après avoir longtemps attendu, Danilo vit un frémissement agiter l'eau jusqu'à ce qu'une tête noire crève la surface.

Une grande créature, semblable à un phoque, émergea. Alors qu'elle se hissait sur les rochers, il constata qu'elle était munie de pattes et non de nageoires.

La créature posa une main couverte de fourrure sur l'avant-bras d'Arilyn pour la saluer à la manière des aventuriers.

— Un selkie, murmura Danilo.

Il en avait entendu parler, mais il n'aurait jamais cru en voir un. Son émerveillement augmenta quand le selkie se transforma en un homme au physique quasiment parfait.

— Salut, Gestar ! lança la demi-elfe.

— Bienvenue, Arilyn ! Ravi de te revoir, même à cette heure tardive, dit le Selkie.

Puis il lança un regard soupçonneux à Danilo.

— C'est un ami, expliqua Arilyn. Peux-tu envoyer un message par le Relais ? J'ai besoin d'informations sur Eternelle-Rencontre. Pour demain matin, si possible.

— Tout est possible pour plaire à l'elfe qui a sauvé la vie de ma compagne.

— Merci. J'ai besoin de renseignements sur une lame de lune. Elle a appartenu à une elfe nommée Amnestria qui a quitté Eternelle-Rencontre il y a quarante ans. C'est tout ce que j'ai.

— Ça devrait suffire. Je m'en occupe immédiatement et tu auras la réponse demain matin. Puisque je ne pourrai pas me transformer de nouveau si vite, je t'enverrai Perle Noire.

— Je la reverrai avec plaisir, merci Gestar.

Après une chaleureuse accolade, l'être replongea dans la mer.

— C'était un selkie ! s'exclama Danilo.

— Un vieil ami, répliqua Arilyn. On attendra ici jusqu'à demain matin. Fais du feu, si tu as froid.

Le jeune noble acquiesça et entreprit de ramasser des brindilles.

Arilyn l'observa d'un œil amusé.

— Vas-y, pose tes questions ! lança-t-elle. Je vois que ce silence est une torture pour toi.

— Le Relais ? Comment peut-il envoyer un message à Eternelle-Rencontre et avoir une réponse en une nuit ? C'est de la magie ?

— Non, le Relais est un réseau de selkie, d'elfes aquatiques et de créatures intelligentes qui ressemblent à de petites baleines. Tous se déplacent à des vitesses impressionnantes, et le son voyage trois fois plus vite dans l'eau que dans l'air. Les messages sous-marins sont rapidement transmis.

— Assez pour aller et venir d'Eternelle-Rencontre ? s'étonna Danilo.

— Ma demande n'ira pas si loin. Ceux qui servent le Relais sont liés par le secret en ce qui concerne les messages spécifiques. Mais comme tu l'imagines, ses membres détiennent une profusion d'informations.

— Oh... Qui est Perle Noire ?

— Une demi-elfe aquatique. Sa mère humaine venait d'un lointain pays du Sud. Son bateau a fait naufrage près de la côte de Calimport et elle a été secourue par des elfes aquatiques. Mais il y a peu de *demi*-elfes aquatiques et Perle Noire passe beaucoup de temps avec les selkies.

— J'imagine qu'ils comprennent sa double nature mieux que quiconque, dit Danilo.

Sa remarque étonna Arilyn, car elle se sentait tout à fait à l'aise avec les selkies.

— C'est vrai, admit-elle. Pas d'autre question ?

— Si, tu as dit que l'épée appartenait à Amnestria, qui est-ce ?

— Ma mère...

— Elaith ne l'a-t-il pas appelée Z'beryl ?

— Oui.

Un lourd silence tomba entre eux jusqu'à ce que la demi-elfe lance :

— Pourquoi ne pas dormir un peu ?

— Bonne idée..., approuva Danilo en bâillant.

Le jeune noble s'éveilla au lever du soleil pour découvrir Arilyn en grande conversation avec Perle Noire.

— Après le meurtre du roi Zaor, dit celle-ci, la reine Amlaruil est devenue la seule dirigeante d'Eternelle-

Rencontre. Sa fille Amnestria a été envoyée en exil à cause d'une... disgrâce... d'ordre privé.

— C'était moi..., murmura Arilyn. Quand Zaor est-il mort ?

— A la fin de la quatre cent trente-deuxième année de son règne. L'événement a eu un impact important sur la communauté des elfes aquatiques. Je m'en souviens bien, même si j'étais très jeune à l'époque. C'était l'été, pendant le festival de la Marée Haute. Ça devait être en 1321, selon le calendrier des Vaux. Le deuxième jour de Ches.

— Le meurtrier a-t-il été arrêté ?

— Non. L'amant humain d'Amnestria a tiré et blessé le tueur, qui a pourtant pris la fuite sans laisser de trace.

— Il appartenait à quelle race ?

— C'était un elfe doré. C'est important ?

— Peut-être..., répondit Arilyn. Qu'as-tu appris sur la lame de lune ?

— On connaît peu de choses sur ses pouvoirs. Il semble qu'Amnestria en ait hérité, peu avant son exil, d'une grand-tante dont la famille passait presque tout son temps loin d'Eternelle-Rencontre. Tu devrais plutôt enquêter sur l'histoire de la lame auprès des sages du continent.

Après une pause, la demi-elfe ajouta :

— Je suis navrée de ne pas te fournir les réponses que tu voulais.

— Tu m'en as donné assez, dit Arilyn. Merci de ton aide, Perle Noire.

La demi-elfe aquatique sourit. Puis elle s'en fut.

Arilyn resta un moment à observer l'horizon. Quand elle se tourna, elle ne fut pas étonnée de voir Danilo réveillé.

— Tu as entendu ?

— Oui.

— Tu ferais aussi bien de poser tes questions tout de suite.

— Tout d'abord, Votre Altesse, dois-je faire une révérence ou un signe de tête suffira-t-il ?

— Les elfes royaux appartenaient à la famille d'Amnestria, pas à la mienne. Je ne prétends pas être une princesse. Maintenant, occupes-toi rapidement de notre déjeuner et choisis ta tenue. Nous retournons à Eau Profonde.

— Parfait...

Danilo fouilla dans son sac magique et examina chaque vêtement.

— Nous allons quelque part en particulier ? s'enquit-il.

— Oui.

Danilo leva les yeux avec une expression douloureuse.

— Tu peux préciser ? soupira-t-il. Je déteste porter un costume qui n'est pas adapté.

— La Tour de Blackstaff.

A ces mots, Danilo se figea.

Se reprenant, il sortit une robe de mage.

— Habille-toi comme ça et tu ne vivras pas assez vieux pour lancer ton prochain sort ! railla la demi-elfe.

Danilo choisit une tunique de soie jaune pâle.

— Celle-là est vraiment splendide, commenta-t-il.

Quelques minutes plus tard, il était prêt à partir.

— Pourquoi la Tour de Blackstaff ? s'enquit-il en trottinant derrière Arilyn.

— J'ai besoin d'en savoir plus sur cette épée, et je suppose qu'un mage érudit est un bon début.

— Oui, mais il y en a d'autres à Eau Profonde.

— Je ne connais que Khelben.

— Il peut être très déplaisant...

— Je sais. Si je dois confier ma lame à un jeteur de sort, autant que ce soit à lui ! Au moins, il sait par quel bout se tient une arme.

— Je me demande s'il aimerait être appelé jeteur de sorts... Ecoute ! J'ai une merveilleuse idée. Il n'est

182

pas nécessaire de nous y rendre tous les deux. Je peux y aller seul.

Arilyn s'arrêta si brusquement que Danilo faillit tomber.

— Pourquoi ferais-tu ça ?

— Par galanterie. Après tout, tu manques de temps. Je pensais t'épargner une rencontre avec ce vieil idiot !

— Ta sollicitude est touchante.

— N'est-ce pas ? Tu m'attendras en ville. Repose-toi et prépare ta coiffure pour le festival. J'aurai fait l'aller-retour avant que tu ne t'aperçoives que je suis parti.

— Khelben Arunsun me connaît. Qu'est-ce qui te fais penser qu'il *te* recevra ?

Danilo hésita.

— Eh bien ?

— C'est mon oncle. Le frère de ma mère, pour être précis. Et crois-moi, elle le tuerait s'il touchait un cheveu de son garçon. C'est une femme formidable.

Avec un sourire triomphant, il ajouta :

— En y réfléchissant, je crois que tu l'aimerais...

# CHAPITRE XVI

— Pourquoi ne pas m'avoir dit que tu étais le neveu de Blackstaff ? demanda Arilyn, folle de rage.

— L'occasion ne s'est pas présentée. Tu ne m'avais pas informé non plus que tu avais des liens avec la royauté elfique. Les histoires de familles ne sont jamais venues dans la conversation...

— En tout cas, pas question de te laisser aller seul voir Blackstaff !

— Comme tu voudras...

Maussade, ils gagnèrent le camp en silence.

Quand ils furent en selle, Danilo se tourna vers la demi-elfe.

— Donne-moi ta main.

— Pourquoi ?

— Je vais nous téléporter à la Tour de Blackstaff. On gagnera du temps.

— Non !

— Par les dieux, sois raisonnable pour une fois !

Il se pencha et lui prit la main.

Ils furent entourés par une lumière blanche. Arilyn eut l'impression d'être suspendue dans le vide. Mais avant qu'elle ait eu le temps de sentir la panique ou la nausée monter en elle, la lumière disparut et les murs en granit noir de la Tour de Blackstaff se matérialisèrent sous ses yeux.

— Alors, c'était terrible ? demanda Danilo.

— Non, marmonna Arilyn, un peu surprise. Plutôt curieux. Les voyages dimensionnels me rendent malades depuis mon essai avec Kymil...

Danilo frappa à la porte de la tour.

— Arilyn Lamelune désire rencontrer Blackstaff, lança-t-il.

La porte s'ouvrit et Khelben en personne les accueillit.

— Entre, Arilyn. Te voir est toujours un plaisir.

Avisant son compagnon, il ajouta :

— C'est toi, Danilo.

— Salut, oncle Khel ! Arilyn a besoin d'un jeteur de sorts, alors je l'ai conduite ici.

— Et tu as écouté les conseils de mon frivole neveu ? fit le mage à Arilyn. J'espère que c'est important.

— Ça l'est, assura-t-elle. ( Elle lui tendit son épée. ) Je te donne la permission d'y toucher, mais n'essaie pas de la sortir du fourreau.

L'archimage prit l'épée et l'étudia avec intérêt.

— C'est une arme fascinante. Que veux-tu savoir ?

— Son histoire m'intrigue. Peux-tu m'aider ?

— Je ne suis pas un spécialiste, mais un sort de légende nous fournira quelques réponses. Suivez-moi.

Ils pénétrèrent dans la cour. Devant la tour, Blackstaff leur fit signe de le suivre, puis disparut dans un mur.

Les jeunes gens l'imitèrent et se retrouvèrent dans le hall.

— Montons, dit Khelben. Nous serons plus à l'aise dans mon cabinet.

Au premier étage, ils traversèrent une grande bibliothèque qui s'ouvrait sur une salle plus petite. Une table était installée contre la fenêtre ; au centre trônait un piédestal surmonté d'un globe de clairevision en cristal.

— Attendez ici, dit Khelben.

Il posa la lame sur la table et disparut.

— Les composants du sort, expliqua Danilo. Il garde son matériel à côté. Il est très organisé, notre archimage...

Quelques instants plus tard, Khelben revint avec plusieurs petits objets.

— Restez loin de moi, ordonna-t-il à ses visiteurs. Et pour l'amour de Mystra, Danilo essaie de tenir ta langue. Ce sort requiert un grand niveau de concentration.

Il disposa les objets autour de la lame.

Arilyn aperçut une petite fiole blanche portant le symbole de Khelben.

Soudain embarrassée par l'effronterie de sa requête, elle se mordit les lèvres. Elle savait que certains sorts exigeaient le sacrifice d'un objet de valeur. Il lui sembla curieux qu'un archimage de la stature de Blackstaff lance un tel sort pour plaire à une simple relation.

Le mage déboucha une fiole dont le fort parfum d'encens envahit la pièce, puis il la vida sur la lame de lune. Instantanément, les composants disparurent dans un éclair de lumière.

Khelben se plaça aux côtés d'Arilyn. La demi-elfe se concentra sur l'épée et la brume qui s'en échappait pour prendre l'apparence d'un elfe porteur d'une harpe qui déclara :

— Laissez ceux qui le veulent écouter la ballade de l'Ombre de l'Elfe.

Il entonna une chanson sur un air rythmé :

*Au-dessus des ailes des sept vents*
*Au-dessus des vagues de toutes les mers*
*Zoastria la voyageuse cherche*
*L'Ombre de l'Elfe vivante.*

*Nées jumelles et depuis toujours*
*Sœurs d'âme et de chair*
*Zoastria et Somalee*
*Ont des destins entremêlés.*

186

*A l'héritière elfe, une épée fut donnée*
*La plus jeune navigua vers de lointains rivages*
*Où elle devait se marier*
*Pour accomplir son devoir,*
*Mais son navire n'atteignit pas le port.*

*Zoastria marche seule*
*Ses larmes grossissent la marée montante.*
*Et son désir à travers la pierre et l'acier*
*Transmet une ombre de fraternité.*

*Invoque à travers la pierre,*
*Invoque à travers l'acier,*
*Mais cache ton esprit au plus profond*
*De l'Ombre de l'Elfe.*

Après une ultime note, l'image et la musique disparurent.

— Les paroles n'étaient pas mal, commenta Danilo. Mais l'air pourrait être amélioré.

— Cela a-t-il un sens pour toi ? demanda Khelben à Arilyn.

Elle hésita puis secoua la tête.

— Et pour toi, Dan ? Aucune idée ?

— C'est à moi que tu t'adresses ? s'étonna Danilo.

— Pourquoi pas ? souffla Arilyn, avec un sourire. La magie est ta spécialité, n'est-ce pas ?

— Dan m'a appris tout ce que je sais ! renchérit Blackstaff. Bien, descendons au salon pour discuter de tout ça.

Arilyn récupéra sa lame et suivit Khelben dans une grande pièce décorée par les peintures du mage. La demi-elfe prit place dans un fauteuil confortable et posa l'épée sur ses genoux.

Danilo arpentait la pièce en jetant un coup d'œil aux portraits accrochés au mur.

— Peux-tu lancer de nouveau ce sort ? demanda Arilyn au mage.

— Pas aujourd'hui. Pourquoi ?

— Je dois tout savoir sur cette lame. Si tu ne peux pas faire mieux demain, à qui m'adresserai-je ?

Khelben réfléchit un moment.

— Châteausuif devrait avoir plus d'informations, dit-il. Ses résidents ont une vaste bibliothèque sur les objets elfiques magiques.

— Et pourquoi pas Rashemen ? Le voyage jusqu'à Châteausuif dure des mois. Par la mer, des dizaines de jours sont nécessaires.

— La distance n'est pas un problème, dit Khelben. Il y a un portail dimensionnel entre ma bibliothèque et Châteausuif.

Devant la moue dubitative de la jeune femme, il ajouta :

— Emmène Danilo. Il t'aidera. Qu'en dis-tu, Dan ?

— Ça me va, répondit le jeune noble, occupé à contempler un tableau. Il y a à Eau Profonde un elfe qui désire me voir mort. Je peux aussi bien aller dans le Sud jusqu'à ce qu'il change d'avis.

Khelben l'interrogea du regard, mais Danilo balaya la question d'un haussement d'épaules.

— Au fait, c'est quoi une ombre d'elfe ? demanda-t-il.

— Je l'ignore, admit Khelben. Les réponses fournies par un sort de légende sont généralement énigmatiques.

Arilyn se souvint soudain des deux runes transcrites par le mage Coril : *Portail des Elfes* et *Ombre de l'Elfe*. Il lui semblait toujours étrange que Kymil Nimesin n'ait pas pu déchiffrer les runes. Elle se demandait pourquoi il n'avait pas utilisé un sort de ce genre.

— Le sortilège que vous venez de jeter est-il très difficile ? demanda-t-elle à Khelben.

— Tout est relatif... Mais oui, il est difficile. Les composants sont chers et ce sort n'est pas très connu.

— Je vois, murmura Arilyn. Est-il possible que l'épée soit protégée contre la magie elfique ?

— J'en doute. Pourquoi ?

— Juste une idée, dit-elle. Bien, si nous devons aller à Châteausuif, il faudrait partir maintenant.

— Vous aurez besoin d'une lettre d'introduction, fit Khelben.

Il se pencha sur un écritoire et traça quelques runes sur un parchemin. Puis il le roula et le cacheta. Ensuite il griffonna une note sur un autre parchemin et tendit les deux à Danilo.

Le jeune homme empocha la note et fourra le rouleau dans son sac magique.

— Oncle Khel, puis-je te parler en privé ? Il s'agit d'une affaire de famille.

— Ce n'est pas vraiment le moment. Est-ce urgent ?

— Je crois...

— Très bien, soupira le mage. Allons dans mon cabinet.

Il s'excusa auprès d'Arilyn ; les deux hommes disparurent dans l'escalier.

Dès que Blackstaff eut fermé la porte de son cabinet, Danilo lança :

— Des Ménestrels ont suivi Arilyn. Ils semblent croire qu'elle est la tueuse. Le savais-tu ?

— Non, répondit le mage. Comment l'as-tu appris ?

— Elle est pistée depuis que je l'ai rencontrée, à Evereska. D'abord, j'ai cru que c'était le tueur, mais un elfe appelé Elaith Craulnobur prétend qu'un Ménestrel est sur la trace d'Arilyn. J'ignore comment il l'a su, mais l'elfe semble en connaître un rayon sur notre amie.

— Elaith Craulnobur, hein ? Tu as dit qu'elle soupçonnait un elfe, non ? C'est sûrement un bon candidat...

— Non, assura Danilo, refusant d'épiloguer. Peux-tu trouver quelque chose sur les Ménestrels.

Khelben posa une main sur le globe de cristal, qui s'illumina. Son regard se fit distant tandis qu'il laissait voyager ses pensées.

Son neveu attendit avec impatience. Quand le mage eut terminé, il se tourna vers lui avec une expression tourmentée.

— Une complication..., dit-il.

— Parfait ! lança Danilo en croisant les bras. Cette mission était trop simple...

Khelben ignora ses sarcasmes.

— L'information de ton elfe est vraie. Un petit groupe de Ménestrels du Cormyr pensent qu'Arilyn est la tueuse. Ils ont l'intention de prouver sa culpabilité et de la faire juger.

Danilo pâlit

— Ils ont chargé Bran Skorlsun de la suivre, ajouta Khelben.

— Qui c'est ?

— Un maître Ménestrel. Pendant quarante ans, il a traqué les faux Ménestrels et les renégats, la plupart du temps dans les îles des Sélénæ. Il s'est promis d'expurger les rangs des Ménestrels.

— Quarante ans ? Il doit être vieux...

— Il appartient à une famille qui jouit d'une grande longévité. C'est aussi le père d'Arilyn.

— La pauvre, murmura Danilo.

— La pauvre ! s'exclama Khelben. Ne perds pas de vue l'essentiel, Dan. As-tu oublié que le père d'Arilyn détient la pierre de lune ? La dernière chose que nous souhaitons, c'est que la pierre et la lame soit de nouveau réunies.

— Tu as raison, admit Danilo. Mais comment une telle chose peut-elle se produire ?

— Les Ménestrels sont une organisation secrète, rappela Khelben.

— C'est ce que tout le monde dit. Ça signifie que la main droite doit ignorer ce que fait la gauche ?

— Certainement pas. Dans ce cas précis, il semble plus judicieux que personne ne connaisse tous les détails concernant la porte dimensionnelle – ou Portail des Elfes.

— Le moment est venu de comparer vos notes, proposa Danilo. Tu as une idée précise de ce que cherche le tueur et Arilyn a quelques indices sur ses mobiles.

— Connaît-elle l'identité du tueur ?

— Pas encore.

— Eh bien, attendons. Il faut découvrir en quoi tout ça concerne le Portail des Elfes.

— Ta tour est protégée contre les espions magiques. Pourquoi ne pas raconter toute l'histoire à Arilyn ?

Khelben ne répondit pas.

— Tu ne lui fais pas confiance ?

— Ce n'est pas le problème. Quand les Ménestrels et les elfes ont travaillé ensemble pour neutraliser le portail, j'ai juré de ne raconter cette histoire à personne, à l'exception de mon successeur.

Le jeune homme leva la tête, ébahi par les propos de son oncle.

— Moi..., murmura-t-il.

— Ce n'est pas le moment d'en parler, mais je me serais tu si je ne pensais pas ce que je dis. Je n'aurais pas trahi le serment fait il y a quarante ans.

— Je comprends ta position. Aujourd'hui Arilyn cherche le secret de la lame. Qu'arrivera-t-il quand le tueur décidera qu'elle est trop près du but ?

Le silence de son oncle fut éloquent.

— Si la cause est suffisamment noble, le sacrifice est justifié, c'est ça ?

— En principe, oui, répliqua Khelben.

Le jeune homme se dirigea vers la porte du cabinet.

— Avec tout le respect que je te dois, oncle Blackstaff, je ne suis pas sûr de vouloir te succéder, déclara-t-il sans se retourner.

Il sortit.

— On y va ! lança-t-il à Arilyn.

La demi-elfe se leva.

— Attends une minute, jeune homme ! lança Khelben. Vous partez de la bibliothèque, tu te souviens ? Le portail dimensionnel ?

— C'est vrai...

— Je vais vous aider à conduire vos chevaux à l'écurie.

Quand ils furent dans la rue, Khelben précisa :

— Dan, la porte de Châteausuif ne vous ramènera pas à la tour. Vous reviendrez dans un endroit appelé le Square du Farceur, au coin de la rue Selduth et de la rue de la Soie. La porte est invisible. Elle débouche entre deux chênes, au nord du jardin.

— Je m'en souviendrais.

— Il faut que vous soyez revenus demain avant le lever du soleil. C'est clair ?

— Comme du cristal, répondit Danilo.

Après avoir soigné leurs chevaux, Arilyn et Danilo suivirent Khelben au deuxième étage.

L'archimage poussa une bibliothèque qui dissimulait un portail obscur.

— Avant de partir, j'ai une question à te poser, dit Arilyn à Blackstaff.

L'empressement du mage avait éveillé ses soupçons. Savait-il quelque chose sur la lame ? Un petit test lui était venu à l'esprit : si Coril avait pu déchiffrer quelques runes, Khelben pourrait faire de même.

Arilyn désigna les inscriptions.

— Peux-tu les lire ?

Khelben étudia les marques.

— Non, je ne peux pas, répondit-il. ( Il fit un geste en direction du portail. ) Bonne chance pour votre voyage.

— Merci, répliqua Arilyn. Comme nous voyagerons dans le noir, nous en aurons besoin.

Khelben se rembrunit face à l'irrévérence et à la trop grande perspicacité de la demi-elfe. Avant qu'il n'ait pu répondre, elle prit le bras de Danilo et disparut dans l'obscurité du portail.

Avec un sourire, l'archimage rejoignit le salon. Un éclair vert attira son attention. Danilo avait couvert un chevalet avec son écharpe. Quand Khelben tendit la main, celle-ci disparut.

— Une illusion, murmura-t-il. Ce garçon devient très bon.

Puis Khelben réalisa pourquoi le tableau était ainsi voilé. Il représentait quatre amis qu'il avait peints de mémoire quelques années plus tôt. Son visage de jeune homme à la chevelure encore abondante le fit sourire. L'homme debout à ses côtés avait aussi de longs cheveux noirs bouclés. Devant eux étaient assises Laeral et la princesse Amnestria d'Eternelle-Rencontre.

Si Arilyn avait vu le portrait, elle n'aurait pas manqué de reconnaître sa mère. Khelben fut soulagé de ne pas avoir eu à affronter des questions auxquelles il ne souhaitait pas répondre.

Son regard s'attarda sur le visage souriant de Laeral. Il n'avait pas revu l'aventurière depuis longtemps. Elle venait parfois à Eau Profonde et Khelben gardait toujours une chambre pour elle au premier étage de sa tour. Mais Laeral prenait grand plaisir à voyager, alors qu'il ne s'éloignait plus guère de la cité, accaparé par la politique et la diplomatie.

Tous deux étaient devenus des mages puissants associés aux Ménestrels.

*Comment se fait-il que nous nous soyons perdus de vue ?* songea Khelben.

Il se surprit à méditer sur les propos acides de Danilo. Combien d'amis avait-il sacrifiés sur l'autel des nobles causes ?

Dans sa maison, non loin de la Tour de Blackstaff, Kymil Nimesin s'éloigna du globe de clairevision en cristal.

Peut-être aurait-il dû tenir compte de l'avertissement d'Elaith Craulnobur concernant Danilo Thann...

Même si le jeune noble était bien le crétin qu'il semblait être, il avait conduit Arilyn chez Khelben Arunsun. Le mage étant lié aux Ménestrels, il pouvait connaître les secrets de la lame de lune.

Par bonheur, Khelben avait été assez stupide pour mentionner leur destination hors de la tour, protégée contre la clairevision. Châteausuif ! Kymil jura de dépit. Il ne pourrait pas espionner là-bas non plus. S'il voulait mener son plan à bien, il fallait agir tout de suite.

— Filauria, convoque l'équipe de mercenaires, ordonna-t-il à son assistante.

La ravissante *etriel* obéit sans poser de questions. Elle revint quelques minutes plus tard avec un groupe d'aventuriers.

Les hommes recommandés par Elaith Craulnobur étaient dirigés par Harvid Beornigarth, un géant borgne. Il devait sa taille à son père, et son bandeau sur l'œil à Arilyn Lamelune.

— Harvid, il semble que tu aies enfin l'occasion de te venger, commença Kymil.

— Où est-elle ? grogna le mercenaire, prêt à l'attaque.

— Espérons que tes capacités sont à la hauteur de ton enthousiasme, dit Kymil. Tu auras ta chance avant le lever du soleil.

Il fit courir ses doigts au-dessus du globe de clairevision. L'image d'une cour de jardin apparut.

Quelques personnes y flânaient, profitant du soleil matinal.

— C'est le Square du Farceur. Tu le connais ? Parfait. La demi-elfe et son compagnon, Danilo Thann y seront peu avant l'aube. Il n'y a que deux façons de quitter la cour.

Il désigna une ouverture, entre deux bâtiments.

— Celle-là est la plus utilisée. Vous devrez la bloquer. Vous les attendrez ici dans cette allée...

Il leva les yeux sur les mercenaires.

— Et vous les tuerez tous les deux !

L'elfe debout derrière la chaise du maître d'armes laissa échapper un cri de surprise.

— J'aurai l'or que tu m'as promis quand je te ramènerai son épée ? demanda Harvid.

— Bien sûr, dit Kymil. Maintenant, sortez.

Filauria les regarda quitter la pièce.

— J'ai vu combattre Arilyn, dit-elle. Ces hommes sont condamnés.

— Bien sûr, ma chère, répliqua Kymil, mais ils sont remplaçables.

— Dans ce cas pourquoi les avoir envoyés ?

— Je ne désire pas la mort d'Arilyn, mais simplement que son épée retrouve tout son potentiel. Harvid Beornigarth interviendra dans ce sens. Il donnera du fils à retordre à Arilyn. Si la vie de sa fille est menacée, Bran Skorlsun sortira de l'ombre. Et avec lui, la pierre de lune !

Danilo et Arilyn se matérialisèrent à quelques centaines de lieues de leur point de départ au cœur de Châteausuif, la cité des splendeurs.

Devant eux se dressait la bibliothèque, une citadelle en pierre gris pâle perchée sur une falaise.

— Que voulez-vous ? tonna une voix.

— Nous demandons l'autorisation d'entrer dans la bibliothèque, répondit Danilo. L'archimage Khelben

Arunsun d'Eau Profonde nous a envoyés chercher des informations sur une arme magique.

Danilo tendit son parchemin au Gardien de la Porte. Le vieil homme le regarda et hocha la tête.

— Qui êtes-vous ? demanda-t-il.

— L'apprenti de Blackstaff. Danilo Thann. Je suis accompagné par un agent des Ménestrels.

— Jolie couverture, lui murmura Arilyn. Rappelle-moi de ne jamais jouer aux cartes avec toi.

Le gardien décacheta le parchemin et lut la lettre d'introduction.

— Vous pouvez entrer.

La porte s'ouvrit et un homme vint s'incliner devant le gardien.

— Lames de lune, indiqua le gardien.

— Je suis Schoonlar, dit l'érudit en se tournant vers les visiteurs. Je vais vous aider... Si vous voulez bien me suivre ?

Il les conduisit dans une tour où ils empruntèrent un escalier en spirale et passèrent devant des étagères surchargées d'ouvrages accumulés au fil des siècles.

Ils s'arrêtèrent non loin du sommet de la tour.

Schoonlar prit un gros volume et le posa sur une table.

— Ce livre vous permettra de commencer vos recherches. C'est un recueil d'histoires sur les elfes propriétaires de lames de lune. Mais peu ont parlé des pouvoirs de leurs armes, et nous devons nous en remettre aux écrits des observateurs.

Il ouvrit le livre à l'index.

— A votre connaissance, qui était le dernier possesseur de la lame en question ?

— Amnestria, dit Arilyn.

Schoonlar laissa descendre son doigt sur une liste de noms.

— Désolé, elle n'est pas répertoriée.

— Et Zoastria ? suggéra Danilo.

Le visage de l'homme s'éclaira.

— Ce nom m'est familier, dit-il.

Il trouva rapidement le passage idoine et partit à la recherche d'informations supplémentaires.

Danilo commença à lire tout haut

— *En 867, calendrier des Vaux : moi, Ventish de Somlar, ai rencontré l'aventurière elfe Zoastria. Elle cherchait à savoir où se trouvait sa sœur jumelle Somalee, disparue lors d'un voyage en mer entre Kadish et l'Ile Verte.*

Danilo leva la tête.

— Kadish était une cité elfique, sur une des Iles Sélénæ. Eternelle-Rencontre était autrefois nommée Ile Verte.

— Continue, dit Arilyn.

— *Zoastria a parfois été vue en compagnie d'une elfe qui lui ressemblait comme si elle était son reflet. Elle m'a confié que l'elfe était à ses ordres, mais je n'ai pu le vérifier durant le temps que j'ai passé avec elle.*

Danilo désigna un paragraphe.

— Cette note a été ajoutée par les scribes qui ont compilé cet ouvrage. Zoastria est morte et la lame de lune a été transmise au fils aîné de son jeune frère : Xenophor.

Danilo chercha ce nom dans l'index, puis parcourut le passage qui lui était consacré.

— Alors ? s'impatienta Arilyn.

— Il semble que Xenophor ait eu un différend avec un dragon rouge qui a tenté de le carboniser. Le chroniqueur note que Xenophor n'a pas été blessé par les flammes. Tu vois, j'avais raison.

— Continue de lire ! ordonna la demi-elfe.

Schoonlar revint et tendit un parchemin craquelé à Danilo.

— Voilà quelque chose qui devrait vous intéresser. Il récapitule la lignée de l'épée de Zoastria.

Le jeune homme déroula le parchemin et, non sans appréhension, Arilyn parcourut la liste de ses ancêtres, détenteurs successifs de la lame pendue à sa ceinture.

Elle avait grandi sans connaître sa famille. Ce parchemin était l'héritage qu'on lui avait refusé.

— Là ! dit Danilo. Il est écrit que Dar-Hadan, le père de Zoastria, était plus un mage qu'un combattant. Il a ajouté à l'épée un feu bleu pour signaler les dangers *physiques*.

— On le sait déjà. Il faut continuer.

Ils travaillèrent toute la journée et toute la nuit avec l'aide de Schoonlar. La saga des héros elfes prenait forme et chaque individu apportait une nouvelle réponse sur les pouvoirs de la lame de lune. Pour finir, ils reconstituèrent la destinée de Thasitalia, une aventurière solitaire. Les rêves prémonitoires avaient été ajoutés pour qu'elle puisse dormir seule à la belle étoile. D'après la date de sa mort, ils conclurent qu'il s'agissait de la grand-tante qui avait légué la lame à Amnestria.

Mais il n'y avait rien de consigné sur cette dernière.

— L'aube va poindre et nous ne sommes pas près de trouver le Tueur de Ménestrels, marmonna Arilyn. C'est une perte de temps.

— Pas entièrement, dit Danilo. Nous savons quel pouvoir chacun de tes ancêtres a ajouté à l'épée, à l'exception de ta mère et de toi.

— Je n'ajouterai jamais rien au pouvoir de la lame de lune, dit la demi-elfe. La pierre de lune a disparu et toute la magie passe par elle pour être absorbée par l'épée. Je ne suis pas sûre que ma mère ait...

Elle ne termina pas sa phrase.

— Que se passe-t-il ? demanda Danilo.

— Le Portail des Elfes, murmura Arilyn. Ce doit être ça.

— Hein ?

La demi-elfe désigna une rune, sur l'épée.

— Quand nous étions au *Dragon Ivre*, le mage Coril a déchiffré ce symbole qui signifie *Portail des*

*Elfes*. Ce parchemin retrace l'histoire de la lame depuis sa création jusqu'à ce qu'elle ait été transmise à ma mère. Il y a eu sept détenteurs et nous connaissons les pouvoirs que chacun lui a apportés. Regarde sur l'épée, il y a *huit* runes. La dernière, le Portail des Elfes, doit faire référence au pouvoir que lui a transmis ma mère.

Elle se tourna vers Schoonlar.

— Avez-vous des informations sur le Portail des Elfes ?

L'homme s'en fut. Il revint peu après, l'air troublé.

— Les dossiers sont scellés, dit-il.

— Qui peut les desceller ? s'enquit Danilo.

— Les seules personnes autorisées à les ouvrir sont la reine Amlaruil d'Eternelle-Rencontre, le seigneur Erlan Duirsar d'Evereska, Laeral la magicienne et Khelben Arunsun d'Eau Profonde.

— Je le savais, lâcha Arilyn, Khelben a déjà les réponses, n'est-ce pas ?

— Je ne serais pas surpris qu'il en détienne certaines, admit Danilo.

— Pourquoi nous a-t-il envoyés ici ?

— Comme tous les alliés des Ménestrels, Khelben affectionne les secrets, répondit le jeune noble. Il aime aussi les *collecter*. S'il lui manque une pièce du puzzle, il espère que nous la trouverons.

— Quelle pièce, d'après toi ?

— Qui est derrière les assassinats, par exemple...

— Ça, je le sais, affirma Arilyn.

— C'est vrai ?

— J'en suis presque sûre. Mais j'ignore ce qu'est le Portail des Elfes, et comment il est lié aux meurtres.

— Bran Skorlsun, répondit Danilo. Par tous les dieux, c'est le lien !

Il se leva d'un bond.

— Viens. Il faut retourner immédiatement dans la Tour de Blackstaff.

# CHAPITRE XVII

Au moment où elle sentit le sol du Square du Farceur sous ses pieds, Arilyn retrouva ses esprits.

Elle s'écarta des deux chênes qui flanquaient le portail invisible et se tourna vers Danilo, lui bloquant le passage.

— Avant de quitter Châteausuif, tu as prononcé un nom. Qui est Bran Skorlsun et qu'a-t-il à voir avec moi ?

— Ma chère Arilyn, l'aube n'est pas encore levée, et tu voudrais rester ici à bavarder ? Je n'aime pas être dans les rues à cette heure.

Il jeta un regard soupçonneux au square désert.

— Par les dieux, oncle Khelben n'avait pas de meilleur endroit pour un portail dimensionnel ?

La demi-elfe s'étonna du trouble de Danilo.

— Qu'est-ce qui te prend ? demanda-t-elle.

— Je ne vois pas ce que tu veux dire...

Il voulut l'entraîner hors du square.

Mais la demi-elfe refusa de bouger.

— Qui es-tu, Danilo Thann ? Quel genre d'homme se cache sous le velours et les bijoux ?

— Un homme *nu*, railla-t-il. Mais ne cherche pas à vérifier tout de suite !

— Ça suffit ! Pourquoi te fais-tu passer pour ce que tu n'es pas ? Je sais que tu n'es pas idiot, et je ne te permettrais pas de me traiter comme une imbécile !

— Je n'oserais pas...

— Ah non ? Alors réponds à ma question ! Qui est Bran Skorlsun ?

— D'accord... C'est le forestier dont a parlé Elaith Craulnobur. Celui dont le travail consiste à traquer les faux Ménestrels et les renégats.

— Vraiment. Comment as-tu eu cette information ? Peut-être es-tu aussi un agent des Ménestrels ?

— Moi ? Ma chère, cette plaisanterie susciterait une allégresse certaine dans de nombreux cercles.

— Alors, tu ne vois aucun inconvénient à ce que je lise ça, dit Arilyn. ( Elle récupéra la note de Khelben dans la poche de Danilo. ) « Châteausuif est protégé contre les espions magiques. Tu devras simplement maintenir ta couverture pour convaincre Arilyn. »

La demi-elfe leva un regard accusateur sur son compagnon.

— Chante-moi une chanson, barde ! La ballade de l'homme aux deux visages.

Avant qu'il n'ait pu répondre, un chat passa derrière eux. Danilo jeta un coup d'œil dans l'allée, puis observa la lame de lune.

Elle brillait d'une pâle lueur bleue.

Le jeune noble prit Arilyn par la main et l'obligea à avancer.

— On parlera de ça plus tard, murmura-t-il. Je crois qu'on nous suit.

— Ça, seigneur Thann, ce n'est pas vraiment nouveau ! railla Arilyn.

— Te voilà, elfe grise ! dit une voix.

Arilyn se retourna, sa lame à la main.

Flanqué de deux de ses hommes, Harvid Beornigarth sortit de l'ombre. Croisant les bras, il toisa la demi-elfe d'un air satisfait.

— Tu vois, je te l'avais dis, murmura Danilo. Pourquoi personne ne m'écoute-t-il jamais ?

— Tu n'en as pas eu assez ? lança Arilyn à Harvid. Tu devrais savoir que tu ne peux pas me vaincre.

— Tu ne me battras pas cette fois ! cracha l'aventurier en brandissant une masse d'armes.

— Apparemment, il n'apprend pas vite, ironisa Danilo.

Harvid beugla un ordre ; deux autres bandits apparurent.

— Deux contre cinq, soupira Danilo. Peut-être aurais-je dû me taire ?

— Aucune importance, ce sont des couards ! dit Arilyn.

L'insulte rendit Harvid fou furieux. Il chargea.

Arilyn évita le coup et le combat s'engagea.

Le mercenaire utilisait intelligemment son arme, obligeant son adversaire à adopter une stratégie défensive.

Danilo n'en menait pas large non plus. Les quatre bandits l'avaient encerclé. A l'évidence, Harvid leur avait donné l'ordre de lui laisser Arilyn.

Aussi doué fût-il pour les jeux de l'épée, la demi-elfe savait que son compagnon ne pourrait pas les contenir très longtemps.

Avant qu'elle n'ait pu improviser une façon de l'aider, un mercenaire trompa la garde de Danilo et sa lame lui entailla le bras.

Le jeune noble lâcha son épée. D'un coup de pied, un des hommes l'envoya loin de lui.

Arilyn abandonna Harvid pour se tourner vers les quatre agresseurs de son compagnon.

Sa lame de lune trancha la gorge du plus proche.

Sautant par-dessus le corps, elle poussa Danilo entre les chênes jumeaux.

Puis elle se plaça entre le jeune noble désarmé et ses agresseurs.

Abandonné par sa proie, Harvid avait observé la scène sans trop comprendre.

Reprenant ses esprit, il leva sa masse d'armes, se dirigea vers Arilyn...

... Et réalisa qu'il ne pourrait l'atteindre sans toucher ses hommes. Les tuer ne le gênait pas, mais il se retrouverait alors seul face à la demi-elfe.

Prudent, il s'assit sur une caisse pour profiter du spectacle. Harvid souhaitait la mort d'Arilyn, peu importait que ce fût de la main d'un de ses hommes.

Arilyn mobilisa toutes ses forces pour combattre les trois mercenaires.

Alors qu'elle parait l'attaque d'un bandit, un deuxième se jeta sur elle. La demi-elfe le désarma puis l'égorgea.

Un des deux survivants lui porta un coup au bras droit. Arilyn s'écroula et lâcha son épée.

Les deux hommes approchèrent, certains de l'achever.

Arilyn sortit une dague de sa botte et la planta dans le cœur d'un des hommes. Du coin de l'œil, elle vit l'autre pointer son épée en direction de sa gorge.

La demi-elfe roula sur le côté ; la lame embrocha l'homme qu'elle venait de tuer.

Arilyn récupéra sa lame de lune et se remit debout. Elle pourfendit son dernier adversaire, mettant un terme à la bataille.

Ne voyant pas Danilo, elle supposa qu'il s'était mis à l'abri dans un recoin du square.

Soudain, elle eut l'impression que le sol tremblait et dut se servir de sa lame comme appui. Sa blessure était superficielle, mais le manque de repos se faisait cruellement sentir.

— Quel spectacle ! lança Harvid. Il est temps d'en finir !

Il leva sa masse d'armes.

Arilyn para l'attaque, mais l'impact la fit tomber à genoux. Sa vision se troubla.

Elle se reprit à temps pour voir le sourire d'Harvid, qui s'apprêtait à lui porter le dernier coup.

La demi-elfe rassembla ses dernières forces pour rouler sur le côté.

Quand elle releva la tête, un homme vêtu d'un long manteau noir se tenait à l'endroit qu'elle venait de quitter.

Stupéfait, Harvid se figea.

L'homme lui lança son bâton dans l'estomac. Le géant se plia en deux.

Le sauveur d'Arilyn l'acheva d'un coup sur la nuque.

Irritée que quelqu'un ait osé se mêler de ses affaires, la demi-elfe se leva en titubant.

— J'aurais pu me débrouiller toute seule, lâcha-t-elle.

— Je n'en doute pas...

Danilo sortit de l'ombre. L'air hébété, il se tenait la tête à deux mains. Surprise de le voir, Arilyn se détourna de l'inconnu.

— Je croyais que tu étais parti en courant.

— Non. J'ai simplement perdu connaissance...

Il regarda avec inquiétude la tunique déchirée et ensanglantée de l'elfe.

— Tu es blessée ?

— C'est juste une éraflure, et toi ?

— Je survivrai.... Par les dieux, Arilyn, tu es plus dangereuse que ces coupeurs de gorge ! Tu n'aurais pas dû me pousser entre les deux arbres. Si tu voulais que je te laisse le champ libre, tu n'avais qu'à me le demander. Au fait, qui est ce gentilhomme ?

L'individu fit face à Arilyn. Il semblait plus vieux que le laissaient penser ses prouesses guerrières. La demi-elfe reconnut l'homme qu'elle avait remarqué à la *Maison des Spiritueux* la nuit de l'assassinat du barde.

— Mystra soit louée..., murmura Danilo. C'est Bran Skorlsun.

Un éclair bleu aveugla Arilyn, qui tomba sur le sol.

D'instinct, elle leva les bras pour se protéger.

Les échos d'un combat retentirent mais la demi-elfe ne distinguait plus rien.

Elle se frotta les yeux... Le Ménestrel maniait furieusement son bâton.

Elle ne voyait rien d'autre. Bran Skorlsun se battait contre quelque chose qui n'était pas vivant et ne dégageait aucune chaleur.

Retrouvant peu à peu sa vision normale, Arilyn distingua les contours du deuxième combattant.

Mince, sombre et immatériel, l'assaillant avait l'agilité d'un elfe.

Le cœur battant, Arilyn attendit de voir ses traits.

Quand l'elfe se tourna vers elle. Arilyn frissonna.

Ce visage lui était si familier !

— Elle te ressemble ! s'écria Danilo. Par les dieux ! C'est l'Ombre de l'Elfe de la légende !

— Ombre et substance, murmura Arilyn. Mais qui est qui ?

La colère décupla les forces de la demi-elfe. Brandissant son épée, elle se rua sur l'ombre. Le premier coup aurait dû la couper en deux mais la lame la traversa sans la blesser. Arilyn essaya encore. En vain.

— Arilyn, arrête ! cria Danilo.

Incapable de l'atteindre sans s'exposer aux coups des trois combattants, il alla s'asseoir sur un banc.

S'emparant d'un clou rouillé, il le pointa sur Arilyn en incantant.

Le clou disparut et Arilyn se figea, lame de lune brandie.

Danilo se précipita, l'attrapa par la taille et l'éloigna de la bataille.

— Désolé de t'avoir fait ça, mais je voulais t'arrêter avant que tu tues le Ménestrel. Crois-moi, tu t'en serais voulue. Ce n'est pas ton combat, Arilyn. Tu ne peux pas blesser cette créature avec la lame de lune. *C'est* la lame, comprends-tu ? Si je te laisse partir, promets-tu d'être sage ?

La demi-elfe, pétrifiée, lui jeta un regard meurtrier.

— Je ne crois pas..., soupira Danilo.

Ne trouvant rien de mieux à faire, il attendit la fin du combat.

Il se demandait si Arilyn avait noté la ressemblance entre l'Ombre de l'Elfe – son portrait craché – et le Ménestrel, son père.

Le jeune noble espéra que non.

Il annula le sort.

Arilyn laissa tomber la lame. Sans faire un geste pour la récupérer, elle regarda le combat.

L'Ombre de l'Elfe fit un large cercle avec son épée pour frapper le Ménestrel aux genoux.

Etonnamment rapide, ce dernier évita le coup. Dans le mouvement, sa cape s'entrouvrit, révélant une grosse pierre bleue pendue à une chaîne.

Les yeux écarquillés à la vue de la pierre, l'Ombre de l'Elfe arbora un sourire triomphant. La lame de lune – comme si elle était une chose vivante – glissa sur les pavés dans sa direction.

En un éclair, l'ombre s'en empara puis se précipita pour arracher la pierre du cou du Ménestrel.

Une lumière bleue auréola la lame de lune ; une lueur semblable émana de la pierre. Les deux rayons se rencontrèrent entre les mains de l'Ombre de l'Elfe. Un crépitement d'énergie emplit le ciel, déclenchant une tempête magique.

Au milieu de ce maelström se dressait l'Ombre de l'Elfe. Ses yeux croisèrent ceux d'Arilyn. Pour la première fois, elle parla :

— Je suis de nouveau entière et libre. Ecoute-moi, ma sœur. Nous devons venger des morts injustes. Il faut tuer celui qui t'a trompée et m'a réduite en esclavage !

Le courant magique frappa Danilo et Arilyn.

Le jeune noble poussa sa compagne sur le sol, et la couvrit de son corps.

Une explosion retentit dans le square.

Tout devint obscur.


— Par ici ! cria Siobhan O'Callaigh.

Elle brandissait son épée pour signifier à ses hommes de la suivre.

206

Alerté par l'explosion et l'odeur de fumée, un détachement de la garde se précipitait vers le Square du Farceur. Stupéfaits, les hommes s'arrêtèrent devant le spectacle qui s'offrait à eux.

O'Callaigh n'avait pas vu un tel champ de bataille depuis le Temps des Troubles. La cour semblait avoir été dévastée par la colère d'un dieu. Des branches et morceaux de bancs jonchaient le sol. Plusieurs corps baignaient dans une mare de sang.

Une épée brillante gisait dans un cercle noirci au centre de la cour.

Sous l'œil des gardes, un des corps remua.

Un homme blond s'assit en se massant les tempes. Quand il s'écarta, sa cape découvrit le corps d'une demi-elfe.

Le jeune homme se pencha sur la silhouette et fouilla dans le sac accroché à sa ceinture. Il en sortit une flasque en argent qu'il posa sur les lèvres de sa compagne. L'odeur du zzar emplit l'air. La demi-elfe cracha, toussa et se redressa.

— Que se passe-t-il ici ? demanda Siobhan O'Callaigh.

Le jeune homme se tourna vers la guerrière. Consternée, celle-ci rangea son arme.

— Danilo Thann ! Par les Mamelles de Beshaba ! J'aurais dû me douter que vous étiez mêlé à ce désordre.

— Capitaine O'Callaigh ! lança Danilo en se levant. Vous êtes particulièrement charmante, ce matin ! Et quel juron ! Visuel à souhait...

— Dans quoi vous êtes-vous fourré ? demanda la guerrière.

— Le Ménestrel est vivant ? coupa la demi-elfe.

— Oui, dit une voix de l'autre côté de la cour.

Bran Skorlsun se leva à son tour et se dirigea d'un pas lent vers la garde.

Siobhan O'Callaigh leva les mains.

— Y a-t-il quelqu'un de vraiment mort ici ?

— Je l'espère, répondit Arilyn. Je détesterais avoir à les tuer une deuxième fois.

— Donc, vous admettez avoir tué ces hommes. Pourriez-vous m'expliquer ce qui s'est passé ?

— Je suis Bran Skorlsun, dit le Ménestrel. De passage dans votre cité. Je traversais le square quand j'ai vu des bandits tendre une embuscade à ces deux passants. Ils se sont défendus, et je les ai aidés comme j'ai pu.

— Vous vous en êtes bien sortis, dit un des gardes, accroupi à côté d'une silhouette couverte de chaînes. Je connais ce type. C'est Harvid Beornigarth, un barbare. Un sale individu, mais pas un voyou ordinaire. Il trempait dans nombre d'intrigues politiques.

Lançant un coup d'œil à Danilo, il ajouta :

— Mais je me demande de quelle affaire concernant la noblesse, il pouvait bien s'occuper.

— Aucune, affirma Arilyn. Il en avait après moi.

— Et qui êtes-vous ? grogna la guerrière.

— Arilyn Lamelune.

— Un agent des Ménestrels, renchérit Danilo, comme si invoquer l'organisation secrète minimisait le carnage.

Les gardes se tournèrent vers Arilyn.

— Un agent des Ménestrels ! cria O'Callaigh.

— Vous imaginez un de ces chiens en Tueur de Ménestrels ? lança un homme.

— Ça ferait bien sur notre rapport, si c'était le cas, fit O'Callaigh en souriant.

— Non, intervint Arilyn. Aucun de ces hommes n'est le tueur.

Le capitaine la pressa de questions.

Arilyn refusa de collaborer.

— Qu'est-ce qui a provoqué tout ça ? insista O'Callaigh.

— C'est ma faute, répondit Danilo. Je ne suis pas très doué avec une épée, alors j'ai jeté un sort. Apparemment, quelque chose n'a pas dû fonctionner.

— N'a pas dû fonctionner ? Jeune homme, vous devez toujours à la cité les ravages causés par votre dernier sortilège !

— Sur mon honneur, je jure de payer les dégâts, assura-t-il. Pouvons-nous partir, maintenant ?

— Vous pensez que tout est simple, seigneur Thann. Mais je vois les choses différemment. Il y a cinq morts à identifier, un square à nettoyer et un sortilège manqué à décrire...

— Etes-vous obligé de faire un rapport ? J'ai peur que cette petite erreur n'améliore pas ma réputation.

— Il est certain que la Guilde des Mages n'en sera pas ravie, dit O'Callaigh. La garde est chargée de punir les utilisateurs irresponsables de la magie. Le moment est venu de remplir notre mission.

Elle se tourna vers ses hommes.

— Ainsar et Tallis, emmenez ces trois délinquants et bouclez-les ! Les autres, nettoyez ce bazar !

Malgré les protestations de Danilo, les deux soldats obéirent. Arilyn récupéra son épée en regardant fixement la pierre de lune bleue et blanche qui brillait maintenant sur sa garde.

Une autre pierre, noircie et encore fumante, attira son attention. Elle s'en empara et la glissa dans sa poche.

— Prenez leurs armes ! ordonna le capitaine.

Ainsar tendit la main pour saisir la lame d'Arilyn mais il la retira en jurant.

— Personne d'autre qu'elle ne peut la toucher, avertit nonchalamment Danilo.

— Très bien ! cria la guerrière. Laissez-lui son arme, mais prenez toutes les autres. Et sortez-les d'ici !


Assise seule dans une cellule sombre, Arilyn Lamelune tenait dans sa main la topaze brûlée. Elle passa un doigt sur la rune gravée au dos de la pierre, comme pour se convaincre que ce n'était pas vraiment le symbole de Kymil Nimesin.

Elle soupçonnait son vieux mentor d'être responsable des assassinats depuis qu'elle avait vu la liste des Ménestrels et des Zhentilars morts.

Une liste qui *s'équilibrait* aussi précisément que le livre de comptes d'un clerc.

Les propos de l'Ombre de l'Elfe lui avaient ôté ses derniers doutes.

L'Equilibre ! Kymil en parlait sans arrêt.

Selon lui, le bien et le mal, la barbarie et la civilisation, et même l'homme et la femme, étaient des termes relatifs. Le stade idéal, clamait-il, était atteint quand on atteignait l'Equilibre en toutes choses.

C'était la grande cause de sa vie, et il n'en faisait pas mystère.

Mais la raison de tout cela échappait à Arilyn. Pourquoi Kymil avait-il abusé une *etriel* qui était son amie depuis des années ? Et Bran Skorlsun, quel jeu jouait-il à la table du Tueur de Ménestrels ?

Arilyn n'avait aucune réponse. Epuisée, elle s'endormit sur sa paillasse.


Cinq prêtres elfes étaient penchés sur la silhouette carbonisée d'un de leurs congénères les plus respectés d'Eau Profonde. Leurs prières s'élevaient vers Corellon Larethian, le Maître de tous les elfes.

La voix d'une chanteuse dominait les autres. Filauria Ni'Tessine avait le don d'entraîner les siens vers une union mystique avec les étoiles.

Pour l'heure, son chant magique s'ajoutait aux prières des prêtres.

Aussi pâle qu'une morte, Filauria chantait encore, les yeux rivés sur le seigneur qu'elle avait juré de servir.

Avec toute la force de sa magie, elle déversait l'énergie vitale dans le corps de Kymil Nimesin.

La matinée s'achevait quand les officiants virent la peau noircie du *quessir* prendre la teinte dorée d'un enfant elfe en bonne santé.

Affaibli mais guéri, Kymil Nimesin sombra dans un sommeil réparateur. Le chant et les prières s'achevèrent sur un soupir de soulagement.

Filauria s'effondra.

— Nous veillerons sur son sommeil, dit un prêtre. Va te reposer.

Filauria obéit. Comme une somnambule, elle quitta la chambre de Kymil et entra dans la pièce où se trouvait, il y avait peu encore, le globe de clairevision en cristal.

Au vu du désastre, Filauria songea qu'il était miraculeux que l'elfe ait survécu à l'explosion. Les murs étaient noircis ; toutes les vitres avaient volé en éclats. Quittant la pièce, l'elfe marcha sur de petits morceaux d'ambre carbonisés.

Le cristal de clairevision, réalisa-t-elle.

Quand Kymil irait mieux, il serait peut-être capable de reconstituer le globe.

L'*etriel* s'agenouilla et commença à rassembler les fragments.


Un tintement de clés perturba le sommeil réparateur d'Arilyn.

Elle se dressa au moment où la porte s'ouvrait.

— Quelle heure est-il ? demanda-t-elle.

— Presque midi et tu es libre, annonça le geôlier.

Il jeta ses armes sur le sol. La demi-elfe n'avait pu conserver que sa lame de lune.

Elle se leva et rassembla ses biens.

— Vous devez être très importants, tous les trois. Blackstaff a envoyé un message pour que vous soyez libérés. Vos chevaux sont dehors. Le mage vous attend dans sa Tour.

Arilyn sortit de la cellule.

Danilo et Bran Skorlsun patientaient dans la cour. Le jeune noble, impeccablement vêtu de vert, fouillait dans son sac magique.

— Tout y est, annonça-t-il, satisfait.

Il leva les yeux sur Arilyn.

— Ah, tu es là ? Parfait ! Il faudra remercier oncle Khel de son intervention, hein ?

— Compte sur moi pour lui présenter mon meilleur souvenir, lâcha Arilyn.

Elle se mit en selle et lança sa jument vers l'est. Les deux hommes se regardèrent, stupéfaits.

— Où vas-tu ? s'écria Danilo.

— Trouver Kymil Nimesin.

— Le maître d'armes ? s'étonna Bran Skorlsun. Qu'a-t-il à voir là-dedans ?

— Tout ! lança Arilyn.

Les deux hommes sautèrent en selle et la rattrapèrent.

— Kymil Nimesin est le Tueur de Ménestrels ? demanda Bran.

— Plus ou moins, répondit Arilyn sans ralentir son allure.

— Pourquoi ne pas l'avoir dit aux autorités ? s'enquit Danilo.

— Les *autorités* doivent rester en dehors de ça. Il est à moi !

— Sois raisonnable, pour une fois. Tu ne peux pas l'abattre toute seule.

— Ce n'est pas un homme, mais un *elfe*.

— Et alors ? Ça fait de lui ta propriété ? S'il est le tueur – même *plus ou moins* – tu dois le laisser aux Ménestrels. Tu en as assez fait.

— Non ! s'exclama Arilyn. Ne comprends-tu pas ? Kymil a *créé* le tueur.

— Ma chère, pas de devinettes avant le dîner, implora Danilo.

— Kymil m'a entraînée. Puis il m'a encouragée à devenir un agent des Ménestrels. ( Elle éclata de rire. ) Tu ne comprends toujours pas ? Il m'a taillée sur mesure.

Danilo s'étonna du sentiment de culpabilité de sa compagne. Il saisit les rênes de sa monture et l'obligea à s'arrêter.

— Ne parle pas comme ça, dit-il. Tu n'es pas la Tueuse de Ménestrels.

— Tu te souviens de la ballade de Zoastria ? demanda Arilyn.

— Oui, mais...

— Et de la partie où elle invoque l'Ombre de l'Elfe ? C'est ce qu'a fait Kymil Nimesin. Il a invoqué l'Ombre de l'Elfe et lui a ordonné de devenir la Tueuse de Ménestrels. Regarde la pierre que porte mon épée depuis des années. ( Elle sortit la topaze brûlée de sa poche. ) C'est le sigle de Kymil. Cette pierre était ensorcelée pour qu'il puisse manipuler l'Ombre de l'Elfe à travers elle, comme le dit la ballade.

— C'est pour ça qu'il garde toujours un œil sur toi, comprit Danilo. Tu portes une pierre ensorcelée qui rend la clairevision très simple. Kymil Nimesin t'a trahie et détourné la magie de ton épée. Mais ça ne fait pas de toi la Tueuse de Ménestrels.

— Tu crois. Je suis Arilyn *Lamelune*. Où finit la lame et où commence l'elfe ? L'Ombre de l'Elfe est mon reflet. Comment pourrais-je être innocente ?

— J'ai vu l'Ombre de l'Elfe il y a longtemps, intervint Bran Skorlsun. A cette époque, elle avait un autre visage. Elle est l'incarnation de l'épée, et la lame t'appartient, Arilyn Lamelune.

— C'est vrai, approuva Danilo. Maintenant l'Ombre de l'Elfe est sous tes ordres. Quel que fût son but, Kymil Nimesin a échoué quand elle a échappé à son contrôle.

— Vingt Ménestrels sont morts ! s'exclama Arilyn. Pourquoi aurait-il *échoué* ?

— Nous sommes vivants tous les trois, déclara le jeune noble. Kymil n'a pas la lame.


A midi, Kymil Nimesin avait récupéré de l'explosion magique. Il fit tourner les morceaux de cristal entre ses doigts, furieux de son incapacité à reconstruire le globe.

Le cristal avait explosé quand le lien entre la sphère et la topaze ensorcelée avait été rompu. L'instant d'avant, une image était apparue dans l'esprit de l'elfe doré : la représentation de la lame de lune, de nouveau *entière* mais hors de portée.

Kymil ne comprenait pas pourquoi l'Ombre de l'Elfe ne lui avait pas rapporté l'épée. Pendant plus d'un an, elle avait obéi à ses ordres. Il était tellement habitué à sa docilité qu'il n'avait pas songé qu'elle pourrait se libérer une fois la pierre de lune revenue à sa place originale.

*Son* Ombre de l'Elfe n'était plus sous son contrôle.

Résistant à l'envie de jeter les morceaux de cristal à travers la pièce, il appela son assistante.

Toujours attentive, l'*etriel* entra dans la pièce.

— Filauria, envoie un message à l'élite des étudiants *quessirs*.

Il désigna les fragments carbonisés.

— Je ne peux plus les joindre par le biais du cristal. Je veux les rencontrer à l'académie. Nous allons nous téléporter à Evereska.

L'*etriel* s'inclina et laissa Kymil remâcher sa frustration. D'après ses espions au sein de la garde, Arilyn, Bran Skorlsun et le neveu de Blackstaff étaient toujours en vie et enfermés dans le château d'Eau Profonde.

Si ces trois-là mettaient leurs ressources en commun, ils seraient capables de le vaincre.

Décidément, tout allait de travers.

Il devait recourir à son plan d'urgence.

L'elfe sourit. Connaissant Arilyn, il savait qu'elle se sentirait responsable des crimes de sa lame de lune et se précipiterait aux trousses du tueur pour se racheter.

Personne ne la ferait changer d'avis, il en était certain.

Ainsi, elle lui ramènerait la lame de lune.

# CHAPITRE XVIII

Le soleil de l'après-midi embrasait la forêt quand les trois cavaliers atteignirent l'enceinte de l'Académie des Armes d'Eau Profonde. La prestigieuse école était située à quelques lieues de la cité.

Arilyn, qui avait été étrangement calme durant le voyage, mit pied à terre et s'approcha des deux étudiants qui gardaient l'entrée.

— Que voulez-vous ? grogna un jeune garçon.

— Nous sommes trois agents des Ménestrels, répondit Danilo. Nous désirons rencontrer un de vos instructeurs.

Les étudiants se consultèrent, puis l'aîné leur indiqua d'entrer.

Un palefrenier vint s'occuper de leurs chevaux ; un étudiant leur servi d'escorte.

— Trois agents ? souffla Arilyn à Danilo. *Trois* ?

— Il nous a laissés entrer. N'est-ce pas l'essentiel ? répliqua le jeune homme.

Arilyn haussa les épaules.

Ils suivirent l'étudiant jusqu'au bureau de Maître Quentin.

Ce prêtre aux cheveux gris portait la tunique marron ornée du marteau de Tempus, le dieu de la guerre. Assis derrière une montagne de parchemins, il semblait accablé par son travail.

Malgré son âge, il aurait préféré se trouver sur un champ de bataille plutôt que derrière un bureau.

Quand il leva les yeux sur le trio, son visage s'éclaira.

— Frère Quentin, ces Ménestrels désirent s'entretenir avec vous, dit l'étudiant.

— Entrez, fit le prêtre en se levant.

D'un geste, il congédia l'étudiant.

— Il y a bien longtemps que le Corbeau n'avait pas honoré cet endroit de sa présence, dit-il en serrant la main de Bran Skorlsun.

Arilyn regarda le Ménestrel avec une expression bizarre.

— Qu'est ce qui t'amène ? continua Quentin. Resteras-tu assez longtemps pour partager notre dîner ?

Il tapa dans le dos du Ménestrel avec la familiarité d'un vieux camarade.

— Une autre fois, ce sera avec plaisir, répondit Bran. Mes amis et moi cherchons un de vos instructeurs, Kymil Nimesin. Il est là ?

— Il s'est absenté. Pourquoi ?

— Vous a-t-il dit où il se rendait ? demanda Arilyn.

— A Evereska, je crois, répondit le directeur.

— Evereska..., répéta la demi-elfe, songeuse. Y avait-il quelque chose d'inhabituel dans ce déplacement ?

— Il a emmené quelques-uns de ses meilleurs étudiants. J'ai la liste par ici.

Il fouilla dans ses parchemins tandis qu'Arilyn s'impatientait.

— Ah, voilà. Il y a Mor Canterlea, Filauria Ni'Tessine, Caer-Abett Fen, Kizzit Elmshaft et Kermel Chante-Etoile.

— Quelques-uns de ces noms sont elfiques, dit Danilo.

— Tous ! corrigea Quentin. Des elfes dorés recrutés et entraînés par Kymil Nimesin. Un lot impressionnant, si je puis dire.

— Vous avez des dossiers sur eux, j'imagine, intervint Arilyn. Puis-je les consulter ?

— Bien sûr, lequel voulez-vous d'abord ?

— Celui de Filauria Ni'Tessine.

— C'est une bonne étudiante, dit Quentin. Son frère était à l'Académie il y a quelques années, avant que je sois en poste.

— C'était il y a vingt-cinq ans, dit Arilyn. ( Elle prit le parchemin que lui tendait Quentin. ) Nous étions condisciples.

— Ah bon ? s'étonna Quentin. Quel est votre nom, déjà ?

Arilyn répondit.

Le prêtre haussa les sourcils.

— C'est curieux, dit-il. Kymil a laissé une note pour vous.

Il tendit un parchemin à la demi-elfe.

Elle le lut rapidement et, sans commentaire, le glissa dans sa poche. Ensuite, elle s'intéressa de nouveau au dossier de Filauria. Comme elle l'avait deviné, l'elfe dorée avait suivi la coutume et narré en détail l'histoire de sa famille.

Parmi les parents de Filauria figurait Tintagel Ni'Tessine, un ancien étudiant de l'Académie des Armes, aujourd'hui membre de la Garde d'Eau Profonde. Le nom de son père était Fenian Ni'Tessine, décédé en 1321 du calendrier des Vaux, le deuxième jour de Ches.

*Intéressant,* songea Arilyn. *Il est mort le même jour que le roi Zaor d'Eternelle-Rencontre.*

Elle rendit le document au prêtre en le remerciant.

— Je suis toujours prêt à aider les Ménestrels, fit Quentin. Je suppose que vous ne pouvez pas me dire ce qu'il se passe ?

— Si, mais plus tard, éluda Bran.

— Encore une chose, insista Quentin. Kymil Nimesin est-il en danger ?

— Comptez sur moi pour qu'il le soit bientôt, promit Arilyn avec un sourire.

Elle poussa Bran et Danilo hors de la pièce. Quand ils furent dans la cour, elle se tourna pour affronter le Ménestrel.

— Pourquoi le directeur t'a-t-il appelé le Corbeau ? demanda-t-elle.

Bran recula.

— Bran signifie *corbeau* dans une langue ancienne des Iles Sélénæ. Pourquoi ?

— Ce mot m'a rappelé un détail que j'avais presque oublié, murmura Arilyn. J'ai été entraîné avec le frère de Filauria, Tintagel. Il portait toujours sur lui, comme un talisman, une pointe de flèche gravée d'un minuscule corbeau. Tintagel prétendait que ça lui rappelait son but dans la vie. J'ai appris d'un de ses amis qu'il s'agissait de la flèche qui avait tué son père, Fenian. ( Elle leva les yeux sur Bran. ) Elle t'appartenait ?

— Je l'ignore. Ce nom ne me dit rien.

Il prit une flèche dans son carquois et la tendit à Arilyn.

— Etait-ce une marque comme celle-là ?

La demi-elfe l'examina et acquiesça.

— Et si je te dis que Fenian Ni'Tessine a été tué en 1321 ? Un an avant ma naissance. Ça t'aiderait ?

— Non, je suis navré...

— Peut-être que la suite va te rafraîchir la mémoire. Zaor a été assassiné par un elfe doré, qui fut blessé par l'amant humain de ma mère. Les pierres de lune sont rarement portées par des humains, et celle que tu possédais appartenait à l'épée de ma mère. Ai-je tort de supposer que tu es l'homme qui a tué Fenian Ni'Tessine ?

— J'ignorais son nom, mais il semble que tu aies raison, admit Bran.

Danilo laissa échapper un long soupir.

— Ça signifie que Bran Skorlsun est...

— Le père d'Arilyn, termina le Ménestrel. ( Il se tourna vers l'elfe. ) J'aurais voulu te le dire à un meilleur moment.

218

— Tu as attendu un peu trop longtemps, murmura la demi-elfe. Mais peux-tu m'apprendre pourquoi tu avais la pierre de lune ?

— Non.

— Encore un secret de Ménestrel ? lança Danilo.

— Pas de mon fait, en tout cas, dit Bran. Un tribunal composé d'elfes d'Eau Profonde et de maîtres Ménestrels a décrété que je devrais la porter jusqu'à ma mort. Mais personne ne m'a jamais dit pourquoi.

— Dans ce cas, allons le demander à Blackstaff, proposa Arilyn.

Elle tourna les talons et se dirigea vers les écuries de l'Académie.

— Une femme d'action, votre fille ! souffla Danilo à Bran alors que les deux hommes lui emboîtaient le pas.

Ils chevauchèrent en silence jusqu'à la cité.

— Restez ici, dit Danilo à ses compagnons quand ils atteignirent la Tour de Blackstaff. Il est tard et oncle Khelben nous attend depuis des heures. Plus personne ne fait attendre l'archimage depuis des lustres. Il est sûrement furieux.

Le jeune noble traversa la cour et disparut dans le mur de la tour.

Quelques instants plus tard, Arilyn fit mine d'avancer, mais son père la retint par le bras.

— Attends ! Il est risqué d'utiliser les portes invisibles sans l'aide d'un mage.

— Je vois les contours de celle-là, répliqua Arilyn. Les portes secrètes sont difficiles à dissimuler aux yeux d'une elfe.

— Une demi-elfe.

Ces mots appelaient à la confrontation. Mais Arilyn n'était pas encore prête à accepter les liens qui les unissaient.

— Durant toute ma vie, ma mère a été malheureuse à cause de toi ! cracha-t-elle. Je n'ai jamais eu de père et je n'en ai nul besoin aujourd'hui. Mais je voudrais savoir comment tu as pu te détourner de Z'beryl ?

— Il n'a pas eu le choix.

Arilyn et Bran levèrent des yeux étonnés sur Khelben Arunsun.

— Il semble que le Ménestrel vagabond soit de retour, dit l'archimage. Pour semer le trouble, comme à l'ordinaire.

— Des années sont passées, se défendit Bran. Nous ne pouvons pas revenir en arrière et revivre notre jeunesse. Mais devons-nous renier les amis qui l'ont partagée ? Laeral et moi sommes parvenus à un compromis. Pourquoi ne pas faire de même ?

Le mage se rembrunit à la mention de son *amoureuse*.

— Qu'a-t-elle à voir avec tout ça ? demanda-t-il.

— Nos chemins se sont croisés quand j'ai quitté les Sélénæ, dit Bran. Elle était en route pour Eternelle-Rencontre.

Il fronça les sourcils en regardant Arilyn.

— Mais elle a peu de chance d'être acceptée par les elfes, puisque les demi-elfes ne le sont pas.

— Ton inquiétude est tardive mais touchante, ironisa sa fille.

— Assez, Arilyn Lamelune ! explosa Blackstaff. Tu as le droit de détester cet homme – Mystra sait que je le hais – mais pas de le juger. Comme je l'ai dit, il n'avait d'autre choix que de quitter ta mère. A cette époque, il ne savait rien sur toi.

— C'est vrai, approuva tristement Bran.

— Tu comprends ? demanda Khelben à Arilyn.

— Non, répondit-elle.

Exaspéré, le mage leva les yeux au ciel.

— Entrez, dit-il.

Quand ils furent dans la tour, Arilyn se tourna vers Khelben.

— Vous saviez tout ça ? demanda-t-elle.

— Je m'en doutais, mais je n'étais pas libre d'en discuter avec toi. Dan m'a dit que tu connaissais l'identité du Tueur de Ménestrels. Qui est-il ?

— D'abord, dites-moi pourquoi Bran Skorlsun détenait la pierre de lune.

— C'est une décision prise par les elfes d'Eternelle-Rencontre.

— Dans quel but ?

— Amnestria s'était mariée avec un humain et elle portait son enfant. Les elfes n'ont pas apprécié le comportement de leur princesse. Pour lier ses deux mondes, Amnestria a ajouté un pouvoir dangereux à sa lame de lune. La pierre a été enlevée avant que ce pouvoir ait été complètement absorbé par l'épée.

— Le Portail des Elfes ! coupa Arilyn.

Khelben jeta un coup d'œil soupçonneux à Danilo.

— Votre neveu ne m'a rien dit, ajouta la demi-elfe. Le Portail des Elfes est une porte dimensionnelle qui relie Eternelle-Rencontre et Eau Profonde. Sans cela, comment l'elfe qui a tué Zaor à Eternelle-Rencontre aurait-il pu être retrouvé mort à Eau Profonde le même jour ?

— Impressionnant ! Tu as mis en place toutes les pièces du puzzle.

— Non, répliqua Arilyn. Je ne comprends toujours pas pourquoi la pierre a été confiée à Bran.

— Une punition ! dit Khelben. Amnestria a été envoyée en exil et elle s'est engagée à protéger le Portail des Elfes. Elle savait une chose : tant que Bran porterait la pierre, il leur serait impossible d'être réunis.

— Pourquoi n'ai-je pas été informé de tout ça ? s'insurgea Bran.

— Parce que la clé du portail aurait été entre tes mains. Les elfes d'Eternelle-Rencontre n'avaient pas confiance en toi. Et ils ne croyaient pas qu'une demi-elfe pourrait hériter de la lame de lune. Alors ils n'ont pas prévu que le père et la fille se retrouveraient.

— Kymil s'est assuré que nous nous rencontrions, dit Arilyn.

Les trois hommes lui jetèrent des regards étonnés.

— Qui t'a engagé pour me suivre ? demanda-t-elle à son père.

— Des Ménestrels du Cormyr.

— Lycon de Sunie ? Nadasha ?

Bran acquiesça.

— Kymil travaille souvent avec eux, mais ils ne m'ont jamais fait confiance. Il a été facile pour lui de les convaincre que j'étais la Tueuse de Ménestrels. Alors, ils t'ont envoyé à ma poursuite.

— Kymil a provoqué la mort des Ménestrels afin de charger Bran de t'espionner, murmura Khelben. Il espérait ainsi réunir la lame et la pierre. C'est épouvantable... Mais que voulait-il faire avec le Portail des Elfes ?

— Je le découvrirai avant de le tuer, promit Arilyn.

— Tu n'affronteras pas Kymil, dit Khelben. Maintenant que la pierre est de nouveau sur la lame, ta simple présence peut l'aider à utiliser le portail.

— Elle peut affronter Kymil avant qu'il l'ait trouvé, suggéra Danilo

— Il l'a déjà trouvée, dit Arilyn. Il a laissé un message qui me dit où le rencontrer.

— Evereska, se souvint Danilo. Eh bien, allons le rejoindre.

— Ne sois pas stupide, Dan, grogna Khelben. ( Puis il s'adressa à Arilyn. ) La lame de lune doit rester loin d'Evereska. J'imagine que tu as deviné que le Portail des Elfes était là-bas ?

— La lame ne peut pas aller à Evereska, mais moi, oui !

Elle déboucla sa ceinture et la tendit à Khelben.

— Elle sera en sécurité ici.

— Tu ne peux pas aller à Evereska sans l'épée, dit le mage. La pierre de lune étant de nouveau à sa place, le lien a été *finalis*é. Un héritier ne peut pas être séparé de sa lame de lune et survivre.

Arilyn regarda l'épée, puis la jeta à travers la pièce.

— Si je peux vivre assez longtemps pour vaincre Kymil Nimesin, je serais satisfaite.

— Pourquoi risquer ta vie ? demanda Danilo.

— Ma vie ne m'a jamais vraiment appartenue. Je dois racheter les crimes commis par mon ombre. Et je le ferai à ma façon. Je suis peut-être une moitié d'elfe ou de Ménestrel, mais je refuse d'être une demi-personne. Je ne serai pas plus longtemps l'ombre de la lame.

— Ça n'a jamais été le cas, dit Bran. C'est toi qui commandes la lame et pas l'inverse.

— Si c'est vrai, je choisis de l'abandonner, insista Arilyn.

— Je suppose que nous ne pourrons pas t'en dissuader, dit Khelben.

— Non.

— Dans ce cas, je garderai la lame. Tu as raison, elle doit rester en sécurité ici.

— Merci, Khelben. Une dernière chose. Pourriez-vous me conduire à Evereska ? Peut-être un griffon, avec un sort de vitesse ?

— Puisque tu insistes pour te rendre à Evereska, je t'aiderai, mais à une condition. Danilo t'accompagnera !

— J'irai seule !

— Elle est ta fille, ça ne fait pas de doute ! lança le mage à Bran. D'accord, un griffon enchanté fera l'affaire...

— Ou dois-je aller ?

— Les écuries sont au sommet du Mont Eau Profonde.

Le mage griffonna quelques mots sur un parchemin, puis y apposa son sceau.

— Donne ça au maître des griffons. En échange, il te fournira ce que tu souhaites.

— Merci...

— Arilyn ! appela Danilo. Tu as besoin d'une nouvelle épée. Permet-moi de te prêter la mienne.

La demi-elfe accepta et quitta la tour.

— Un de vous avait-il prévu ça ? s'enquit Danilo.

— J'aurais dû, répliqua le Ménestrel. A son âge, j'aurais agis comme elle.

Le bruit d'une sonnette interrompit leur conversation.

— Le seigneur Piergeron tombe à pic, comme d'habitude, marmonna le mage. Attendez-moi ici, je reviens...

Il emprunta la porte qui conduisait au tunnel secret reliant la tour au palais du seigneur d'Eau Profonde.

Pour Danilo, la *consultation* de Khelben sembla durer une éternité. Quand le mage réapparut enfin, l'air sombre, il brandissait un parchemin qui semblait officiel.

— Cela provient du seigneur d'Eau Profonde, déclara-t-il sans préambule. Arilyn Lamelune est le Tueur de Ménestrels. Une aventurière à la solde des Zhentilars...

— Quoi ? explosa Bran. Qui l'accuse ? J'étais chargé d'établir ce jugement.

— Piergeron prétend que sa culpabilité a été démontrée. Une source anonyme a envoyé des documents au château d'Eau Profonde, établissant un rapport entre chaque assassinat et les lieux où se trouvait Arilyn. Il y a aussi une facture adressée aux Zhentilars pour les services d'un tueur. Les dates coïncident avec les morts des Ménestrels.

— Elaith Craulnobur l'a vendue ! s'exclama Danilo.

— Elle travaillait avec cet escroc d'elfe ? demanda Khelben, contrarié. Par Mystra, ça n'apportera rien de bon quand elle passera en jugement.

— En jugement ! rugit Danilo. Ça en viendra là ? Tu ne peux rien faire ?

— Je témoignerai en sa faveur.

— Il n'y a rien de vrai dans ces accusations, protesta le jeune noble. Enfin, pas tout à fait...

— J'ai appris il y a très longtemps que la vérité a peu de poids face à l'opinion des gouvernants. Les Ménestrels n'ont jamais vraiment accordé leur confiance à Arilyn. La soupçonner de collaborer avec les Zhentilars les a confortés dans leur jugement. Admets qu'avec son passé de tueuse, elle fait un suspect crédible.

— C'est vrai. Mais quand l'histoire sera connue...

— Elle ne doit jamais l'être, coupa Khelben. Eternelle-Rencontre serait en danger si l'existence du Portail des Elfes était révélée. Il faut garder le secret.

— Même si ça coûte la vie à Arilyn ? demanda Danilo, fou de rage.

— Oui.

Les deux hommes se défièrent du regard.

Danilo baissa les yeux le premier.

— Je vais la chercher, déclara-t-il.

— Sois raisonnable, Dan. Comment veux-tu la retrouver ? T'a-t-elle dit où est le Portail des Elfes ?

— A Evereska, c'est tout ce que je sais... Mais toi, tu dois être au courant ?

— Evereska est une grande cité, grogna Khelben. Et ce n'est pas moi qui ai déplacé le portail.

— D'accord, qui est informé alors ? Peux-tu oublier tes vœux de silence assez longtemps pour me le dire ?

— Laeral a lancé le sort qui a déplacé le Portail des Elfes. Les seules autres personnes qui connaissent sa localisation sont la reine Amlauruil et le seigneur elfe des Cimegrises, Erlan Duirsar. Il est possible que le conseil elfique d'Evereska en ait été avisé. Les notables ne seront pas ravis que la lame restaurée se retrouve sur leur chemin.

— Tu as des relations, mon oncle. Si tu ne m'aides pas, j'irai à Evereska seul.

— Je viens avec toi, déclara Bran.

— Tu es aussi têtu que ta fille ! grogna Khelben. Qu'est-ce qui te fait penser que les elfes te laisseront approcher d'Evereska ? Ils ont une excellente mémoire, et ils n'affectionnent pas les humains qui déshonorent leurs princesses.

— Qui d'autre pourrait accompagner Arilyn ?

— C'est hors de question ! s'emporta le mage.

— Allons, mon oncle, tu n'es pas curieux de savoir où est ce portail ? Maintenant que le chat est dans la crémerie – si je puis dire –, je suppose que tu seras amené à déplacer tôt ou tard la porte dimensionnelle.

Khelben écarquilla les yeux.

— Il y a autre chose, intervint Bran. Si nous souhaitons aider Arilyn, nous devons discréditer Kymil Nimesin. Dans son état, j'ai peur qu'elle ne le tue.

— Laisse-la faire ! répliqua Danilo. Je ne verserai pas une larme sur le sort de Kymil Nimesin.

— Bien que ça me chagrine, dit Khelben, je dois admettre que je suis d'accord avec Bran. Arilyn est une ancienne tueuse et Kymil un maître d'armes respecté. Il doit être ramené au procès et questionné, par la magie. Sans cela, Arilyn passera pour la Tueuse de Ménestrels. Elle aura peu de chance d'être acquittée si elle le tue.

— Tu es d'accord pour que nous y allions ? demanda Danilo.

— Considérant nos options, oui, répondit le mage. Bran, si tu veux nous excuser, je dois m'entretenir seul avec mon neveu avant que vous partiez. Viens, Dan.

Ils passèrent dans une pièce attenante.

— Tu as raison, dit Khelben en fermant la porte. Le Portail des Elfes doit être de nouveau déplacé.

— Merveilleux ! Laeral étant à Eternelle-Rencontre, qui accomplira ce miracle ?

Khelben regarda intensément son neveu.

— Tu n'es pas sérieux, murmura Danilo.

— Si.

226

Le mage se dirigea vers la bibliothèque qui couvrait toute la longueur du mur. Les rouleaux de cuir contenaient des centaines de parchemins magiques.

Pressé par le temps, Khelben incanta. Quand un casier s'illumina, il s'empara du rouleau qu'il abritait.

Il l'épousseta puis ôta le seau magique.

— Voilà le sort, Dan, dit-il. J'ai juré de ne pas l'utiliser, alors tu le feras à ma place.

Danilo pâlit.

— Tu en es capable, affirma Khelben. Je travaille avec toi depuis que tu as douze ans, après que ton dernier précepteur eut abandonné, au bord du désespoir. Tu as le talent nécessaire. Tu crois que je mettrais ta vie en danger en insistant pour que tu lances un sort que tu ne contrôlerais pas ?

— Tu n'hésites pas à sacrifier Arilyn...

— Attention, jeune homme ! Peu de choses dans la vie sont aussi simples que tu le voudrais. Quand tu auras eu des responsabilités comme les miennes, tu pourras me juger. Veux-tu lancer le charme ou pas ?

Danilo se pencha sur le parchemin. Etudiant les runes, il réalisa que la mission était aux limites extrêmes de ses capacités. Khelben attendait de lui qu'il justifie la confiance qu'il lui accordait.

Danilo mémorisa l'incantation.

Puis il ferma les yeux et les runes prirent une teinte dorée sur fond noir. Quand Danilo maîtrisait un sortilège, il visualisait mentalement les symboles.

— Ça y est, dit-il.

— Déjà ? Tu es sûr ?

— J'ai bien peur qu'apprendre le sort soit le plus facile.

— Ne sois pas suffisant, mon garçon.

— C'est la vérité ! Empêcher Arilyn de réduire Kymil Nimesin en bouillie sera plus dur !

Khelben sourit.

— Tu dois avoir raison. Même sans sa lame, elle est très forte.

Danilo trouva que les propos de son oncle manquaient de conviction.

— Tu penses qu'elle va échouer ?

— Je suis désolé, Dan. Sans la lame de lune, elle aura de la chance si elle survit jusqu'au coucher du soleil, demain.

— Dans ce cas, il faut agir vite.

Blackstaff ôta une bague en argent de son doigt et le tendit à Danilo.

— Un anneau de téléportation. Avec un griffon ensorcelé, elle sera à Evereska demain en fin d'après-midi.

— Merci, dit Danilo en prenant l'anneau.

Il enroula le parchemin et le rangea dans son sac magique.

Un plan germait dans son esprit.

— Je suis prêt, déclara-t-il après un instant de réflexion.

Ils descendirent rejoindre Bran qui s'impatientait au salon.

— On y va ? demanda le Ménestrel.

— J'ai une idée, dit Danilo. Si Arilyn vole à dos de Griffon, elle peut très bien avoir décidé d'atterrir à l'extérieur d'Evereska et de s'y rendre ensuite avec un autre moyen de transport. Serait-il possible de contacter l'aire des griffons ? Elle a peut-être indiqué sa destination au propriétaire.

— Bonne idée, Dan, approuva son oncle. Je reviens...

Il remonta dans son cabinet pour utiliser son globe de cristal.

Profitant de son absence, Danilo sortit de son sac une paire de gants qu'il enfila en se dirigeant vers le coin de la pièce où Arilyn avait jeté la lame de lune.

Le jeune noble saisit l'épée. Un courant d'énergie magique courut dans son bras, et une odeur âcre de chair brûlée se répandit dans la pièce.

Danilo fourra la lame dans son sac et ôta le gant de sa main noircie.

Puis il incanta pour créer une illusion. Quand il eut terminé, la lame de lune semblait ne pas avoir changé de place.

— Arilyn en aura besoin, dit-il à Bran, et j'ai l'intention de la lui apporter. Si tu me trahis, tu es un homme mort.

Le Ménestrel posa une main sur l'épaule de Danilo.

— Jeune homme, j'aime ta manière d'agir...

En entrant dans la pièce, Khelben Arunsun plissa le nez.

— Par Mystra ! Quelle odeur épouvantable !

— Ton cuisinier est sans doute occupé à faire brûler des lentilles ! lança Danilo. Tu as trouvé où allait Arilyn ?

— L'*Auberge à Mi-chemin*, à l'extérieur d'Evereska.

— J'en étais sûr. Allez, en route !

Le jeune noble et le Ménestrel sortirent de la tour avec une célérité qui frisait l'impolitesse.

Hilares comme des écoliers qui savourent une farce, les deux hommes déboulèrent dans la rue.

— Bonsoir, Bran ! lança une voix.

Le Ménestrel s'arrêta net.

Elaith Craulnobur sortit de l'ombre d'une boutique.

— Je commençais à croire que Blackstaff t'avait offert asile dans sa tour. Je vois que son neveu t'accompagne. Arilyn ne doit pas être bien loin.

Danilo fit un mouvement pour prendre son épée puis il se rappela l'avoir prêtée à Arilyn. L'elfe de lune éclata de rire.

— Ton fourreau est aussi vide que ton cerveau, dit-il. Ne t'inquiète pas, jeune homme, tu n'as rien à craindre de moi.

— Je croyais pourtant que tu voulais ma peau...

— Il n'y a pas à s'en soucier...

— C'est facile à dire pour toi !

— Serais-tu rassuré si je te disais que la tentative d'assassinat a déjà eu lieu ?

— La *Maison des Spiritueux*, réalisa le jeune noble. Alors tu savais depuis le début qui était derrière les meurtres.

— Si je l'avais su, je n'aurais pas dépensé une somme obscène pour me procurer les documents des Zhentilars...

— Quelqu'un a envoyé des copies de ces documents au château d'Eau Profonde, répliqua Danilo. Je pensais que c'était toi.

— Par les dieux, non ! C'est Kymil Nimesin le manipulateur. En mangeant à tous les râteliers, il a amassé une fortune. J'aimerais savoir ce qu'il prépare avec ces fonds. Et pour finir, il dénonce Arilyn...

— Il sera très facile pour Kymil d'expliquer la mort d'Arilyn, n'est-ce pas ? lança Danilo à Bran. Le noble maître d'armes qui tue la monstrueuse demi-elfe...

Sans quitter Elaith des yeux, le Ménestrel acquiesça.

— Que veux-tu à Arilyn ? demanda-t-il à son vieil ennemi.

— Tu prends ton devoir de père trop au sérieux, ne crois-tu pas ? railla l'elfe. Mais ne t'inquiète pas, Ménestrel. Je sais que la noble fille d'Amnestria est hors de ma portée. Si elle était la tueuse que j'ai cru voir en elle, ce serait une autre affaire.

— Dans ce cas, pourquoi vouloir l'aider ? s'étonna Bran.

— A l'inverse de l'*etriel*, je n'ai aucun scrupule à laisser faire mon travail à d'autres. Kymil Nimesin m'a insulté à de nombreuses occasions. Je veux le voir mort. A moins que je ne me trompe, Arilyn va s'en charger. C'est aussi simple que ça. Bien que nous soyons très différents, dès que Kymil est concerné, nous avons le même but.

— La vengeance, conclut Danilo.

— Nous nous comprenons..., dit l'elfe avec un étrange sourire.

Sur ces mots, il disparut dans l'ombre.

— Par Mystra, murmura le jeune noble. Garder Kymil Nimesin en vie sera encore plus difficile que je l'imaginais.

# CHAPITRE XIX

— Par Mielikki, ce n'est pas une façon de voyager pour un forestier, grogna Bran Skorlsun.

Il secoua la tête pour chasser la confusion engendrée par la téléportation.

Danilo et le Ménestrel avaient atterri dans une forêt embrumée. Le jeune noble désigna les lumières qui scintillaient au loin.

— L'*Auberge à Mi-chemin* est par là, dit-il, allons-y.

Quelques minutes plus tard, ils atteignirent la clairière qui abritait l'auberge. Des marchands, humains ou elfes, vaquaient à leurs occupations.

— C'est là que j'ai rencontré votre fille pour la première fois, dit Danilo. Elle avait laissé sa jument à l'écurie. J'étais certain qu'elle reviendrait la chercher.

— Si loin d'Evereska ? s'étonna Bran.

— Pas si loin que ça. Nous sommes à l'ouest de la cité, à une heure ou deux. Allons nous assurer que la monture d'Arilyn est toujours là.

Les deux hommes entrèrent dans l'écurie.

Danilo trouva sans peine la jument grise.

— Parfait. Maintenant, allons dans la taverne chercher quelqu'un qui nous vendra deux chevaux, suggéra le jeune noble.

— Je t'attends dehors, répondit Bran. Je ne veux pas risquer d'être reconnu.

Il disparut dans les ombres de la nuit.

Danilo gagna l'auberge et confia sa cape brodée au vestiaire.

D'un pas léger, il se dirigea vers le comptoir où le propriétaire était penché sur ses additions.

— Seigneur Thann, lança Myrin Lancedargent en levant la tête. Soyez le bienvenu.

— Merci, Myrin. J'aimerais dire qu'il est bon d'être de retour, mais j'ai joué de malchance, ces derniers temps... Une bière, s'il vous plaît.

L'elfe le servit. Danilo s'assit sur un tabouret devant le comptoir.

— Je viens de perdre mon cheval au jeu, expliqua-t-il. Il me faut acquérir deux nouvelles montures. Vite !

— Certains de mes clients vous donneront satisfaction, répondit Myrin. Je serai ravi de vous les présenter.

Il appela une serveuse et lui chuchota quelques mots.

Elle revint quelques instants plus tard avec un marchand amnish.

Danilo vit le sourire mielleux du marchand et se prépara à sacrifier la moitié de ses liquidités. Sans marchander, il acheta deux chevaux et reçut l'assurance qu'une caravane se rendrait à Evereska tôt dans la matinée.

Quand le négociant eut quitté le bar, Danilo vida sa bière et se leva.

— Bien, je vais aller voir pour quelle sorte d'animaux j'ai gaspillé l'argent de mon père.

Le marchand avait conduit les chevaux devant la porte de la taverne : Danilo fut heureux de constater que c'étaient de belles bêtes... payées à peine le double de leur valeur.

Il les ramenait à l'écurie quand Bran réapparut.

Les deux hommes choisirent une stalle près de celle de la jument d'Arilyn et s'installèrent dans la paille en attendant son arrivée.

Toute la nuit et une partie de la journée suivante, Arilyn vola sur le griffon en direction d'Evereska. En fin d'après-midi, elle aperçut les Montagnes Cime-grises.

Son cœur battait la chamade à l'idée de revenir sur les lieux où elle avait passé son enfance. Quand les collines se transformèrent en montagnes, elle regarda avec plaisir les champs verdoyants et la forêt du Val d'Evereska. Elle tira sur les rênes de sa monture magique pour lui indiquer de descendre.

Arilyn avait décidé de ne pas aller directement à Evereska. La cité étant bien gardée, elle aurait eu peu de chances de passer inaperçue.

Elle dirigea le griffon à l'ouest, vers la forêt.

Ne pouvant le faire atterrir au milieu des marchands qui s'affairaient autour de l'auberge, elle l'orienta vers une petite vallée.

Quand les pattes de lion du monstre touchèrent le sol, Arilyn mit pied à terre avec un soupir de soulage-ment.

Le griffon reprit son envol en direction d'Eau Pro-fonde.

Arilyn se dirigea vers les écuries de l'*Auberge à Mi-Chemin*.

Sa jument l'y attendait. Elle manquait de temps pour remercier Myrin Lancedargent, mais il comprend-drait. Elle laissa une bourse dans la stalle pour payer le séjour de la jument.

Le soleil se couchait quand la demi-elfe lança sa monture en direction d'Evereska.

Occupée à se frayer un chemin entre les caravanes, elle ne remarqua pas les deux cavaliers montés sur des étalons amnish qui la suivaient.


Les étoiles brillaient quand Arilyn entra dans le jar-din après avoir traversé le labyrinthe de roses.

Devant elle se dressait la statue d'Hannali Celanil, aussi belle que dans ses souvenirs.

— Tu m'as demandé de te rencontrer au pied de la statue qui ressemble à ma mère ! lança-t-elle.

Kymil Nimesin sortit de l'ombre.

— Arilyn. Tu n'imagines pas à quel point je suis heureux de te voir...

— Tu vas bientôt changer d'avis ! répliqua la demi-elfe en tirant l'épée de Danilo.

Plusieurs elfes sortirent des buissons de roses. Epées en main, ils se placèrent derrière leur maître.

— Tu as besoin d'aide ! railla Arilyn.

Kymil observa son arme avec dégoût.

— Où est la lame de lune ? demanda-t-il.

— Si tu es ici, le Portail des Elfes ne doit pas être loin. Tu ne me crois pas assez stupide pour avoir la lame sur moi.

L'elfe la dévisagea, incrédule. Son grand dessein ne pouvait pas être ruiné par une vulgaire sang-mêlé !

— Où est la lame de lune ? répéta-t-il, fou de rage.

— Là où tu ne pourras pas l'atteindre, répondit Arilyn en souriant.

— Je suis surpris. Tu as été si malléable pendant toutes ces années. Qui aurait cru que tu deviendrais aussi stupide et bornée que Z'Beryl ?

— Que veux-tu dire ?

— Après voir appris le secret de la lame de lune, il m'a fallu quinze ans pour découvrir qu'Amnestria et le Portail des Elfes étaient à Evereska. Et j'aurais pu continuer à chercher si je n'avais pas rencontré un élève de Z'Beryl.

— Je doute qu'un de ses élèves ait connu sa véritable identité. Et aucun n'aurait pu la trahir.

— Pas intentionnellement, concéda Kymil. Leur admiration sans bornes pour ta défunte mère les a conduits à imiter sa technique de combat à deux mains. Je les ai tous battus sans effort ! Imagine mon désespoir d'avoir retrouvé l'elfe et l'épée pour apprendre que la pierre de lune avait disparu. Et le Portail des Elfes m'échappait encore. Z'Beryl a refusé de me révéler où se trouvait la pierre. J'ai dû m'assurer que la lame serait transmise à quelqu'un de plus raisonnable.

Arilyn blêmit.

— Tu l'as tuée...

— Bien sûr que non ! Comme on l'a rapporté, elle a été abattue par des voleurs. Il est vrai que je leur avais vendu des armes ensorcelées, en leur précisant que ta mère portait une bourse pleine.

— Tu es un meurtrier ! Une raison de plus de t'éliminer !

— Ne sois pas assommante. Je n'ai pas tué Z'Beryl. J'ai simplement fourni quelques informations aux voleurs et je ne vais pas pleurnicher sur l'utilisation qu'ils en ont faite.

Il désigna les elfes dorés, derrière lui.

— Bientôt tu la rejoindras, où qu'elle soit...

Arilyn remarqua un visage connu parmi les combattants.

— Salut, Tintagel, dit-elle. Toujours dans l'ombre de Kymil après tant d'années ?

— J'accompagne le seigneur Nimesin, corrigea son ennemi juré, comme mon père avant moi.

— Vous avez fait de l'assassinat une affaire de famille, c'est ça ?

— Peut-on utiliser le terme d'assassinat quand il s'agit d'éradiquer les elfes gris ? *Extermination* me semble un mot plus approprié.

— C'est juste, approuva Kymil. Quand nous ouvrirons le portail, mon armée l'empruntera pour éliminer les membres de cette maudite famille royale. Les usurpateurs disparus, l'ordre et l'équilibre seront restaurés.

— Je vois... Et Kymil Nimesin règnera à leur place, je suppose ?

— Les vrais *quessirs* méprisent les fastes de la royauté. Je restaurerai le Conseil des Aînés, comme à Myth Drannor.

— Il faudrait que tu possèdes la lame de lune pour réaliser tes plans. Et je me demande comment tu la prendras à Khelben Arunsun.

— Tu mens ! cracha le *quessir*. La lame est de nouveau entière. Vous êtes aussi liées qu'une mère et son bébé. Si elle était vraiment si loin, tu serais déjà morte.

— Que puis-je te répondre ? Il est étonnant de voir ce qu'on peut faire quand on est motivé. Je refuse de mourir avant que tu aies rendu ton dernier soupir. Il est possible que tu aies raison, et qu'aucun de nous deux n'ait plus longtemps à vivre. Je te défie, Kymil Nimesin. Puissent les dieux rendre leur jugement.

— Ta prétention est presque comique. L'élève ne peut espérer vaincre le maître.

— C'est pourtant déjà arrivé...

— Ma chère Arilyn, tu ne peux pas te battre avec cette épée minable...

En réponse, la demi-elfe leva la lame de Danilo.

Kymil éclata de rire et se tourna vers ses hommes.

— Tuez-la !


Khelben Arunsun contemplait la nuit derrière une fenêtre de sa tour.

Il songeait aux propos de son neveu.

Dans l'affaire du Portail des Elfes, le mage avait agi de son mieux.

Le Conseil des Ménestrels avait décidé que le secret était la meilleure protection pour le royaume des elfes, et il l'avait préservé en éparpillant les pièces du puzzle. A l'époque, ça semblait être la solution la plus prudente.

Aujourd'hui, Khelben n'en était plus si sûr. Dans le cas du Portail des Elfes, le secret dont s'entouraient à l'ordinaire les Ménestrels risquait de se retourner contre eux à cause d'un elfe en qui ils avaient toute confiance.

*Danilo a raison,* songea-t-il.

Arunsun avait mis en danger la vie d'Arilyn. Sans la lame de lune, elle ne survivrait pas à la nuit.

Le mage s'inquiétait pour son neveu qui semblait très attaché à la demi-elfe.

Khelben s'éloigna de la fenêtre et gagna le coin de la pièce où gisait la lame de lune. A sa connaissance, Arilyn n'avait pas désigné de successeur. A qui devrait-il la remettre ?

Il tendit la main vers le fourreau, mais ne rencontra que le vide.

— Qu'est ce... ?

Khelben dissipa le sort : l'épée disparut.

— Une illusion, murmura-t-il. Danilo a pris la lame.

*Ce garçon devient vraiment excellent,* songea-t-il, non sans fierté.

Même s'il comprenait le geste du jeune homme, il se demanda s'il serait assez fou pour mettre le portail en danger.

Blackstaff oscillait entre la colère et la confusion. Après tout, il était possible que Danilo puisse déplacer le portail et qu'Arilyn ait une chance de vaincre Kymil Nimesin.

*Peut-être devrais-je les laisser essayer.*

Le poids des responsabilités l'écrasait. Il remonta dans son cabinet pour prévenir Erlan Duirsar.

Le seigneur elfe d'Evereska ne serait pas ravi d'apprendre que la lame de lune était de nouveau entière... et sur le chemin du Portail des Elfes.


L'écho d'une bataille, dans les jardins du temple, couvrait les bruits de bottes des deux hommes qui couraient dans le labyrinthe.

La scène qu'ils découvrirent les glaça d'effroi.

Arilyn se battait contre quatre elfes dorés. Deux guerriers étaient déjà tombés sous ses coups mais les autres la pressaient.

A l'écart, Kymil Nimesin attendait l'issue du combat.

Un guerrier réussit à désarmer la demi-elfe. Sous la pleine lune, Danilo vit le sourire triomphant de Tintagel Ni'Tessine.

Pris de panique, le jeune noble hésita. Il n'avait pas l'intention de sortir la lame de lune de son sac avant d'avoir déplacé le Portail des Elfes.

Tintagel leva son épée et s'apprêta à trancher la gorge de son adversaire. Danilo se décida.

— Arilyn ! s'écria-t-il en fouillant dans son sac.

La douleur lui déchira le bras quand il saisit l'épée magique. Ebahis, les elfes le regardèrent lancer l'arme à Arilyn.

Un éclair bleu fusa dans le jardin.

Les elfes dorés s'écroulèrent.

Au pied de la statue, Arilyn brandissait déjà sa lame de lune étincelante.

Un cercle de fumée tournait derrière la demi-elfe, auréolée d'une étrange lueur bleue.

— Le Portail des Elfes ! cria Kymil Nimesin. Allez-y !

Les combattants se relevèrent, échangeant des regards interloqués. Danilo jeta un coup d'œil à Bran Skorlsun et comprit ce qui troublait les elfes.

Ils ne voyaient pas le portail.

Certaines failles dimensionnelles n'étaient visibles que pour les mages.

Seul Danilo voyait celle que désignait Kymil.

Le jeune noble sortit le parchemin et s'apprêta à déplacer le Portail des Elfes.

Puis il réalisa que Khelben avait omis de lui préciser où l'envoyer. Un sourire se dessina sur ses lèvres tandis qu'il trouvait une réponse.

Visualisant la nouvelle position du portail, le jeune mage incanta.

— Pour l'honneur de Myth Drannor ! cria Kymil, galvanisant ses hommes.

Trois d'entre eux encerclèrent Arilyn.

Bran se précipita au secours de sa fille, mais il fut arrêter par Filauria Ni'Tessine qui le tint en respect avec une adresse étonnante.

— Ton épée ne verse pas le sang des innocents, rappela Tintagel à Arilyn. Elle ne peut rien contre moi !

— Les temps ont changé, dit la demi-elfe. Tu es prêt à essayer ?

Tintagel avança.

En trois passes d'arme, la lame d'Arilyn trouva son cœur.

Incrédule, l'elfe s'écroula.

Filauria abandonna le combat pour s'agenouiller aux côtés de son frère.

— Ce n'est pas le moment de pleurer ! cracha Kymil. Tu dois traverser le portail.

Arilyn se concentra sur les deux derniers elfes pour les empêcher d'obéir aux ordres de leur maître. Sa lame de lune en pourfendit un, qui mourut dans l'instant. Le coup suivant éviscéra l'autre.

Arilyn glissa sur le sang de l'elfe et tomba.

— Montre-moi comment faire ! cria Filauria à Kymil.

L'elfe la poussa vers le portail. L'*etriel* enjamba la demi-elfe et courut vers quelque chose qu'elle ne distinguait pas.

Danilo acheva son incantation. Le parchemin disparut de ses mains et une explosion magique retentit. Tous se figèrent d'horreur. Seule la moitié du corps de Filauria avait traversé le portail.

Furieux et défait, Kymil s'apprêta à lancer le sort de téléportation qui l'éloignerait de la scène de son échec.

— Attends ! s'écria Arilyn en se levant. Tu n'as pas encore perdu.

— Pas des devinettes ! cracha l'elfe. Tu n'as pas assez de talent.

Arilyn approcha pour faire face à son mentor.

— Je renouvelle mon offre d'un combat honorable qui s'achèvera lorsque l'un de nous deux sera désarmé ou mutilé. Si tu gagnes, je te révélerai le nouvel emplacement du portail.

Une lueur d'intérêt passa dans le regard de Kymil.

— Et dans le cas peu probable où tu vaincrais ?

— Tu mourras.

— Non ! s'exclama Bran. Les Ménestrels pensent que tu es la tueuse. Il faut que Kymil soit présent à ton procès, sinon tu seras pendue à sa place.

— Je prends le risque, lâcha Arilyn.

— Je ne suis pas d'accord ! déclara Danilo. Promets de ne pas tuer ce misérable. Sinon, tu devras m'abattre avant de le frapper.

Arilyn lui jeta un regard exaspéré.

En réponse, il enleva ses gants, révélant sa main à vif.

— Je ne crois pas que ce sera très difficile, ajouta-t-il.

— Je te préférais irresponsable, grogna Arilyn.

— Jure !

— Très bien ! Tu as ma parole. Je le laisserai assez en vie pour témoigner au procès. Ça te va ?

— Très bien.

— Alors ? lança la demi-elfe à Kymil.

— Connaître l'emplacement du portail ne m'apportera pas grand-chose, dit l'elfe.

— Si tu gagnes, je t'y emmènerai et j'ouvrirai ce maudit portail pour toi.

— D'accord.

Kymil leva son épée et ils croisèrent leurs lames. Puis le duel commença.

Retenant leur souffle, Bran et Danilo regardèrent, impuissants.

Avec la grâce et l'agilité typique des elfes, Kymil et Arilyn commencèrent par un round d'observation.

Soudain une voix entonna un chant aussi irrésistible que celui d'une lorelei.

Un chant de mort.

Danilo réalisa qu'il s'agissait de l'Ombre de l'Elfe. La lame de lune s'illumina comme si l'entité luttait pour s'échapper.

*Arilyn ne peut pas céder,* songea le jeune noble.

Puis le silence se fit et les rayons bleus disparurent.

Kymil ne tenait plus qu'un moignon d'épée.

— Par Mielikki, c'est fini ! soupira le jeune noble.

Les deux hommes avancèrent vers Arilyn, mais son expression les arrêta. Danilo comprit que la bataille n'était pas terminée.

La lame de lune vint se placer face à la gorge de Kymil.

La demi-elfe se concentra pour résister à l'envie de tuer son mentor.

— Lutte, Arilyn ! implora Danilo. Ne laisse pas l'Ombre de l'Elfe te manipuler.

Comme dans le Square du Farceur, le courant magique se fit plus puissant.

Seule Arilyn parvint à rester debout.

— Viens ! cria-t-elle au-dessus du tumulte.

Alors, l'Ombre de l'Elfe se matérialisa et fit face à Arilyn.

— Ça suffit, dit la demi-elfe. Nous ne sommes pas les seules que Kymil Nimesin a trompées. Les Ménestrels ont le droit de lui faire un procès. Il doit survivre pour le moment.

— C'est une erreur, répliqua l'Ombre de l'Elfe, en regardant haineusement Kymil.

— Peut-être. Mais c'est à moi d'en décider.

Elle souleva sa lame.

Un instant, Arilyn et son ombre se toisèrent.

Puis l'Ombre de l'Elfe leva les mains, esquissa un salut elfique, se transforma en brume et fut aspirée par la pierre de lune.

Arilyn remit l'arme dans son fourreau et se dirigea vers ses compagnons.

Bran avait aidé Danilo à se relever.

Le jeune homme époussetait frénétiquement ses vêtements.

— Danilo...

Le jeune noble leva la tête. Epuisée, Arilyn avait un teint cendreux, mais il lut dans ses yeux qu'elle était en paix avec elle-même... et maîtresse de la lame de lune.

— *Maintenant*, c'est fini ! dit-elle.

# ÉPILOGUE

— T'ai-je chanté la *Ballade des Marais de Chelimber* ? demanda Danilo au Ménestrel.

— Deux fois ! répondit Bran Skorlsun.

Arilyn éclata de rire.

— Tu as remarqué que le nombre de gobelins et de lézards augmentaient à chaque version ? Je suppose que la prochaine nous proposera un orc ou deux.

De retour à Eau Profonde, les trois compagnons étaient attablés à la *Maison des Spiritueux*.

Malgré les aventures qu'ils avaient partagées, ils se connaissaient peu. Tous étaient avides de partager leurs expériences.

La conversation revint sur les événements de la veille.

— Maintenant que ton honneur est sauf, quels sont tes projets ? demanda Bran à Arilyn.

— Le tribunal des Ménestrels m'a innocentée mais il faudra des années pour que je retrouve ma réputation.

— De tueuse ? s'enquit Danilo.

— Merci de remettre les choses en perspective, soupira Arilyn.

— Et toi ? demanda Bran au jeune noble. Tu penses toujours que Khelben et les Ménestrels avaient tort avec le Portail des Elfes ?

— Je l'ai cru. En y réfléchissant, je n'ai pas trouvé de meilleure solution. Je n'approuve pas tous les actes de Khelben, mais ce n'est pas moi qui dois prendre les décisions. Les dangers inhérents au secret sont toujours les mêmes. Pourtant, je ne vois pas d'autre solution.

Œuvrer pour le bien et maintenir l'équilibre est souvent une affaire de nuance.

— Nous avons besoin de gens clairvoyants comme toi..., déclara le Ménestrel en souriant.

Il sortit de sa poche une petite boîte. A l'intérieur brillait l'emblème des Ménestrels, un minuscule croissant de lune et une harpe d'argent.

— Cette broche est bien modeste comparée à tes bijoux, dit-il en tendant la boîte à Danilo, mais c'est un symbole d'une rare valeur. T'offrir une place au sein des Ménestrels est un plaisir.

Danilo hésitant, il ajouta :

— Prends-le et porte-le avec fierté. Tu mérites d'être reconnu pour ce que tu es vraiment.

— Je suis honoré de ta confiance, assura Danilo. Mais dans le rôle d'idiot du village, je suis très efficace. Devenir célèbre pourrait me nuire.

— Tu n'auras peut-être pas le choix. Ta ballade te couvrira de gloire.

— Ton personnage t'a bien servi, Danilo, intervint Arilyn, mais n'est-il pas temps de grandir ? Tu mérites le respect, et tu as assez de ressources pour imaginer d'autres méthodes de travail.

— Oncle Khelben m'a suggéré la même chose...

— Raison de plus ! affirma Bran. Khelben n'appréciera pas que je lui brûle la politesse et il est rare que je rate une occasion d'irriter l'archimage.

Ils éclatèrent de rire. Bran posa la boîte devant Danilo et lui serra les avant-bras : le salut d'un aventurier à un autre.

— Tu es un honnête homme, conclut le Ménestrel.

Emu, le jeune noble prit l'emblème.

— Merci. Je ne m'étais jamais senti accepté ainsi, même par ma famille.

— Ça viendra, dit Arilyn. Les Thann entendront parler de tout ce que tu as fait, même si je dois les forcer à écouter sous la menace de ma lame ! Je suis heureuse pour toi. Tu mérites cet honneur.

— Ne crois pas que je t'ai oubliée, dit Bran.

Il ôta l'emblème épinglé sur sa veste et lui offrit.

— Je ne peux pas accepter.

— Pourquoi ? Je n'ai jamais rencontré quelqu'un de plus méritant.

— Mais c'est le tien...

— Raison de plus pour qu'il soit à toi. Je t'ai donné si peu de choses...

— Ce n'était pas ta faute... Eh bien, je l'accepte... Tu sais ce que ce geste signifie ?

— Bien sûr, répondit Bran étonné.

— Tu devras répondre de moi jusqu'à ce que je sois acceptée au sein des Ménestrels. Considérant mon passé et la notoriété que ce procès me vaut, ce ne sera pas une tâche facile et ça peut prendre du temps. As-tu prévu de rester par ici, ou repartiras-tu dans les coins les plus reculés du monde ?

Le Ménestrel apprécia la proposition cachée derrière les propos d'Arilyn. Connaître enfin sa fille illuminerait les années qui lui restaient à vivre.

— Je vais me fixer ici, dit-il. Il y a trop longtemps que je travaille avec les forestiers, dans le Nord. Le moment est venu de me retirer à Eau Profonde.

— Parfait ! dit Danilo en souriant. Oncle Khelben sera ravi.

— En parlant de l'archimage, nous devons le consulter à propos du Portail des Elfes, dit Bran. Sa nouvelle localisation doit être protégée par magie.

Arilyn remarqua le sourire en coin du jeune noble.

— Qui a-t-il, Danilo ? demanda-t-elle.

— Oh, rien, j'approuvais simplement les paroles de Bran, répondit le jeune homme en se levant à regret. Il me faudra des heures pour expliquer mon absence à ma famille, sans mentionner les nombreux scandales que j'ai provoqués. Mon père sera à peine déçu, mais ma mère sera plus dangereuse à affronter qu'un dragon rouge.

— Je viens avec toi, proposa Arilyn.

— *Vraiment* ? demanda Danilo, ravi. Tu ne plaisantes pas ?

— Rarement !

Le trio quitta la taverne. Arilyn sauta en selle et observa le jeune noble. Sa cape en velours vert et ses bijoux extravagants semblaient déplacés pour un Ménestrel nouvellement promu.

— Tu ne vas pas te changer ?

— Pour quoi faire, ma chère ? s'indigna Danilo. Tu devrais savoir que ce genre d'ensemble est le summum de la mode pour la société aquafondaise. De plus, c'est la première fois que je le porte...

— Comme tu veux, soupira Arilyn. Tant que je ne devrais pas subir ton interminable ballade, ça ira !

Danilo sourit à Bran en enfourchant sa monture.

— Cette dame a du goût ! En matière de musique, bien sûr ! Pour les vêtements...

— Qu'est-ce qui ne va pas dans ma tenue ? s'étonna la demi-elfe.

— J'espérais que nous fêterions dignement notre victoire future sur dame Cassandra Thann. Mais, ce costume est impossible.

— Je l'aime bien...

— Hum... J'ai fait quelques achats après le procès...

Il sortit de son sac une robe en soie diaphane d'une rare beauté.

— Je crois reconnaître ta patte, en effet... dit Arilyn.

Un large sourire illumina le visage du jeune noble.

— Danilo, quelle facette du dandy est réelle ? Laquelle est artificielle ?

— Il faut bien qu'un de nous sauve les apparences, répliqua le jeune noble en rangeant la robe dans son sac. J'en déduis que tu ne l'aimes pas.

— Excellente déduction !

— Voyons, qu'est-ce qui pourrait t'aller ? Une robe en velours bleu peut-être... Non ? Au moins, une *tunique* bleue. En soie, avec une parure dorée. Et une cape assortie en velours. C'est ça ! Je connais une merveilleuse boutique qui...

Arilyn flanqua une claque sur la croupe de la monture du jeune homme. Le cheval détala ; la suite des propos de Danilo se perdit dans le vent.

La demi-elfe se tourna vers son père.

Lentement, elle fit le salut elfique.

Des larmes longtemps contenues inondèrent les yeux du Ménestrel quand il lui rendit la pareille.

Arilyn tira sur les rênes de sa jument, qui se lança au galop.


— Un mystère demeure, dit Arilyn alors que les deux jeunes gens chevauchaient dans les rues de la ville. Où as-tu envoyé le Portail des Elfes ?

— A l'endroit le plus sûr auquel j'ai pensé sur le moment, répondit Danilo. Dans la tour de Blackstaff.

— *Quoi ?*

— Vois-tu un meilleur lieu ? lança le jeune noble. Ou un homme plus enclin à garder le secret ?

— Non, mais...

— J'ai choisi la chambre de Laeral. Puisqu'elle passe tout son temps à Eternelle-Rencontre, j'ai pensé que c'était un bon moyen pour qu'ils se voient plus souvent. Croies-tu que ça améliorera le caractère de mon oncle ?

— Peut-être.... Mais il y a un problème. Quand le Portail des Elfes était à Evereska, je me sentais en paix dans le temple d'Hannali Celanil. Cela signifie-t-il que je serai contrainte de rendre visite à Khelben Arunsun ?

Ils éclatèrent de rire à cette perspective.

— Vraiment, l'endroit est parfait, dit Danilo. Le portail a créé de nombreux déséquilibres. Le placer dans la tour de Blackstaff aidera peut-être à dissiper les malentendus que sa création a provoqués entre Eternelle-Rencontre et les Ménestrels.

— Tu parles déjà comme un Ménestrel ! se moqua Arilyn. As-tu prévu d'abandonner tes manières frivoles ?

En réponse à sa question, il ôta la broche de sa tunique de soie et l'agrafa sur les pans de sa cape.

Puis il fit à Arilyn le sourire niais d'une gravure de mode.

— Moi, un Ménestrel ? Ma chère, cette plaisanterie susciterait une certaine allégresse dans de nombreux cercles mondains !

— Alors, c'est comme ça que les choses doivent être...

— Je crois que c'est mieux. Et toi ?

— Quand j'ai commencé mon entraînement, Kymil m'a dit que la lame de lune m'isolait. J'ai toujours cru devoir rester seule parce que j'étais l'ombre des pouvoirs de l'épée. Mais la lame de lune m'appartient et les choses doivent changer.

Elle leva l'épée et désigna les runes.

— Il y en a neuf, maintenant. La nouvelle est à moi. Ce n'est pas un pouvoir... Plutôt la disparition de certaines restrictions.

Prenant l'arme par la lame, elle la tendit à Danilo.

Le jeune noble écarquilla les yeux. Arilyn lui offrait plus qu'une épée. Bouleversé, il accepta ce symbole de leur amitié.

— C'est une chose rare et précieuse. Tu m'honores en la partageant avec moi.

Ils se regardèrent un instant, puis Arilyn baissa les yeux. Son incertitude et sa timidité troublèrent Danilo.

Pour détendre l'atmosphère, il se fendit d'un sourire arrogant quand il rendit la lame à sa propriétaire.

— Les choses de valeur devraient toujours être partagées. Ta beauté, par exemple.

Il sortit la robe translucide de son sac magique.

— A propos de cette robe...

— Ne pousse pas ta bonne fortune trop loin, jeune homme ! lança Arilyn avec un grand sourire.

*Achevé d'imprimer en octobre 1999*
*sur les presses de Cox & Wyman Ltd*
*(Angleterre)*

FLEUVE NOIR – 12, avenue d'Italie
75627 PARIS – CEDEX 13.
Tél: 01.44.16.05.00

Dépôt légal : novembre 1999
*Imprimé en Angleterre*